LE PIÈGE DE LA BOTANISTE

Régis Hauser

LE PIÈGE DE LA BOTANISTE

Éditions Ramsay

© Éditions Ramsay, Paris, 1998

Julia

1

Comme chaque fois qu'elle avait peur, des picotements lui agaçaient le dessus des mains, et l'oxygène pénétrait mal dans ses poumons. Lorsqu'elle débrayait pour changer de vitesse, son mollet gauche était pris de tremblements irrépressibles.

À ses côtés, l'individu demeurait silencieux, son arme posée sur les genoux.

Quelques minutes plus tôt, ruisselant de sueur, il avait presque arraché la portière droite du petit Renault Express et s'était installé de force en brandissant son énorme pistolet. Puis il avait aboyé :

– Toi, tu fermes ta gueule et tu démarres, ou j'te fais péter les dents. Vite ! Si tu t'tiens peinard, y aura pas d'haine... Et fais gaffe, gueule pas, j'peux pas supporter... Vas-y, on s'tire.

Il s'était exprimé dans ce sabir sautillant, guttural et truffé de barbarismes, tellement en vogue chez les jeunes traîne-savates. Ce sont les pires. Toujours à rôder dans les rues, à l'affût d'un mauvais coup. Le cœur au bord des lèvres, la femme avait obéi sans poser de questions. « "Y aura pas de haine", qu'est-ce que ça veut dire ?... Ma vieille, tiens-toi tranquille, et ne lui montre pas que tu crèves de peur. Ce voyou est un violent. »

Le garçon, de taille moyenne mais solidement charpenté, devait être âgé d'une vingtaine d'années. Ses yeux ressemblaient à deux petites billes noires, enchâssées sous la saillie des sourcils qui terminait un front obtus et bas, surmonté d'un paillasson de cheveux coupés en brosse. Sous le nez légèrement épaté, une ombre clairsemée dessinait un semblant de moustache. Il était vêtu d'un jean malodorant, de baskets, d'un sweat-shirt célébrant la tournée européenne d'un groupe de rap et d'un blouson bon marché, trop court pour lui, en nylon rouge, strié de bandes blanches avec quelque chose marqué dans le dos. « Il suinte la méchanceté et la bêtise par tous les pores de sa peau », se dit-elle.

Après quelques secondes de silence, elle avait demandé :

– Où dois-je vous déposer ?

Sans la regarder, le type avait émis une sorte de hoquet incrédule. Puis il s'était lentement tourné vers elle.

– M'déposer ? Ça va pas la tête ? On reste ensemble, mémé. Tu conduis et tu la boucles. C'est tout.

Elle s'était dirigée vers la sortie de la ville et avait bifurqué à gauche, sur la départementale. Ils roulaient ainsi depuis près d'un quart d'heure. L'autre se retournait sans cesse pour vérifier s'ils n'étaient pas suivis. À plusieurs reprises, la femme avait tenté de le questionner, mais il lui avait grossièrement intimé l'ordre de se taire.

La voiture s'était engagée dans une longue ligne droite bordée d'arbres. La conductrice connaissait parfaitement la route, mais à cause de la tension nerveuse qui l'habitait, son esprit se fixait sur des détails anodins, mille fois vus, jamais regardés : la carcasse d'une Peugeot qui rouillait depuis des années dans un champ de colza, et qui servait d'abri à une colonie de passereaux ; l'inscription « Virenque » peinte en lettres blanches sur la route, vestige du dernier passage du Tour de France ; le panneau émaillé de l'auberge des Nemrods, complètement déglingué, mais qui pointait avec une louable obstination vers un carré où, il y avait plus de dix ans, se dressait une prétentieuse gargote qui servait du gibier faisandé aux touristes et aux couples en goguette. Son œil enregistra aussi l'angle bizarre que formaient les platanes avec l'axe de la chaussée. Mal élagués, déséquilibrés, ils semblaient avoir été plantés penchés, et poussaient de guingois.

Le soleil était aux trois quarts de sa course, mais gardait toute son ardeur. Les zones d'ombre alternaient avec une lumière crue, et le véhicule, en défilant devant les arbres qui bordaient la route, recevait de violents éclairs dans le pare-brise. Elle fit

10

la grimace. Depuis qu'elle avait lu quelque part que six flashes consécutifs pouvaient vous rendre épileptique, elle se méfiait de cet effet stroboscopique. C'était sûrement une de ces maudites inventions de journalistes, *si c'était vrai, ça se saurait...*, mais avec le temps, la chose s'était gravée dans son cerveau, lui imposant un comportement irrationnel qui relevait de la superstition : lorsqu'elle empruntait cette portion de route, elle ralentissait toujours, s'efforçant de réduire ses yeux à deux fentes.

En se concentrant sur la conduite, elle s'était calmée, et la terreur des premiers moments avait fait place à une sourde anxiété.

La cinquantaine sportive et décontractée, Julia Deschamps affirmait pouvoir réguler son flux d'adrénaline par la seule force de sa volonté. Il était exact que les épreuves avaient peu d'emprise sur elle, et elle en tirait une grande fierté. Elle jeta un coup d'œil dans le rétroviseur. « J'ai eu peur. Mais, après tout, j'ai des excuses. On n'est pas pris en otage tous les jours ! Pourtant, je ne suis pas angoissée. Pas du tout, même. »

Son passager rompit le silence, la ramenant brutalement à la réalité :

– Où que t'habites ? Y a quéqu'un chez toi ? T'es mariée ? T'as des gosses ?... T'as pas intérêt à m'raconter de conneries, mémé !

Elle sursauta et fut parcourue par un frisson glacé, réalisant qu'inconsciemment, elle avait pris le chemin de la maison. La terreur revenait de toute la vitesse de ses petites pattes, pinces en avant, prête à ronger, déchiqueter, broyer. Un crabe.

Sa maison. À l'écart de la route, entourée de hauts murs, sans voisins à moins de deux kilomètres. L'endroit parfait pour un type en cavale... Il pouvait s'incruster, et il n'y aurait aucun moyen de l'en déloger. Il fallait absolument éviter de l'amener là-bas.

– Je suis mariée et j'ai trois enfants. Nous avons un appartement en ville, au troisième étage d'un immeuble, boulevard Diderot, mentit-elle.

Les yeux du voyou se firent cruels. Il leva son arme et rugit :
– Freine. Arrête-toi !

Elle obtempéra, assourdie par les battements de son cœur. La

11

fureur se lisait sur le visage du passager. Il fronçait le nez et ses lèvres étaient retroussées en un rictus mauvais.

— Alors, comme ça, t'es mariée qu'tu dis ?

— Oui, bien sûr... Pourquoi ? parvint-elle à couiner.

— Alors où qu'elle est, ton alliance, hein ?

Piquée au vif, elle se redressa et répondit d'un ton sec :

— Bien que cela ne vous regarde pas, jeune homme, je vais vous le dire quand même : je ne la porte plus depuis longtemps, elle me serrait... Et je vous prie de ne plus me parler sur ce ton et de ne plus m'appeler « mémé » !

Il leva doucement son pistolet et l'appliqua contre la joue de la femme. Puis, d'un mouvement sec, il lui enfonça le guidon de l'arme dans la chair. Elle poussa un cri et se tassa contre la portière. Cette fois, la terreur était bien revenue. Le crabe était en train de se glisser en elle.

— Alors, mémé, toujours mariée ?

Elle porta la main à sa pommette, et la retira poisseuse de sang.

— Si que tu réponds pas, j'te marque de l'autre côté, ajouta-t-il. Puis j'lâche la purée et j'te balance dans le fossé. J'ai pas besoin de permis pour te flinguer ou pour te piquer ta bagnole... T'as trois secondes.

— J'étais mariée. Je suis divorcée.

— Où qu'tu habites ?

— Je vous l'ai dit : en ville...

Il saisit son arme par le canon, la leva, et abattit violemment la crosse sur la cuisse droite de la conductrice. Elle poussa un hurlement. La douleur était atroce et irradiait jusque dans son bas-ventre. Elle avait l'impression qu'on venait de lui arracher la jambe. À travers ses yeux embués, elle vit que l'homme avait relevé son arme avec l'intention de remettre ça. Elle céda à la panique :

— Non, non ! Arrêtez !

Il fit un geste du pouce vers l'arrière du véhicule.

— Tu dis qu'tu habites en ville ? Alors pourquoi tu trimbales tout ce matos de jardinage dans ta tire ? Tu t'fous de moi ?

— J'habite dans une maison à une vingtaine de kilomètres d'ici. S'il vous plaît, ne me frappez plus.

— Tu vis seule ? demanda-t-il en la fixant dans les yeux.

12

– Oui...

– Alors on y va.

Elle démarra. Pour oublier la douleur, elle décida de faire travailler son cerveau. Il fallait absolument se débarrasser de ce fou furieux. Il s'était sûrement évadé d'une prison, ou quelque chose comme ça. Ou alors, il avait attaqué une banque. C'était un psychopathe. *On ne tape pas ainsi sur les gens.* Non, ça ne se faisait pas.

L'idée de jeter la voiture contre un arbre l'effleura. Advienne que pourra. Mais s'il en réchappait, ce monstre était capable de l'abattre, ou de l'achever si elle était blessée. Elle renonça à ce projet. Faire des appels de phares aux automobiles qu'elle croiserait, en lançant des SOS ? Elle ne connaissait même pas le morse ! Et puis, qui aurait l'idée d'y prêter attention ? D'ailleurs, les véhicules étaient trop rares sur cette route, et elle n'en croiserait peut-être aucun jusqu'à la maison. Bon sang, que faire ?

La terreur était maintenant bien installée. Elle avait pris ses aises, là, dans son ventre, dans sa nuque et dans ses yeux brûlants, poussant comme si elle voulait s'extraire de son corps. Et ça poussait fort. Julia avait du mal à respirer.

– Mets la radio, mémé. NRJ.

– Je n'ai pas d'autoradio.

– Et c'est quoi, ce truc sous le volant, alors ?

– Un téléphone.

– Un téléphone ?... T'as le téléphone dans cette chiotte à roulettes ?

– J'en ai besoin pour mon travail.

– Et c'est quoi, ton travail ? T'es représentante en outils de jardin ?

– Je suis botaniste.

– C'est quoi, ça ?

– J'étudie les plantes.

– Pfff ! T'es siphonnée, mémé, voilà ce qu't'es. T'es rien qu'une conne de meuf ! Il te faut un téléphone pour faire pousser des plantes ?

– Oui.

Sa jambe était devenue insensible, et elle avait un mal fou à

13

doser la pression de son pied sur l'accélérateur. Le véhicule avançait par à-coups. L'autre l'observait du coin de l'œil.

– Pourquoi qu'tu roules comme ça ? T'as envie de me faire gerber ?

– J'ai mal.

– Et qu'est-ce qu'tu veux qu'ça me foute ? T'as intérêt à conduire normalement, mémé botanique, sinon j'te nique l'autre cuisse.

Elle jeta un coup d'œil dans le rétroviseur, espérant y découvrir une voiture de police, comme dans les films. Hélas, derrière elle, la route demeurait désespérément vide. Il fallait pourtant tenter quelque chose. Mais quoi ?

Elle eut une idée. Elle savait qu'il lui faudrait bientôt ralentir, car la route, après avoir longé la forêt, bifurquait brusquement à gauche à quatre-vingt-dix degrés avant d'enjamber un petit pont. Sur le côté droit de l'ouvrage, il manquait trois mètres de parapet. Si elle parvenait à sauter en marche au moment précis où le véhicule s'engagerait sur ce pont, il continuerait tout droit et s'écraserait six mètres en contrebas, dans le ruisseau. Le choc serait peut-être suffisant pour que ce type soit assommé, et elle aurait largement le temps de disparaître dans les fourrés. Elle était confiante en sa forme physique et, si la chance lui souriait, elle s'en sortirait avec quelques ecchymoses. Ça devrait marcher.

D'ailleurs il n'y avait rien d'autre à tenter. Après, il serait trop tard.

Elle tourna imperceptiblement la tête vers la droite et eut un haut-le-cœur : de l'index, l'individu se curait le nez, et se débarrassait de sa récolte en la collant sur les garnitures de la portière. Il n'y avait pas à hésiter. Sa décision était prise, et tant mieux si ce type crevait, c'était de la légitime défense. Il ne méritait pas de vivre. Révulsée, elle s'efforça de se concentrer sur sa conduite.

La terreur avait disparu ; le crabe, repu, s'était arraché de son corps. Bon vent.

Elle devait endormir la méfiance du voyou afin qu'il ne se doute de rien. Il restait cinq kilomètres avant d'arriver au pont. Julia se décida :

– Je peux vous poser une question ?

– Non.

– J'aimerais savoir pourquoi vous m'avez prise en otage ?
Je peux peut-être vous aider. Aucune situation n'est vraiment
désesp...

– Ta gueule ! Tu dis encore un mot et j'te casse la tête !
aboya-t-il.

Raté. Inutile d'insister. Ce garçon frisait la débilité. Sans
doute casseur, dealer, minable voleur de motocyclettes, incapable d'écrire ne serait-ce que son nom. Un jeune délinquant
dont on devinait le parcours : renvoyé de l'école dès le primaire ; une éducation faite dans la rue, en rupture avec le milieu
familial, et les mauvais coups avec les copains au fond d'une
cité sordide...

La Renault s'approchait du pont, visible à trois cent cinquante
mètres. La femme était étonnamment calme, presque détachée.
Elle savait exactement ce qu'il fallait faire. Elle ralentit, rétrograda en seconde. Encore cinquante mètres. Elle empoigna le
volant et fit mine de le tourner vers la gauche. L'autre main se
posa sur la poignée de la portière, et elle banda ses muscles.
Elle sentit le contact glacé du pistolet sur sa tempe.

– Essaie un peu, et t'auras la cervelle éparpillée sur le
volant ! Arrête ta bagnole, et gare-toi sur le bord de la route.
Tout de suite, bordel !

Elle obéit. L'homme lui empoigna les cheveux et les tira
violemment en arrière.

– T'es vraiment qu'une vieille conne, mémé botanique ! Je
t'avais prévenue : j'suis un mec vachement dangereux. Tout le
monde le sait. J'veux qu'on m'obéit, et tout... J'veux le respect,
merde, sinon j'ai la haine !

« Grand Dieu, il va me tuer ! pensa-t-elle. Ce type est
malade ! » Bonjour terreur, bonjour le crabe.

Il leva son arme et l'abattit violemment sur la cuisse de la
conductrice, à l'emplacement exact où il avait cogné la première
fois. La douleur fut si forte qu'elle s'évanouit, la tête sur le
volant.

Il la fit revenir à elle en lui appliquant la pointe incandescente
d'une cigarette sur la nuque, par petites pressions vicieuses. Une
odeur de poils roussis emplissait l'habitacle. Elle ouvrit les
yeux, et l'atroce souffrance envahit instantanément son cerveau,

15

par vagues successives de plus en plus violentes. Elle se mit à hurler.

Fiche le camp, terreur. Mais l'autre refusa de la quitter. La terreur préféra se transformer en rage.

Julia bondit sur son tortionnaire qui tenta de la repousser et de saisir son pistolet. Sous l'effet de la surprise, il avait lâché la cigarette qui était tombée entre ses jambes. Tout en se protégeant de l'attaque par des moulinets désordonnés du bras gauche, il chercha à la récupérer avant qu'elle ne le brûle. La femme en profita. Elle parvint à lui enfoncer un ongle sous l'œil droit, sentit la résistance et tira. La paupière inférieure céda, le sang jaillit. Un lambeau de chair pendait sous l'orbite, découvrant partiellement le globe oculaire. C'était horrible. Mais son passager réagit en lui expédiant un violent coup de coude en pleine poitrine. Elle retomba, le souffle coupé.

Il hurla :

— T'as fait ça, salope ! T'as fait ça !

Protégeant son œil blessé de son avant-bras, l'homme souleva ses fesses du siège et balaya la cigarette. Puis il se pencha pour ramasser son arme.

Elle ne lui en laissa pas le temps. Elle se jeta à nouveau sur lui, martelant ses côtes et son visage avec l'énergie du désespoir. Sous la grêle de coups de poing, le voyou relâcha son automatique qui alla se ficher par le canon entre le siège et un vieil imperméable roulé en boule. Julia fut la plus rapide : elle s'en empara et, le serrant fortement entre ses deux mains, le braqua sur lui.

Le souffle court, elle ordonna :

— Sors !

— Faites pas ça ! La détente est vachement relâchée, et tout. Si vous appuyez, l'coup part. L'cran de sûreté n'est pas mis.

— Ah, le cran de sûreté n'est pas mis ? Tu voulais donc me tirer dessus ? Eh bien, tu vas voir quel effet ça fait de prendre une balle dans le corps... Dehors ! Sors de cette voiture ! Tout de suite !

— Non, s'il vous plaît ! Non ! Je voulais pas vous tuer ! Je voulais habiter chez vous pendant deux ou trois jours, c'est tout. Pour me planquer. La police me cherche...

— Pourquoi ?

– J'ai fait une connerie. J'ai braqué un bijoutier. Mais j'ai rien pris, j'le jure !

Il sortit de la Renault. La conductrice fit de même et contourna le véhicule, respiration sifflante, traînant la jambe, mais l'arme toujours fermement braquée.

– Tiens, tu as abandonné tes « mémé botanique », tes « j'ai la haine » et ton stupide accent de rappeur ? Comment t'appelles-tu ?

– Denis Bellache.

– Eh bien, Denis, tu vas voir ce que j'en fais, moi, des petits imbéciles de ton espèce !

– Ne tirez pas ! S'il vous plaît...

Il tomba à genoux, implorant. Elle le trouva répugnant avec sa petite mine chafouine, son œil comme agrandi par la blessure, et les traînées de sang sur son visage. Elle était fière d'elle. Il y avait une chance sur mille de parvenir à désarmer ce loubard, et elle avait réussi. Elle l'avait fait ! Il était cuit ! C'était au tour de cette crapule d'héberger le sale crabe qui dévorait les entrailles. Il était bien là ; son ombre était visible dans les yeux de la petite ordure. Après tout, il y avait une justice.

Et maintenant ?... Elle ne pouvait tout de même pas l'abattre comme un chien, au bord de la route. Elle hésita. Une minute plus tard, sa belle détermination était envolée.

– Pour ce que tu m'as fait subir, tu mériterais mille fois la mort, et pas un tribunal ne me condamnerait. Mais je ne suis pas une criminelle, moi... Relève-toi et mets-toi à courir. Tu as dix secondes. Après ça, je ferme les yeux et je vide le chargeur dans ta direction. Si tu es touché, c'est le sort qui l'aura voulu !... Allez, file !

L'homme se redressa. Ça se passa très vite. Il se détendit comme un ressort, la heurtant sous le menton. Elle roula dans l'herbe et lâcha le pistolet. Dans un brouillard rouge et cotonneux, elle vit Denis se précipiter sur l'arme.

– Fais ta prière, la vioque, tu vas crever !

La ridicule expression « fais ta prière », sans doute puisée dans un western ou dans une mauvaise série télévisée, avait pourtant des accents de sincérité qui n'échappèrent pas à la femme. Cette fois, c'était sérieux. Il allait mettre sa menace à exécution. La tête lui tournait. Mais il ne fallait surtout pas lui montrer qu'elle avait peur, car le courage était le seul moyen de prendre l'ascendant sur lui. Elle se releva et le regarda droit dans les yeux.

— Tu veux me tuer ? Alors vas-y ! Tu pourras te vanter auprès de tes potes d'avoir buté une « vioque », comme tu dis... Mais au moins n'auras-tu pas la satisfaction de voir la vioque ramper à tes pieds, et t'implorer de l'épargner. Tire ! Qu'est-ce que tu attends, petit crétin ?

Elle avait deviné que la terreur ne reviendrait plus. Le crabe était parti à la recherche d'une nouvelle carcasse à ronger, loin, très loin...

À cet instant, le bruit sourd d'un moteur qu'on relance et le grincement d'une boîte de vitesses torturée parvinrent à leurs oreilles. Dans quelques secondes, un poids lourd allait apparaître à la sortie du virage, à l'orée du bois.

Denis Bellache aboya :

— Remonte dans la bagnole, vite !

Elle hésita. Il la bouscula et l'entraîna vers la voiture.

— Grimpe et ferme ta gueule, vieille salope ! J'ai rien à paumer. Si tu fais le con, j'te bute, j'le jure !

Elle le provoqua, autant pour vérifier que le crabe ne se cachait pas dans les environs, *on ne sait jamais,* que pour le déstabiliser :

— Tu sais, ta façon de parler ne m'impressionne pas plus que ton revolver ! Tu ne me fais pas peur. Tu n'es qu'une lopette lâche et minable !

— Boucle-la et grimpe derrière le volant. T'as trois secondes. Après, j'te flingue.

Le camion les dépassa, rétrograda et s'engagea lentement sur le pont. Quelques instants encore et il disparut. Denis leva son poing et cogna violemment la cuisse droite de sa prisonnière. Elle poussa un gémissement. Il lui enfonça le canon sous l'oreille.

— Tu sais quoi ? J'vais pas t'buter sur le bord de la route : j'vais t'buter chez toi, dans ta cuisine ! Puis j'te couperai en morceaux et j'les donnerai à bouffer aux p'tits oiseaux, et comme ça, ni vu ni connu, plus de trace ! Qu'est-ce qu'tu dis de ça ?

Elle ne répondit pas et tourna la clé de contact. Tout son

corps lui faisait mal. Mais le crabe n'était pas revenu. « En réalité, je suis une femme courageuse. Je le sais, on me l'a souvent dit : "Julia, vous ignorez les petits accrocs quotidiens, les contrariétés subalternes, les troubles bénins dans l'ordonnancement de votre existence ; les problèmes importants ne vous désarçonnent pas et ne vous font jamais douter... Je vous admire beaucoup pour cela. Moi, sans mon mari, je serais perdue, ma chère !" »

Cette fois, pourtant, le problème était bien plus grave que tous ceux auxquels elle avait été confrontée dans le passé. Il exigeait des décisions justes et rapides. « En tout cas, pas question de subir passivement et de ruminer mon angoisse : il faut que je réagisse. Aujourd'hui, mon problème s'appelle Denis... Mais, pour chaque problème, il y a une solution. Alors, je dois la trouver pour survivre. Ce n'est pas plus compliqué que ça. Je dois trouver un moyen de manipuler ce petit crétin analphabète. Il est bien capable de mettre sa menace à exécution dès notre arrivée, alors autant commencer à l'amadouer tout de suite. »

Elle se tourna vers lui et dit d'un ton faussement apaisé :

– Denis, il y a des Kleenex dans la boîte à gants et une bouteille d'Évian derrière le siège. Essuie ton visage, tu es couvert de sang. Si quelqu'un te voit dans cet état, il le signalera à la police, et tu pourras dire adieu à ta cavale.

Le voyou hésita, puis s'exécuta, jetant au fur et à mesure les mouchoirs rougis par la vitre de la portière, puis la bouteille vide. Sa blessure était encore plus impressionnante maintenant qu'elle était nettoyée. Elle espéra qu'il n'aurait pas la mauvaise idée de tourner le rétroviseur pour vérifier les dégâts : il serait capable de la tuer sur place.

Bien que la vitre fût baissée, elle percevait des relents de transpiration aigre, l'odeur d'un homme qui a eu peur. « C'est bon signe, pensa-t-elle. Il m'a vraiment crue capable de lui tirer dessus. Ce type ne se pose aucune question ; il fonctionne au premier degré. À moi de trouver un moyen de le manœuvrer. » Pour l'instant, il lui coulait des regards en coin qui prouvaient qu'elle avait tout de même réussi à le décontenancer.

2

Juliette Dupré était née un vendredi 13. Cela n'avait pas porté chance à Marthe, sa mère, qui était morte en lui donnant le jour. Tout ce qui restait d'elle, un demi-siècle plus tard, c'était une pierre tombale au cimetière, une poignée de photos jaunies et quelques bijoux de famille. Pour Julia, sa mère était une abstraction, elle n'avait jamais existé. Un peu comme ces héros de roman auxquels on finit par s'attacher, mais aux malheurs desquels il est impossible de compatir. Ce qu'elle savait d'elle, c'est son père, Robert Dupré, qui le lui avait raconté lorsqu'elle avait six ou sept ans. Cela se passait habituellement le soir, après avoir éteint le poste de TSF. Il la portait sur son dos et la mettait au lit. Puis il s'asseyait à ses pieds et répondait au flot de questions par des petites histoires amusantes, des anecdotes, des souvenirs, que Julia était bien incapable de placer dans un ordre chronologique. Plus tard, lorsqu'elle parlait de sa mère, elle disait : « Un jour, ma mère a fait ceci... Un jour, mes parents ont fait cela... » Mais Marthe Dupré ne lui avait jamais vraiment manqué.

Avant la guerre, Robert Dupré était ingénieur dans une usine d'aéronautique. Sous l'Occupation, celle-ci fut réquisitionnée, partiellement démontée et envoyée en Allemagne. Robert Dupré trouva un emploi dans une fabrique de meubles qui appartenait à un vague cousin. À la Libération, il avait repris son ancien poste, et avait rapidement eu de l'avancement. Chaque matin, il partait au travail au volant de sa traction, laissant Julia aux bons soins d'une nounou, Mauricette. Lorsqu'il rentrait, c'était rarement les mains vides. Poupées, robes et même chocolats – si difficiles à trouver pendant les premières années de l'après-guerre – s'entassaient dans la chambre de Julia.

Pour son treizième anniversaire, il lui acheta un poney, Arthur. Sans doute voulait-il ainsi se faire pardonner de l'avoir inscrite, pour la rentrée suivante, dans un internat. Malgré son goût pour la liberté, Julia se plut dans ce pensionnat pour jeunes filles de bonne famille. Sous la houlette d'une mère supérieure taciturne, elle accumula les prix d'excellence.

Elle retrouvait son père et Arthur pendant les vacances scolaires. En été, Robert Dupré et sa fille entassaient leurs affaires dans le coffre de la voiture et partaient pour la Côte d'Azur – la Riviera, comme on disait encore à cette époque. La famille possédait un petit mas dans l'arrière-pays toulonnais, et Julia passait ses journées à escalader les rochers et à essayer d'attraper des cigales. Elle gardait un tendre souvenir de cette période insouciante.

L'absence de sa mère et le contact de son père avaient peu à peu forgé son caractère. Bien que docile, Julia était d'une nature généreuse et indépendante. Elle avait tôt pris l'habitude de ne compter que sur elle et, quand elle se fixait un objectif, rien ne lui résistait. Vers l'âge de seize ans, elle s'aperçut avec fierté que les garçons se retournaient sur son passage. Julia était ravissante ; elle apprit à utiliser cet atout pour parvenir à ses fins. Mieux que personne, elle savait charmer son entourage. Bientôt, son père lui-même renonça à la dresser. Il l'observait avec curiosité alors qu'elle se transformait en femme, secrètement ravi d'avoir contribué à façonner ce petit animal rétif qui, maintenant, régentait tout dans la maison.

Après avoir obtenu son bachot, elle poursuivit ses études scientifiques et s'orienta vers la botanique.

Pendant ses vacances à Toulon, elle fit la connaissance de Georges Deschamps, alors âgé de vingt-quatre ans. Ils tombèrent amoureux l'un de l'autre. Georges était un garçon gai, solidement charpenté, aux yeux d'un bleu liquide qui lui donnaient l'air de pénétrer les pensées des autres. Julia fut happée par ce regard inquisiteur. Elle, la sauvageonne, renonça à ses jeux d'enfant gâtée et déposa les armes. Ils se marièrent au printemps suivant et s'installèrent dans la banlieue de Cherbourg. Georges désirait faire carrière dans la Royale et potassait activement ses cours. Julia préparait un doctorat et s'initiait à la génétique, tout en dispensant des cours de sciences naturelles dans un lycée de la ville.

Mais, plus important que tout, Georges et Julia vivaient une vraie passion. Ils avaient le sentiment absolu et définitif que, de toute éternité, ils étaient destinés à se rencontrer et à s'unir. Ils en étaient même arrivés à considérer les expressions d'un romantisme mielleux telles que « nous étions faits l'un pour l'autre » ou « chérie, je ne pourrais pas vivre sans toi », non pas comme les poncifs désuets, indignes du plus minable des romans-photos, mais comme une extériorisation clinique – et somme toute normale – du chamboulement de leurs sens... Quelques mois auparavant, encore, elles auraient arraché à chacun d'eux des hurlements de rire.

Ce bonheur ne dura pas. L'année 1967 fut pour Julia une année terrible et noire. En janvier, son père mourut dans un accident de la route. En juin, ayant consulté un gynécologue, elle apprit qu'une malformation l'empêcherait de procréer. Avoir des enfants était le plus cher désir de sa vie. Inconsolable, elle compensa sa déception en s'investissant encore davantage dans ses études.

Son caractère devint de plus en plus instable et taciturne. Elle avait des crises soudaines de mélancolie, suivies de périodes d'agressivité. Dès qu'il était à terre, Georges faisait les frais de cette cyclothymie. Il ne se passait pas deux jours sans qu'elle ne lui fasse d'épouvantables scènes, pour des motifs plus futiles les uns que les autres. Il redoublait de gentillesse et d'attentions, mais rien n'y faisait. Ces pénibles moments l'éloignèrent d'elle, et il ne reprenait le chemin de la maison que lorsqu'il ne pouvait pas faire autrement.

En 1978, Julia décida qu'ils quitteraient le logement mis à leur disposition par la Marine et iraient habiter dans la vieille maison de son enfance. Son mari, mis devant le fait accompli, ne put que s'incliner. D'ailleurs, peu lui importait. Ses obligations le tenaient éloigné le plus souvent, et il ne consentait à partager avec son épouse que le strict temps nécessaire pour régler les inévitables problèmes d'intendance domestique. Puis il s'éclipsait, triste et abattu, prétextant un embarquement.

Avec l'argent que lui avait laissé son père, Julia fit faire quelques travaux dans la demeure familiale et y fit installer trois serres. Le reste de l'héritage fut placé en actions et en obligations. Les Deschamps n'étaient pas à proprement parler riches, mais ils vivaient dans une confortable aisance.

Puis vint l'époque où Julia plongea dans une sorte de dérèglement mental incessant. Elle vivait dans un monde parallèle ; l'altération de sa conscience l'empêchait de séparer l'important du futile, et même le bien du mal. Ses recherches l'absorbaient au point de lui faire perdre le sens des réalités. Peu à peu, toutes ses amies s'éloignèrent d'elle... À cette époque, elle poursuivait de sa vindicte tous ceux qui lui déplaisaient, ne pouvant penser à autre chose tant qu'elle ne s'était pas vengée de ses ennemis imaginaires. Dans son milieu professionnel, quelques contradicteurs gardaient de cuisants souvenirs de sa paranoïa... Ce bouillonnement mental permanent s'extériorisait par une agressivité de plus en plus marquée et inquiétante. Juste avant la crise, apparaissaient d'étranges symptômes. Julia se saisissait alors d'une paire de ciseaux – toujours la même – et s'en servait pour battre la mesure d'un rythme qu'elle était seule à entendre. Elle le ponctuait d'onomatopées incongrues et déconcertantes : « Iap ! Iap ! Iap ! »

À la longue, Georges comprit que le mot « iap » était le signe avant-coureur d'un débordement de violence frisant la démence. Cette violence n'était pas seulement verbale, mais aussi physique. Elle pouvait être dirigée aussi bien contre elle-même que contre son entourage.

– Iap, qu'est-ce que ça veut dire ? lui avait-il un jour demandé.

– Hein ? Quoi ?... Oh, rien. C'est juste un tic.

Il n'avait pas insisté. Mais une heure plus tard, à l'aide de sa paire de ciseaux fétiche, Julia se coupait les cheveux par mèches entières et inégales. Puis elle se mutila en enfonçant lentement la pointe entre le pouce et l'index de sa main gauche. Le sang gicla. Elle était proche de la jouissance.

Georges fut horrifié.

– Mais... que fais-tu ? Julia !

Elle le regarda, puis sembla émerger de son brouillard intérieur. Brandissant ses ciseaux, elle bondit sur lui. Georges eut beaucoup de mal à la désarmer. Il la mit au lit et appela le médecin. Elle dormit pendant deux jours pleins. Lorsqu'elle se réveilla, elle ne se souvenait de rien et fut surprise de trouver sa main bandée.

Plus tard, le caractère de Julia changea du tout au tout. De vindicative, elle devint apathique et sombra dans un état schizoïde. Elle délaissa ses travaux, rentra dans sa coquille et devint pratiquement insensible aux stimuli extérieurs.

Georges Deschamps ne savait plus à quel saint se vouer. De tels excès le convainquirent que sa femme était devenue folle. Il le croyait vraiment. Mais avec sa logique d'officier pragmatique et rationnel, il se persuada que le comportement outrancier de Julia ne pouvait être dû qu'à une altération organique du cerveau. Prétextant un check-up exigé par la compagnie d'assurances, il parvint à la persuader de subir un examen chez un spécialiste. L'électroencéphalogramme et les radiographies ne révélèrent rien d'anormal. Georges, qui espérait secrètement que le diagnostic serait limpide – « Ce n'est qu'une tumeur, ma chérie ; une toute petite tumeur bien visible sur la radio, et nous pouvons donc te soigner » –, en fut pour ses frais. L'altération du caractère de sa femme avait une autre origine, une origine impossible à lire sur un graphique ou sur une table lumineuse. C'était mystérieux, et Georges détestait les mystères.

Il supporta et se tut.

Elle changea une nouvelle fois de caractère. De l'apathie, elle passa sans transition à l'hyperactivité. Georges fut d'abord ravi de constater qu'elle avait repris goût à la vie et à son travail. Mais les choses allèrent de mal en pis.

En septembre 1984, pour la première fois, Georges se rebella. Il avait découvert que Julia s'était servie pour ses expériences de la dépouille de leur chienne labrador, Esther, morte quelques mois auparavant. La scène fut orageuse. Ce fut une scène de trop. Ils demandèrent le divorce. Il fut prononcé en 1988.

L'année suivante, Julia publia son ouvrage de vulgarisation, *Biomanipulations et Économie agronomique*, qui lui valut un joli succès dans les milieux scientifiques. Elle s'en moquait d'ailleurs comme d'une guigne, car sa vraie fierté, c'étaient les travaux qu'elle menait en grand secret dans son laboratoire, et les végétaux extraordinaires qu'elle faisait pousser dans ses serres.

En moins de trois ans – alors que les plus grands spécialistes auraient mis au moins une décennie pour y parvenir –, elle avait créé une nouvelle variété de renoncule rampante. Si à l'époque elle avait publié sa découverte, nul doute que l'élite de la botanique l'aurait immédiatement reconnue et acclamée (« j'aurais pu l'appeler *Ranunculus repens dupreus...* »). Pourtant, elle préféra garder le silence. De 1983 à 1990, elle mit au point une méthode révolutionnaire de greffe, grâce à laquelle elle pouvait provoquer et contrôler la mutation de certaines espèces végétales. En parallèle, elle parvint à accélérer la croissance de ses protégés – ses « enfants » comme elle les appelait – d'une manière si spectaculaire qu'un observateur étranger se serait enfui à la seule vue des monstres qui croissaient dans ses serres.

Car il s'agissait de véritables monstres.

– C'est encore loin ? demanda-t-il soudain.

– On arrive... Mais je te préviens, Denis : si tu veux me tuer, il vaut mieux le faire tout de suite, je ne te laisserai pas une deuxième chance ! Dis-toi bien que si tu me rates, moi, je ne te raterai pas !...

Il fallait lui donner le temps de réfléchir à ce qu'il projetait de faire. Surtout pas le laisser réagir sur un coup de tête. Ce Denis Bellache était le genre de type qui pouvait vous abattre tout simplement parce qu'il était de mauvaise humeur, ou parce qu'il pleuvait, ou parce qu'il avait mal aux pieds. Elle devait le forcer à prendre conscience de la situation. Ne pas le laisser refroidir. Pour ça, il fallait maintenir la pression en le défiant juste assez pour stimuler la parcelle de bon sens qui lui restait. Mais pas trop non plus, car alors la fureur balaierait tout, et il lui logerait immédiatement une balle dans la tête, même si la voiture était lancée à cent à l'heure. *Il n'a pas plus de jugeote qu'une amibe...* C'était donc une affaire de dosage.

– Tu veux que je te dise, Denis ? Tu aurais mieux fait de prendre en otage une brave bourgeoise de la ville. Elle, tu aurais pu la terroriser. Moi, je suis une fille de la campagne, et à la campagne, on est dur à la peine et dur à la douleur. Aussi, ne te fais pas d'illusions : ou tu me tues tout de suite d'une balle dans le dos, ou bien tu me fais face. Dans ce cas, n'oublie pas que je serai sur mon territoire, dans ma propriété, et que les moyens de me débarrasser de toi ne manquent pas ! Réfléchis bien.

— Arrête de parler, mémé, ça m'prend la tête !... J'ai dit que j'te buterai, et j'vais l'faire, c'est tout. Rien que pour c'que t'as fait à mon œil, faut que tu paies.

Elle changea de tactique :

— Et qui te dit que, chez moi, nous ne sommes pas attendus par un gardien ? Tu sais, un type avec un fusil, un grand costaud qui va te mettre en miettes ?

— C'est des conneries, hé !... Si c'était vrai, t'aurais pas fait toutes ces histoires, tu s'rais allée chez toi tout d'suite.

Elle ricana.

— Tu verras bien ! Tu es un minable, Denis. Tu attaques une bijouterie et tu repars les mains vides, puis tu te venges sur une inconnue !

Elle se tourna vers lui. Il fronça les sourcils et menaça :

— Si tu la boucles pas, j'te mets un pain dans la gueule. Boucle-la, sinon...

— Tu es un dur à cuire, hein, Denis ?

— Ouais. J'aime pas les vieilles connes comme toi.

— On arrive. Passe-moi la télécommande.

— Quelle télécommande ?

— Le boîtier, là. C'est avec ça que j'ouvre le portail.

Le Renault Express était arrêté devant une grille dont les volutes étaient occultées par des plaques vert-de-gris. De part et d'autre s'étendait une haute muraille, au-dessus de laquelle on pouvait voir les branches massives d'arbres centenaires qui partaient à l'assaut d'un ciel déjà crépusculaire. Julia Deschamps regarda sa montre. Il était neuf heures passées.

Elle braqua la télécommande vers le portail et engagea la fourgonnette dans l'allée gravillonnée. Denis, nerveux, avait saisi son arme et jetait alentour des regards inquiets. Ce qui ne l'empêcha pas de crâner en lançant, avec défi :

— Alors, mémé, où qu'il est ton gardien, hein ?

— Je ne t'ai jamais dit qu'il habitait chez moi... Il s'agit peut-

27

être d'un voisin qui, de temps en temps, vient me voir à l'improviste. Juste pour vérifier que tout va bien.

— Et il viendrait te voir avec un flingue ? Tu m'prends pour un con ?

— Ne me force pas à répondre à cette question... Mais imagine que, chaque fois que j'utilise ma télécommande pour entrer et sortir de la propriété, un voyant s'allume chez le voisin. Reconnais qu'il serait normal qu'une femme seule prenne ce genre de précautions, non ? Alors, si ce que je t'ai dit est vrai, il sait déjà que je suis là.

Il secoua la tête, ce qui eut pour effet de faire bouger le lambeau de chair qui pendait sous son œil. Une sorte d'œdème bleuâtre commençait à obstruer la plaie qui palpitait. Elle détourna le regard.

Denis lui secoua son pistolet sous le nez :

— Ho, t'as vu trop de films de Schwarzenegger, toi ! Dans la vie, ça existe pas, ce genre de trucs. Si tu crois que tu vas me fout' les j'tons, tu t'goures.

La voiture ralentit devant une maison de brique à l'architecture tarabiscotée, datant du début du siècle. L'unique étage était percé de quatre ouvertures vitrées aux cadres laqués, fraîchement posés. On accédait au rez-de-chaussée par trois larges marches usées et verdâtres. À droite de la porte d'entrée, deux fenêtres avaient été partiellement aveuglées par un badigeon blanc. C'était dans cette maison que Julia était née. Enfant, elle ne se lassait pas de parcourir la propriété en tous sens, découvrant ses moindres recoins avec une joie émerveillée, pressentant, avec l'innocence de ses huit ans, des secrets illimités.

Le bâtiment était flanqué de trois gigantesques serres, reliées entre elles par des sas de communication. Leurs parois étaient faites d'un plastique laiteux, et il était impossible de deviner ce qu'elles contenaient. Appuyée contre la maison, il y avait une remise abritant une machinerie compliquée et ronronnante chargée de réguler la température à l'intérieur des serres et d'y apporter de l'eau.

Si la maison était plutôt sinistre, le parc, en revanche, était magnifique. De nombreux massifs fleuris serpentaient autour d'arbres tellement énormes qu'ils en étaient presque inquiétants.

Julia coupa le contact et se tourna vers son passager, un sourire ironique traînant sur ses lèvres.

– Bon, nous y sommes. Tu m'assassines tout de suite, ou je te fais entrer ?

– Euh... on entre.

Impressionné par la majesté du parc et l'allure étrange de la bâtisse, Denis Bellache perdait de sa superbe. Il sortit de la voiture en dissimulant son arme sous son blouson, et suivit Julia Deschamps qui claudiquait jusqu'à l'entrée. Elle ouvrit la porte avec sa clé et alluma le plafonnier.

Ils se trouvaient dans un petit vestibule meublé d'un canapé en osier et d'un lourd guéridon en chêne. L'endroit était envahi de plantes ; et dans l'atmosphère flottaient des relents d'encaustique.

Soudain, comme venue de nulle part, une voix résonna dans le silence :

– *Intrusion detected. Please identify yourself. You've got ten seconds*[1].

Denis se figea. Julia s'avança dans la pièce, et jeta nonchalamment son trousseau de clés sur le guéridon. Puis, sans lever la tête, elle répondit : « Mercury. »

La voix reprit, sur un ton monocorde :

– *All clear. Welcome home*[2].

Denis avait tiré son arme de dessous son blouson et la braquait frénétiquement dans toutes les directions, ramassé sur lui-même, prêt à faire feu. Il agrippa Julia par son pull-over :

– Qu'est-ce que c'était ? Qui est là ?... C'est qui ce type ? Tu vas répondre, merde ?

– Calme-toi, Rambo ! Ce n'est qu'une centrale de détection à reconnaissance vocale, là, dans l'escalier... un système d'alarme, quoi ! L'appareil se met en marche quand on entre dans la maison, et il demande le mot de passe.

– Et qu'est-ce qui va arriver ? Réponds !

---

1. « Intrusion détectée. Identifiez-vous, s'il vous plaît. Vous avez dix secondes. »
2. « Tout est correct. Bienvenue à la maison. »

– Rien. Tu as entendu : je lui ai donné le mot de passe, Mercury. Il s'est désactivé tout seul.

– Ça veut dire quoi, « désactivé » ?

– Il s'est coupé. Il s'est mis en veilleuse.

– Qui m'dit qu'tu racontes pas du bluff ?

– Personne. Mais je te signale que si j'avais répondu « C'est moi » ou « Rien à signaler » ou « Turlututu », ou n'importe quoi d'autre, l'appareil passait un message téléphonique à la gendarmerie et aux voisins, sans même que tu t'en aperçoives... Dix minutes plus tard, ils étaient tous là !

Le garçon n'avait pas l'air convaincu.

– Et pourquoi qu'tu m'racontes tout ça ? T'aurais pu dire autre chose que le mot de passe !

– Oui. Mais je ne l'ai pas fait ! Puisque tu veux me tuer et nourrir les oiseaux de mon cadavre, ça n'aurait servi à rien. En dix minutes, tu avais largement le temps de me loger une balle dans la tête et de disparaître pour rejoindre tes copains. Ils sont tous comme toi, pas vrai ? De petits truands...

Le voyou la regardait d'une drôle de façon. Ils restèrent face à face, immobiles, pendant un long moment. C'est lui qui reprit la parole :

– T'es raciste, hein ?

Les traits de Julia Deschamps se firent durs. Elle répliqua, cinglante :

– Certainement pas ! Et si tu cherches une raison d'utiliser ton magnifique revolver, économise ta salive !

– T'es raciste, voilà ce qu't'es, une putain de raciste française !

Elle ferma les yeux comme pour se concentrer et s'efforcer au calme. Elle n'y parvint pas, et lorsqu'elle les rouvrit, sa voix était chuintante de colère mal contenue :

– Tu as quel âge, Denis ?

– Qu'est-ce que ça peut te foutre ?

– Ça n'a d'ailleurs aucune importance... Tu es assez grand pour comprendre que ce genre d'accusation est stupide. Je n'ai pas besoin d'être raciste pour observer que ce que j'ai devant moi en ce moment, c'est un être barbare, vulgaire, cruel et désaxé. La couleur de ta peau, ta religion ou ton origine n'y changeront rien !

30

Roide, elle se tenait face à Denis qui, sous l'assaut, avait baissé son pistolet. Le ton véhément de sa voix, plus que la tournure blessante qu'elle voulait donner à ses propos, le fit même reculer d'un pas. L'air déboussolé, la bouche entrouverte et niaise, il tentait d'assimiler ce qu'il venait d'entendre. À cet instant, Julia Deschamps réalisa qu'elle venait de commettre une grave erreur : quand Denis ne comprenait pas, sa frustration se transformait en rage aveugle.

Il laissa tomber son arme et fit un pas dans sa direction, l'air mauvais. Sa paupière droite, tuméfiée, était agitée de soubresauts. Julia recula.

Sans prévenir, il lui décocha un coup de pied dans le ventre. Elle parvint à le dévier mais pas à l'éviter, et elle roula sur le carrelage. D'un bond, il fut sur elle et s'acharna. Julia se protégeait du mieux qu'elle pouvait, mais quand elle ramenait ses bras au-dessus de la tête, les coups pleuvaient sur son thorax, et lorsqu'elle se roulait en boule, il visait le visage. Un vrai démon.

Hors d'haleine, il se calma enfin et se remit sur ses jambes en titubant.

Julia était recroquevillée sur le sol. Au prix d'un effort surhumain, elle parvint à se redresser en prenant appui sur son avant-bras et essuya sa bouche du revers de la main. Ses lèvres saignaient. Elle évita de le regarder.

– Bravo. Tu... tu es vraiment... un héros, Denis !

– Ferme-la, vieille bique, ou j't'égorge !

Elle resta ainsi un bon moment, prostrée, sans bouger, pendant que l'autre regardait autour de lui. Il s'approcha et la poussa du bout du pied.

– Lève-toi ! J'veux qu'tu me fasses visiter cette turne. J'veux savoir c'que c'est les pièges que tu m'as parlé.

Malgré la douleur et la peur qu'elle ressentait, Julia fut soulagée : s'il voulait explorer la maison, c'est donc qu'il n'avait pas l'intention de la tuer. Du moins pas tout de suite. Il lui restait une infime chance de s'en tirer... En tout cas, jamais plus elle n'emploierait ce ton : il avait failli la massacrer ! Dorénavant, elle utiliserait des expressions simples et, surtout, elle éviterait de l'injurier. Pour cet être primaire, une phrase de dix mots était incompréhensible, et cela se traduisait invariablement

31

par une terrible flambée de violence. À l'avenir, elle ferait mieux de s'en souvenir.

Elle tenta de se relever, mais retomba avec une grimace.

– Impossible de me mettre debout. Tu m'as brisé les côtes.

Il n'insista pas et se laissa glisser à terre, face à elle. Ils demeurèrent ainsi, cherchant leur souffle, s'observant en silence.

– C'est quoi, ton nom ? finit-il par demander.

Un flot de colère inonda le cœur de Julia. Elle lui lança :

– Ah ça, non ! Je ne supporterais même pas que tu le prononces ! Ce serait comme si tu me couvrais de pourriture ! Tu peux me frapper jusqu'à demain matin, je ne te le dirai pas !

Il ricana.

– Remarque, je m'en fous ! Si j'veux l'savoir, j'ai qu'à fouiller dans tes papiers. T'as sûrement des lettres ou des trucs comme ça, avec ton nom de marqué dessus.

Malgré ses bonnes résolutions, elle lui cracha avec dédain :

– Parce que tu sais lire ?

Piqué par l'insulte, le voyou lui enfonça à plusieurs reprises l'index dans l'épaule.

– Recommence pas, mémé, ou j'te passe la deuxième couche ! Mais là, je te finis à coups de tabouret, jusqu'à que tu sois en bouillie !

Une fois de plus, le silence s'installa. Julia se massait la poitrine, endolorie par les coups de son agresseur. Lorsqu'elle réalisa qu'il l'observait, la tête légèrement penchée sur le côté, elle s'interrompit, gênée.

Elle avait mal partout, ses lèvres avaient doublé de volume, et chaque parcelle de son corps était douloureuse. Mais, bizarrement, c'était la petite blessure sur sa pommette qui la faisait le plus souffrir. À chaque battement de cœur, elle y ressentait comme un élancement brûlant. Peut-être la plaie était-elle en train de s'infecter ? Doucement, elle y porta la main. Ça ne saignait plus.

Elle releva la tête et regarda Denis. Il n'était pas mieux loti qu'elle. Son visage était effrayant. Sous son œil blessé et suintant, la boule bleuâtre avait presque doublé de volume. L'œil, dont le blanc semblait démesuré, l'excroissance écœurante qui gonflait juste en dessous et les sillons que le sang avait tracés des deux côtés du nez jusqu'aux commissures des lèvres le faisaient ressembler à un personnage de films d'épouvante. Il était assis en tailleur, son arme à côté de lui.

Il remarqua qu'elle le dévisageait.

— Et pourquoi qu'tu me regardes comme ça ?

— Pour rien. Ou plutôt si, bluffa-t-elle : je veux regarder en face mon futur meurtrier. C'est une expérience intéressante, tu ne trouves pas ?

— Si t'es tellement sûre que j'vais te buter, y a un truc que j'pige pas... commença-t-il.

— Ah oui ? et quoi donc ?

— Pas une fois tu m'as demandé de t'laisser t'barrer ! T'aurais pu me proposer du fric, ou ta voiture, ou des trucs comme ça, pour que j't'laisse partir. N'importe qui aurait fait ça !

— Et si je te l'avais demandé, aurais-tu accepté ?

— Des queues !

— Alors, tu vois bien. C'était donc inutile de te le demander.

— Tu pouvais pas savoir.

— Si, mon garçon, c'était facile à deviner... Écoute, je te propose de faire la paix. Tu peux rester ici cette nuit si tu veux.

— J'te fais remarquer que c'est moi qu'ai le flingue, crâna-t-il. Alors, ton invitation, hein...

— C'est juste. Mais laisse-moi au moins te soigner. Si tu refuses, ton œil va tellement enfler que demain tu n'y verras plus rien.

Il fallait absolument l'empêcher de se rendre dans la salle de bains et de se regarder dans la glace. C'était la priorité des priorités. Elle proposa :

— Viens dans la cuisine, c'est là que je garde mes produits pharmaceutiques. Je te promets que je ne tenterai rien. Je vais te faire un pansement. D'accord ?

Il hésita. Puis il se releva et lui tendit la main pour l'aider à se remettre sur ses pieds.

Julia Deschamps inspira profondément. La douleur dans son ventre se réveilla, et les larmes lui montèrent aux yeux. Denis la suivit jusqu'à la cuisine, maintenant entre elle et lui une distance respectueuse. Elle entrouvrit son armoire à pharmacie dont le battant était revêtu, à l'intérieur, d'un miroir grossissant. Mais, de l'endroit où Denis était assis, il ne pouvait pas le voir. Elle saisit quelques flacons, une pommade antiseptique, de la

33

gaze, des pansements, du sérum physiologique, une paire de pincettes, des Coton-Tige et des cotons démaquillants, puis referma l'armoire et revint vers la table.

— Pendant que je te soigne, tu peux me planter ton revolver dans le ventre. Comme ça, si je tente quelque chose, tu n'auras qu'à appuyer sur la gâchette. D'accord ?

Il eut une mimique d'initié qu'il ponctua d'un roulement d'épaules prétentieux.

— Ça s'appelle un pistolet automatique, pas un revolver. Et il y a une détente, pas une gâchette...

— Va pour pistolet et détente... Alors ?

— D'accord. Mais fais gaffe...

Elle commença par lui nettoyer le visage avec le sérum. Penchée sur lui, elle sentit remonter vers elle l'effroyable puanteur du voyou. Surmontant son dégoût, elle souleva doucement le lambeau de chair à demi arraché et tenta d'en recouvrir l'œdème. C'était impossible ; elle ne parvenait pas même à en cacher le tiers. Elle y appliqua un épais morceau de gaze, qu'elle demanda à son patient de maintenir en place pendant qu'elle débouchait le tube de pommade.

— C'est quoi, ce truc ? demanda-t-il.

— Un antibiotique. Des sulfamides. Ça tue les microbes... Ne t'agite pas, et penche la tête en arrière.

Il s'exécuta, mais elle sentit augmenter la pression du pistolet contre son ventre. Elle retira la gaze.

— Il se peut que ça te fasse un peu mal quand j'appliquerai la pommade. Je ferai aussi doucement que possible. Prêt ?

Pour toute réponse, il enfonça son arme plus profondément encore. À quelques centimètres de son visage, elle voyait un gros bouchon de cérumen jaunâtre et durci qui lui obstruait l'oreille. Elle ferma les yeux pour contenir sa nausée.

— J'y vais. Ne bouge plus...

Pour les désinfecter, elle plongea les pincettes dans un flacon d'alcool, et les secoua afin de les sécher. Puis, délicatement, elle abaissa le lambeau de chair et, avec un Coton-Tige, elle l'enduisit d'une fine couche de pommade. Ce n'était pas la meilleure méthode, elle le savait ; si des fibres de coton restaient collées à la plaie, l'infection était assurée. « Eh bien, dans ce cas, tant pis ! » décida-t-elle. Puis elle rabattit le lambeau sur l'œdème. Denis se crispa et murmura une grossièreté, lèvres retroussées en une grimace de douleur. La pommade le brûlait.

– Ça va faire mal pendant quelques minutes, le prévint-elle, puis ça passera. Reste tranquille, je n'ai pas fini. Ferme ton œil, que je te mette une compresse...

Elle découpa un nouveau carré de gaze, le replia trois fois et le mouilla avec du sérum physiologique. Puis elle le déposa sur l'orbite. Elle le recouvrit d'une épaisse boule de coton, et fixa le tout à l'aide d'une bande dont elle entoura plusieurs fois le crâne. Elle s'écarta.

– Tu ressembles à un pirate maure, mais ça ira... Il faut que tu gardes ce pansement pendant trois ou quatre jours. Ne l'enlève pas avant que cela cicatrise (*et surtout, ne te regarde pas dans la glace*), sinon il faudra que tu ailles à l'hôpital (*et moi, à la morgue*).

– T'as de la bouffe ici ?

– Derrière toi, dans le réfrigérateur.

Étrangement, il se lava les mains avant de se servir une cuisse de poulet froid. Dans un placard, il dénicha trois packs de bière en boîte. Il en arracha une, tira sur l'anneau, but et fit la grimace. Elle était tiède. Il défit les emballages et plaça les dix-sept autres boîtes dans le frigo. Julia en déduisit qu'il n'avait pas l'intention de quitter les lieux de si tôt.

Sans regarder, il balança l'os de poulet nettoyé dans l'évier.

– Y m'faut d'la ficelle ou d'la corde.

– Pour quoi faire ?

– Pour t'attacher ! répondit-il en essuyant d'un revers de manche la mousse qui dégoulinait sur son menton. Tu crois tout de même pas que j'vais t'laisser libre dans la maison, cette nuit ?... Fais-moi visiter la bicoque.

Julia Deschamps prit le temps de désinfecter la coupure à sa pommette et rangea le nécessaire à pharmacie. Elle jeta un coup d'œil furtif dans la glace : son visage ressemblait à une pastèque défoncée. Elle se tourna vers Denis et l'invita à la suivre.

3

— On commence par l'étage. Il y a deux chambres à coucher, une salle de bains et un petit grenier.

Ils empruntèrent l'escalier. Elle marqua un temps d'arrêt en passant devant la centrale de détection, gros boîtier en plastique blanc fermé à clé.

— Voici Mercury, dit-elle. Cela vient des États-Unis. C'est une centrale domotique à synthèse et reconnaissance vocales. Il n'y a pas mieux. Un bon conseil : ne t'avise pas de la démolir ou de couper les fils, cela ne servirait à rien. L'appareil est programmé pour prévenir la gendarmerie si on essaie de le fracturer. Mercury pilote tout ce qu'il y a ici ; il détecte les cambrioleurs, règle le chauffage de la maison et des serres, allume le four de la cuisine, vérifie que les portes et les fenêtres sont fermées, et il peut me faire couler un bain en réglant automatiquement la température. Je peux l'interroger à distance, à l'aide d'un téléphone ou d'un Minitel... Dès que je passe la porte, il reconnaît ma voix. Si tu étais entré ici seul, même muni du mot de passe, tu n'aurais eu aucune chance : il aurait envoyé immédiatement un message d'alerte à la gendarmerie et à deux voisins... Mercury est relié à mon ordinateur. C'est lui qui dose l'arrosage de mes plantes en fonction du temps qu'il fait. Lorsque le temps est trop sec, il enclenche des brumisateurs qui humidifient les serres...

Le voyou fronça les sourcils.

— C'est quoi, un « brumisateur » ?

— C'est un appareil qui produit du brouillard. Je cultive des

37

plantes tropicales qui ont besoin de beaucoup de chaleur et d'humidité. C'est également indispensable pour les papillons...

— Qu'est-ce que c'est que ces conneries ?

— Dans la serre tropicale, j'élève aussi des papillons exotiques, aux noms compliqués : des *Kallima,* des *Samia cynthia,* des *Caligo...*

— T'es vraiment barje, tu sais ça ?

Sur toute la longueur de la maison, un couloir partageait l'étage en deux parties égales : d'un côté, un grenier encombré par un fouillis d'objets hétéroclites et, de l'autre, deux chambres, une salle de bains, un cabinet de toilette et une penderie fermée par un rideau. Denis s'intéressa surtout au grenier.

Il intima à Julia l'ordre de se placer à un endroit où il pouvait la surveiller, et il farfouilla à la recherche d'une corde. Il trouva ce qu'il cherchait dans le tiroir d'une vieille commode au vernis craquelé. C'était un rouleau de fil plastifié que la maîtresse des lieux utilisait de temps en temps pour maintenir ses tuteurs. Il en éprouva la solidité en le tendant à plusieurs reprises entre ses deux mains. Il parut satisfait.

— Impec !... Dis donc, t'as des armes dans ta maison ? Des flingues, des épées, des crans d'arrêt, des trucs comme ça ?

— Non. Je déteste les armes. Tu peux fouiller partout.

Considérant une forme recouverte d'un drap, il demanda :

— C'est quoi, là-dessous ?

— C'est un mannequin de couturier. On s'en sert pour confectionner des robes.

— On dirait un fantôme ! Moi, c'est des trucs qui m'foutent les glandes, les fantômes. Ça craint... T'as vu *Jeremy et le Linceul de sang* ?

— Non.

— C'est l'histoire d'un type qui bute son frère jumeau, et le frère y vient se venger en fantôme. Vachement gore, et tout...

Il se mit en position de tir, bras tendus, et fit feu sur le mannequin. Des brins de paille volèrent à travers la pièce, et le drap flotta un instant comme une voile saisie par la bourrasque. Pendant que la douille vide tintinnabulait sur le sol, une fine neige de particules poussiéreuses descendit sur eux, décollée des poutres par la détonation ; une odeur âcre se répandit dans l'atmosphère confinée du grenier.

Le voyou éclata de rire.

– C'est comme dans le film, sauf que, dans le film, les balles y traversent le frangin sans le toucher !

Les oreilles sifflantes, Julia Deschamps eut une moue réprobatrice.

– Pourquoi as-tu tiré ? C'est stupide. D'autant que le coup de feu a sûrement été entendu à des kilomètres !

– C'est des conneries ! continua Denis. J'suis sûr que les arbres du jardin ont pas laissé passer l'bruit.

Sa physionomie inquiète démentait ses propos. Il sortit à moitié le chargeur de l'arme et compta les balles restantes. Julia le vit faire la grimace. *Peut-être ne lui en reste-t-il qu'une ou deux...*

Denis la poussa dans le dos.

– Allez, on redescend. Je veux voir les pièces du bas. Après, tu pourras bouffer et je t'attacherai pour la nuit.

– Est-ce vraiment nécessaire ?

Il se tapota le front du plat de la main :

– Hé, ho ! Y a pas marqué « idiot », là !

– Je te donne ma parole d'honneur...

– Ta parole, j'm'assois dessus ! J'ai pas confiance. T'es une teigneuse, et en plus, tu m'as dit qu'il y a des pièges. Me prends pas pour un con, mémé, je déteste ça. On descend.

Outre le vestibule et la cuisine, le rez-de-chaussée se composait d'un petit bureau, de W-C et d'un salon presque entièrement occupé par une bibliothèque monumentale, un canapé et deux chauffeuses en cuir patiné, une table et six chaises modernes en Altuglas, et un coin télévision avec magnétoscope.

– Qu'est-ce que t'as comme films ? T'as la collection des *Terminator* ? demanda-t-il.

– J'ai des documentaires, des concerts classiques... et des opéras.

Ils poursuivirent la visite par la pièce que Julia appelait un peu pompeusement son « laboratoire ». Elle avait fait abattre une cloison afin de disposer de l'espace nécessaire pour mener à bien ses expériences, et avait enduit de peinture blanche la partie inférieure des deux fenêtres. Elle trouvait qu'ainsi l'endroit ressemblait vraiment à une salle d'expérimentation, et elle se fichait éperdument que, de l'extérieur, cela enlaidisse la maison.

La pièce était remplie d'appareils compliqués. Rangés le long des murs, il y avait de petites serres en verre éclairées d'une lueur glauque, une multitude de cornues, d'éprouvettes et des bocaux reliés par des tuyaux à deux bonbonnes d'oxygène où nageaient de minuscules graines.

Au milieu du laboratoire trônait une sorte d'établi en carrelage blanc équipé d'un double évier ; sur un plan de travail étaient posés un microscope et une lampe à rayons ultraviolets. Des photographies et des dessins de plantes et de papillons tapissaient les murs. Dans l'angle gauche, un bureau Directoire anachronique supportait un gros ordinateur IBM, un modem et une imprimante laser.

Denis jeta un coup d'œil furtif par la fenêtre, puis revint vers elle.

— C'est quoi c'que tu fais exactement ici ?

— Tu le vois bien : des expériences sur les plantes.

— Ça sert à quoi ?

— Pourquoi faudrait qu'il y ait un motif précis à tout ce que l'on fait ? Si tu avais trouvé un piano dans cette pièce au lieu de ces instruments de mesure, m'aurais-tu demandé à quoi ça sert ?

Il regarda autour de lui.

— C'est quoi, cette porte ?

— Un débarras. C'est là que j'entrepose mes bocaux et que j'archive le résultat de mes travaux.

— Et l'autre, là-bas ?

— Une vieille salle de bains, dont je ne me sers pas.

Il négligea le débarras et ouvrit la porte de la salle de bains. Elle contenait une énorme baignoire sur pied, en fonte, ainsi qu'un lavabo entartré et taché de coulures brunes. À l'époque où l'on avait construit les serres dans le parc, son mari avait fait maçonner des barreaux dans les montants de la fenêtre pour éviter qu'un visiteur indésirable ne puisse se hisser jusque-là après avoir pris appui sur le toit de la remise.

Denis s'approcha du miroir, se pencha en avant et examina son pansement. Julia retint sa respiration. Mais, sans un mot, il tourna les talons et retourna dans le laboratoire. Il se dirigea vers l'ordinateur, contourna le bureau et tapota sur le clavier.

– T'as des jeux ? Mon pote Rémy, il a le nouveau *Flight simulator*. (Il prononçait « Fligett simulatôre ».) C'est à chier. Moins bien que l'ancien. Fait pour des débiles.

– Non. Pas de jeux.

– Alors, amène-toi, on visite le sous-sol, ordonna-t-il en tirant une Marlboro d'un paquet tout aplati.

La cigarette était tordue. Il tenta de la redresser en la roulant entre ses doigts. Il l'alluma à la flamme de son Zippo, exhala un nuage de fumée bleue qu'il traversa en se dirigeant vers la porte.

– Passe devant.

La cave renfermait une ancienne chaudière à charbon modernisée par l'adjonction d'un brûleur à fioul, une cuve à mazout, une buanderie, des rayonnages où reposaient quelques vénérables bouteilles poussiéreuses, et une invraisemblable collection d'ustensiles de jardinage. En découvrant parmi eux de lourdes haches, des faucilles et quelques fourches, Denis jugea plus prudent de verrouiller la porte et de mettre la clé dans sa poche. Ils remontèrent.

– Si tu veux bouffer, c'est maintenant, lança-t-il alors qu'ils revenaient dans la cuisine. Pour les chiottes, pareil. Pas la peine de gueuler c'te nuit, j'viendrai pas t'détacher !

– Je n'ai pas faim. Mais je prendrai une bouteille d'eau minérale.

– Et comment qu'tu vas la boire ? T'imagines pas que j'vais te laisser les mains libres, non ?... Ta piaule, c'est laquelle ?

– La première à gauche de l'escalier.

Il prit la corde et une paire de ciseaux, et gravit les marches à sa suite.

– Si jamais quelqu'un s'pointe cette nuit, j'viens t'chercher. Démerde-toi pour qu'il s'en aille. Et surtout, braille pas. Si tu brailles, j'prendrai l'temps de t'faire la peau avant de foutre l'camp. Ça je t'le jure. Alors, tiens-toi tranquille.

– Personne ne peut entrer dans la propriété sans sonner à la grille du parc.

– Et ton voisin alors, tu sais, le grand costaud avec un fusil ?

Tu m'as encore raconté des salades, hein, mémé ? Va falloir arrêter.

Elle poussa la porte de la chambre, avança de quelques mètres et se tourna vers lui, une interrogation muette sur le visage. D'un mouvement du menton, il lui fit signe de s'allonger sur le lit et commença par lui lier les mains au cadre, de part et d'autre. Puis il s'attaqua aux pieds qu'il attacha au montant du lit.

Il l'examina et ricana de façon ordurière.

– T'excite pas trop, mémé, je violerai pas une vieille bique comme toi !... Il y a trente ans, tu devais pas être trop mal, ajouta-t-il, mais aujourd'hui, tu m'ferais plutôt gerber.

Il retira la clé de la serrure, éteignit la lumière, sortit de la pièce sans un mot et la verrouilla de l'extérieur.

Abandonnée dans l'obscurité, Julia Deschamps testa la résistance des liens en tirant dessus. Mais tout ce qu'elle réussit à faire, ce fut d'entailler encore davantage sa chair et de réveiller les douleurs dans ses membres et dans son ventre.

Elle retomba, les traits tordus par une grimace.

Elle compta mentalement jusqu'à cinq cents. Puis elle fut prise d'une envie de soulager sa vessie, comme chaque soir lorsqu'elle se glissait dans son lit. Cette manie datait de l'enfance. À cette époque, c'était sa façon de retarder le moment où son père éteignait la lumière de sa chambre. Arrivée à l'âge adulte, son organisme se vengeait et lui imposait cette contrainte quotidienne, véritable réflexe conditionné contre lequel il lui était impossible de lutter. Elle s'en voulut de n'avoir pas osé se rendre aux toilettes en présence du voyou, et maudit sa pudeur.

Elle pensa à Georges, son ex-mari, qui abandonnerait son commandement de marine dans moins d'un an pour prendre sa retraite. Pendant qu'elle était attachée sur ce lit, à la merci d'un fou dangereux, le bâtiment de Georges croisait quelque part dans les mers du Sud. Bizarrement, sa présence lui manquait. Ce sentiment étrange, elle le ressentait depuis quelque temps déjà. Georges lui manquait. Georges lui manquait terriblement. Malgré leur séparation, ils étaient restés en bons termes. Lorsqu'il faisait escale dans un port du bout du monde, il lui envoyait parfois une carte postale avec un mot gentil, ou une lettre sur laquelle étaient scotchées quelques graines exotiques.

Elle ferma les yeux et essaya d'imaginer comment Georges le Réaliste, Georges sans Nerfs, Georges le Dompteur d'océans aurait fait face à la situation. En tout cas, jamais il n'aurait accepté de conduire le voyou jusqu'ici, jusqu'à la maison. Georges n'aimait pas les complications. Il aurait réglé le problème en sautant à la gorge de Denis.

« Ça, c'est sûr », dit-elle à haute voix. Julia inspira profondément. Pour la première fois de la journée, elle se sentit vaincue par les événements. Elle pleura silencieusement, à s'en étouffer.

Un craquement venu d'en bas lui apprit que son tortionnaire continuait de fureter dans la maison. Enfin l'horloge du couloir sonna deux heures, et le silence s'installa.

Habituée qu'elle était à dormir en chien de fusil, le filin qui cerclait ses poignets la rappelait cruellement à l'ordre chaque fois qu'elle tentait de se coucher sur le côté. Elle flottait entre l'état de veille et une somnolence nauséeuse. Elle ne rêvait pas : elle imaginait, se laissant emporter par des flots colorés dont elle parvenait à diriger le cours par sa seule pensée. De vieux souvenirs revinrent à sa mémoire, des souvenirs qu'elle avait crus effacés à jamais. Bien qu'elle en canalisât le défilement anarchique, la précision et l'acuité de ces visions empêchaient son endormissement et la ramenaient, comme une bouée, vers la conscience. C'étaient de petites choses anodines, voire triviales : le galbe d'une colline entraperçue un jour de pluie par la vitre de la voiture, la cuillère en bois avec laquelle un vieux marchand ambulant retournait ses marrons chauds, les boutons dorés du groom qui lui avait servi son petit déjeuner dans cet hôtel de Berne, il y avait plus de dix ans... Avec une étrange netteté, elle entendit – oui, *entendit* – une chanson débile, une scie des années soixante-dix. Elle résonnait quelque part dans sa tête, entre ses oreilles : « Ra-Ra-Raspoutine... » Mon Dieu, comment pouvait-on dormir dans un tel vacarme ? Et toutes ces images ! Et ces couleurs éblouissantes ! Il fallait changer de rêve. Le raffut s'estompa, et les boutons du groom grossirent, grossirent, jusqu'à occuper tout son champ visuel. L'or devint ardent. Julia était couchée sur le dos et clignait des yeux sous

43

la brûlure du soleil. Elle détourna la tête. Une mouette cria. Cela ressemblait à un rire de dément.

Elle sursauta. Il n'y avait au-dessus d'elle que les froides moulures du plafond de sa chambre.

Alors, pour occuper son esprit débridé, elle pensa à Denis. Son PROBLÈME. Elle imagina des solutions pour se tirer d'affaire, mais elles étaient toutes inapplicables, nourries de folie pure. Lorsque enfin elle croyait tenir le bon bout, elle replongeait dans ses songes fuligineux...

Le crabe était parti, mais il avait laissé des traces. L'organisme de Julia se vengeait des épreuves et des coups reçus ; il se vengeait sur son moteur, sur la chose qui se tordait sous son crâne. La chose qui commandait tout et ne résolvait rien. Un cerveau inutile, fatigué et révolté.

Le petit matin la trouva dans un état proche de la prostration. Des élancements douloureux lui traversaient les tempes, et des éclairs explosaient dans ses yeux. Ses bras étaient ankylosés, et un fourmillement douloureux et glacé indiquait que le sang était presque figé dans ses veines.

À plusieurs reprises, elle appela Denis, mais sa voix se perdit dans le silence de la maison.

Peut-être était-il parti ? Elle frissonna. Dans ce cas, son sort était scellé : elle mourrait dans son lit de faim et de soif ou d'une embolie ou de la gangrène.

4

Une lumière bleutée filtrait à travers les volets. L'horloge frappa dix coups lorsqu'elle perçut du bruit dans le corridor.

Denis fit irruption dans la chambre.

Il avait pris un bain. Julia remarqua qu'il était vêtu d'un pantalon de toile et d'un chandail élimés qui avaient appartenu à Georges. Mais il avait conservé son blouson en nylon rouge, déséquilibré par le poids du pistolet qu'il avait glissé dans sa poche. Son pansement était intact ; il portait quelques taches d'humidité, ce qui signifiait qu'il ne l'avait pas retiré pour faire sa toilette. Elle fut rassurée. Il s'approcha du lit et entreprit de défaire les nœuds.

Julia fit la grimace. Apparemment, le voyou avait aussi trouvé le vieux flacon d'*Équipage* oublié par Georges dans la salle de bains, et il s'en était aspergé de la tête aux pieds. L'eau de toilette avait tourné depuis belle lurette, et répandait dans l'atmosphère des relents suris. Pendant cinq minutes, Denis s'acharna vainement sur les liens. Perdant patience, il chercha les ciseaux sur la commode. Julia put alors lire ce qui était marqué au dos de son vêtement, en lettres blanches disposées en demi-cercle : « Kingston Raggamuffin Académy »... Académy, avec un *é* ! Le blouson avait certainement été confectionné dans un atelier clandestin du XVIIIe arrondissement, pensa-t-elle, sous la direction d'un négrier bien incapable de localiser la Jamaïque sur une carte.

Denis attaqua les liens avec les ciseaux, introduisant la lame entre la peau et la cordelette, entaillant les chairs de sa prisonnière. Julia gémit. Enfin, il en vint à bout, et la pauvre femme put se redresser et masser ses membres pour rétablir la circulation sanguine.

Il la regarda méchamment.

– Debout, Juliette Deschamps, née Dupré. (Il avait vraiment fouillé dans ses papiers.) Assez pioncé... J'ai pas pu roupiller, j'ai mal sous l'œil. Qu'est-ce que tu m'as foutu dessus ?

– Tu l'as bien vu, une pommade désinfectante. C'est normal que tu aies mal, c'est la preuve que ça cicatrise. Si tu ne me crois pas, tu n'as qu'à lire ce qu'il y a marqué sur le tube.

– T'as intérêt à pas m'raconter des vannes. Maintenant, lève-toi et descends à la cuisine préparer le p'tit déj. Y s'peut qu'j'aie décidé de foutre le camp ce soir. Peut-être bien que j'vais te piquer ton pognon, et que j'te ficherai la paix.

L'espoir que ces paroles avaient d'abord suscité dans le cœur de Julia fit vite place à l'incrédulité. Elle savait trop bien de quoi ce type était capable. Ce n'était qu'une manœuvre grossière pour qu'elle se tienne tranquille. Des mots. Du vent. Quelque part au fond d'elle-même, elle savait que Denis ne partirait jamais.

Elle lâcha pourtant, en détachant bien chaque syllabe :

– Tu ferais mieux de tenir cette promesse, Denis. Si tu m'attaches encore sur ce lit, je pourrais mourir, et tu serais tenu pour responsable. En revanche, si tu me laisses libre, je te promets de ne pas appeler la police. Tu peux couper les fils du téléphone et prendre la voiture.

Le voyou ne semblait pas l'écouter. Il regardait droit devant lui, fixant un point invisible. Julia insista :

– De toute façon, même si je décidais de les prévenir, il y a au moins une heure de marche à pied jusqu'à la gendarmerie. Tu auras largement le temps de filer...

Sans desserrer les dents, il grommela :

– Lâche-moi les baskets. On verra.

Elle cria :

– Non, c'est tout vu ! Si tu essaies à nouveau de m'attacher, je ne me laisserai pas faire, et tu seras obligé de me tuer ! Je n'ai pas envie de mourir de faim dans mon lit ou d'attraper la gangrène parce que le sang ne circule plus dans mes membres.

Le voyou leva la main et l'abattit avec force. Julia se tassa sous le choc. Le geste de Denis avait été tellement fulgurant qu'elle ne l'avait pas vu arriver.

— Tiens, ça va la remettre en route, ta circulation ! lança-t-il avec hargne. C'est moi qui commande ici, hé, t'as oublié ? Mémé, t'as pas d'ordre à m'donner. Tu veux que j'aie de nouveau la haine, ou quoi ?

Elle ne put empêcher les larmes de monter à ses yeux. Le cauchemar n'était donc pas terminé ; il fallait affronter une autre journée de violence imbécile. Une fois de plus, elle se laissa emporter par son impulsivité. Elle se cabra, pivota sur le lit et vrilla ses yeux dans les siens :

— Tu as l'intention de me taper dessus pendant toute la journée, dis ? Comme hier ?... Eh bien, c'est terminé ! Encore une seule brutalité, et je te jure que je te saute dessus ! Je te ferai payer cher tout ce que tu m'as fait subir... pistolet ou pas pistolet ! Tu me dégoûtes tellement que je suis prête à mourir, pourvu que je puisse d'abord te crever les yeux. Et sur la Bible, je te jure que j'y arriverai !

— J't'ai dit que j'voulais pas qu'tu m'menaces ! Ferme ta gueule et mets-toi sur tes pieds. On descend à la cuisine.

— Tu peux descendre en enfer, si tu veux. Moi, je vais aux toilettes. Essaie un peu de m'en empêcher ! lança-t-elle avec défi.

Sa voix et sa physionomie prouvaient qu'elle ne bluffait pas. Le plantant là, elle sortit de la chambre d'un pas décidé, et s'enferma dans les W-C. Elle s'assit sur la cuvette et tira la chasse d'eau pour couvrir le bruit du ruissellement d'urine. Quand elle eut terminé, elle examina sa cuisse droite.

L'autre tambourina contre la porte.

— Ça vient, oui ?

L'hématome avait la taille d'une assiette, bleu avec des stries violacées. Elle appuya doucement dessus, et la douleur se réveilla. Elle examina son visage dans la glace. Il ressemblait à la face tuméfiée et couverte de coupures d'un accidenté de la route qui a été éjecté à travers le pare-brise.

Elle attendit que la cuve se remplisse, tira une nouvelle fois la chasse, leva le loquet et ouvrit violemment. Denis dut faire un saut de côté pour ne pas recevoir la poignée dans l'estomac. Julia était déjà dans l'escalier. Elle pénétra dans la cuisine et posa la bouilloire sur le feu. Puis elle prépara du café fort et des toasts, tout en observant le voyou à la dérobée.

Il était assis sur l'évier, les jambes ballantes, son arme à portée de main. L'un après l'autre, il portait ses ongles à sa bouche, repoussant méthodiquement les cuticules en les pressant contre ses incisives. Julia se souvint du père Vignon. Lui aussi, il faisait ça derrière la claire-voie qui l'isolait des petites pénitentes. À chaque aveu – « J'ai commis le péché de gourmandise, mon père... J'ai menti, mon père... deux fois » –, il portait une main à ses lèvres. Au début, Julia avait cru que c'était pour étouffer le cri d'épouvante que ses apocalyptiques turpitudes avaient fait naître au fond de son gosier. Puis elle s'était aperçue qu'il ne l'écoutait même pas – « Mmmmm ? » – et que ce n'était chez lui qu'un tic réveillé par l'ennui.

Avec un air grave et absorbé, Denis mordilla les cals de ses doigts, crachant les fragments de peau morte au milieu de la cuisine. Pendant une seconde, elle eut envie de lui foncer dessus et de lui fracasser le crâne contre le mur. Mais elle se détourna.

Ils déjeunèrent en silence, chacun dans son coin. Lorsqu'il eut terminé d'ingurgiter son café, Denis balança sa tasse dans l'évier, où elle se brisa. Il émit un rot sonore, suivi d'un ricanement gras :

– *Ham doula,* essaie d'l'rattraper, çui-là !

Julia lui jeta un regard noir.

– Tu sais, Denis, tu n'es pas obligé d'exporter tes mauvaises manières. Ta mère tolère que tu fasses ça à la maison ?

– Hé ! ma mère elle te dit merde ! Et tu parles pas d'ça, c'est compris ? J'ai foutu mes fringues dans la machine à laver, et mon slip aussi. Mets-la en route.

Elle s'exécuta, soulagée de ne pas avoir à toucher ses immondices.

Denis lui fit un signe de tête.

– Rapplique, mémé, on va regarder la télé !

Elle s'assit à l'une des extrémités du canapé. Le voyou s'installa en travers d'un fauteuil, boîte de bière à portée de main et cigarette au bec.

Constatant qu'il se débarrassait des cendres sur le tapis persan, Julia se releva et lui apporta un cendrier en cristal. L'objet était lourd, et elle fut tentée de le lui jeter au visage.

Mais il était sur ses gardes. Maussade, elle reprit place sur le canapé.

Armé de la télécommande, Denis zappait d'une chaîne à l'autre, à la recherche d'un dessin animé. Pendant quelques minutes, Julia l'observa.

Puis elle détourna le regard et plongea dans ses pensées.

Elle pouvait être fière de ses travaux, dont les résultats visibles poussaient dans ses serres. Certaines plantes souterraines se nourrissaient de légumes communs – carottes, laitues, pommes de terre, choux, céleri – en les aspirant et en les digérant dans les profondeurs de la terre. D'autres, comme le *Polygorum perfolatium*, une vigne croissant à une vitesse démentielle, phagocytaient n'importe quel végétal, même le plus résistant, qui poussait à moins de trois mètres. C'étaient là des armes potentielles qui pouvaient ruiner l'agriculture de tout un pays, et Julia le savait. Elle les isola avec soin en maçonnant le sous-sol de la première serre afin de les maintenir confinées. Mais elle ne contraria pas leur prolifération, se contentant de la réguler.

D'autres plantes, encore, faisaient ramper leurs racines droit vers une coupelle disposée à proximité et, en douze heures, lançaient une multitude de radicelles à l'assaut de la viande rouge qu'elle contenait. La deuxième serre abritait des petits pois de la taille d'une bille, des tomates bleues et sucrées au goût de melon, des arbustes qui émettaient des sons de crécelle lorsqu'on les exposait à la lumière. Julia avait créé une espèce mutante de plante carnivore, une *Dionaea muscipula* de la taille d'une tête d'enfant, et dont les mâchoires ressemblaient à celles d'un chien-loup. Elles étaient capables de broyer des allumettes... De monstrueuses variantes de bambous thaïlandais croissaient *à vue d'œil*, de deux mètres par jour. Julia avait réussi à les « programmer » pour que, une fois cette hauteur atteinte, ils redescendent vers le sol et s'y enfouissent, à l'abri de la lumière. Puis leur tige réapparaissait un peu plus loin, et le cycle recommençait, formant un écran végétal quasi infranchissable, plus solide que le bois de chêne.

La troisième serre, celle qui était la plus proche de la maison, abritait des plantes tropicales que Julia cultivait pour son plaisir.

Été comme hiver, l'endroit était maintenu à une température caniculaire. Grâce à un réseau de brumisateurs qui réglaient le degré hygrométrique, l'atmosphère étouffante y était aussi saturée d'humidité qu'en pleine jungle amazonienne. C'est là également que Julia Deschamps élevait ses papillons. Plus de cinq cents y voletaient librement.

C'est en 1991, au retour d'un voyage au Brésil, que tout bascula. En fait, quand elle se passionna pour *la psychologie des plantes*.

Reprenant des travaux qui avaient été faits aux États-Unis dans les années soixante-dix, elle connecta un rhododendron à un détecteur ultrasensible qu'elle relia à son ordinateur. Puis elle amputa la plante de l'une de ses feuilles. Aussitôt une courbe apparut sur l'écran, évoquant celle que l'on obtenait en mesurant le stress ou la douleur physique chez un être humain. Elle poursuivit ces expériences en brûlant, arrachant, décapant la plante. Ses nouvelles tentatives furent couronnées du même succès. Elle se rendit à l'évidence : les végétaux *pouvaient souffrir* !

Elle fit mieux. Elle découvrit que certaines plantes étaient capables de prescience. Elle déposa une goutte d'acide chlorhydrique sur le feuillage d'un magnolia et enregistra la réaction de douleur. Puis elle fit mine de renouveler l'expérience. L'écran demeura inerte, comme si la plante *savait* que Julia ne mettrait pas sa menace à exécution. Elle changea de tactique, approchant sa pipette d'acide, bien décidée à brûler les feuilles. Avant même que le liquide corrosif ne fût en contact avec le végétal, ce dernier émit un violent signal de peur !

Julia se procura alors un poisson rouge et un aquarium, qu'elle posa à proximité immédiate de l'un de ses cobayes végétaux. Elle attendit plusieurs jours, afin qu'ils s'habituent l'un à l'autre. Puis elle ébouillanta soudain le poisson. Aussitôt, la plante réagit à la mort de son compagnon en dessinant sur l'écran une courbe très marquée, plus marquée encore que si elle avait été elle-même torturée ! Julia exultait ! Ce qu'elle venait de découvrir, c'était une forme d'*attachement désintéressé* – et tout à fait émouvant – d'une plante pour un animal !

Elle décida de renouveler l'expérience mais, cette fois, sans intervenir directement dans le processus. Au-dessus de l'aquarium, elle suspendit un récipient rempli d'acide. Puis, à l'aide d'une boîte de construction achetée dans un magasin de jouets, elle monta un bras articulé mû par un moteur électrique, lui-même asservi à son ordinateur. Elle programma ce dernier afin qu'il génère des séries de chiffres aléatoires. L'un de ces chiffres correspondait au code de déclenchement qui provoquerait la mise en route du moteur. Alors le bras avancerait, ferait basculer le récipient, et l'acide tomberait dans l'aquarium, tuant ses occupants. Julia n'y serait pour rien, la machine – et le hasard – déciderait de la seconde de la mise à mort, sans aucune intervention extérieure. La construction de l'ensemble et les réglages lui prirent quarante-huit heures. Il n'y avait plus qu'à attendre.

Le lendemain, à seize heures trente-huit minutes et dix-neuf secondes, le récipient bascula. Les poissons se débattirent pendant quelques instants, puis moururent. La plante avait réagi immédiatement ; elle pleura la mort des petites bêtes. Du moins, c'est ainsi que Julia interpréta la forte courbe qui, après un pic très net, décroissait en trémulations rapides et serrées, d'une envergure de plus en plus faible. Elle eut la gorge nouée, car le graphique qui se formait sur l'écran évoquait un stress soudain, suivi d'une phase de profond chagrin.

Julia se livra alors à des expériences moins cruelles. Certaines personnes aux « mains vertes » prétendaient que les plantes aimaient la musique : elle mesura donc, scientifiquement, le goût de ses végétaux pour différentes formes musicales. Musique folklorique, chants d'oiseaux, musette, rock, opéra, chants africains, tout y passa... Verdict : les plantes préféraient Mozart ! Non seulement les courbes le montraient nettement, mais la vitesse de croissance des végétaux exposés le prouvait sans conteste.

Si Julia Deschamps appelait ses plantes « mes enfants », c'était parce qu'elle était sûre, à présent, qu'il ne s'agissait pas d'êtres inertes, mais bel et bien d'êtres vivants, capables de souffrir, d'aimer, de pleurer ; et dont les espèces les plus évoluées étaient même sensibles à l'harmonie parfaite et structurée de certaines formes de bruit que les hommes appellent « musique ».

Dans le secret de son minuscule laboratoire sous-équipé, elle

51

isola un substrat enzymatique et un catalyseur végétal extrait d'un aconit, qui lui permirent de mettre au point une technique révolutionnaire de manipulation génétique. Très vite, elle s'aperçut qu'elle était capable de *programmer* et de susciter des mutations végétales étonnantes, tout en les maintenant sous son entier contrôle.

Si à cette époque elle avait publié les résultats de ses travaux, nul doute qu'elle aurait été saluée par ses pairs comme une sommité. Mais Julia Deschamps n'était pas prête. Persuadée que les végétaux étaient des entités complexes douées de sentiments, elle voulait maintenant prouver qu'ils étaient aptes à communiquer. Oh, certes, pas comme les humains ou les animaux, non. Mais elle était sûre que s'ils pouvaient souffrir, ils pouvaient aussi transmettre des messages d'alerte à leurs voisins. Une onde électrique ténue, une vibration imperceptible, n'importe quoi... Une fois de plus, son intuition était juste. Si elle ne parvint pas à identifier la méthode qu'utilisaient les végétaux pour communiquer entre eux, elle réussit parfaitement à démontrer la qualité du phénomène. Les plantes communiquaient ; elles communiquaient même d'une espèce à l'autre ! Découvrir comment elles s'y prenaient ne serait qu'une affaire de temps.

Puis elle eut une idée un peu folle, une idée que la scientifique de haut niveau qu'elle était hésitait à formuler... Et si les plantes émettaient des sons ? Si elles étaient capables de *crier*, par exemple ? Peut-être le faisaient-elles sur une fréquence inaudible pour l'homme, et dans un spectre sonore impossible à enregistrer ? Peut-être que personne, avant elle, n'avait songé à construire un microphone assez sensible pour capter ces sons, tout simplement parce que l'idée qui sous-tendait un tel projet semblait parfaitement saugrenue ? Mais qui sait ? On avait bien réussi à enregistrer les chants des baleines dans les profondeurs des océans, ou des pulsations radioélectriques venues de galaxies situées au fin fond de l'univers. Alors, pourquoi les plantes ne geindraient-elles pas, elles aussi ? Pourquoi un arbre dont on entamait le tronc n'exprimerait-il pas sa souffrance en émettant une forme d'ondes sonores ? Dans certaines tribus indiennes, les hommes parlaient aux arbres et juraient que ces derniers leur répondaient. Peut-être y avait-il là-dessous une pointe de vérité, après tout. Il fallait qu'elle en parle à un électroacousticien et à un électronicien, sans, bien sûr, leur révéler l'usage qu'elle désirait faire d'un tel instrument. « Quoi, madame, vous voulez enregistrer le hurlement de la laitue qu'on tranche ou de la carotte qu'on arrache ? Êtes-vous sûre, madame, que vous vous sentez bien ? » Julia Deschamps aurait préféré rentrer sous terre plutôt que d'entendre ça !

Mais peut-être y avait-il un autre moyen... Une *interface,* qui permettrait de décoder non seulement les cris des végétaux, mais aussi leurs paroles et donc leurs pensées...

Elle se promit d'y réfléchir. Si elle réussissait, ce serait là une découverte de portée mondiale.

5

Derrière elle, le voyou manifesta bruyamment sa déception lorsque le candidat d'un jeu télévisé trébucha sur une question facile : « Quel acteur tient le rôle principal dans *Top Gun* ? » L'animateur déversa des flots de regrets teintés de reproches sur la tête du malheureux père de famille, privé du magnétoscope qu'il convoitait. Denis fit « Tss, tss » et proféra un juron ordurier. Puis il expédia le paquet de Marlboro vide sur le crâne de sa captive et demanda :

— Hé, la vioque, t'as des clopes ?

— Non, je ne fume pas.

Denis se leva et se dirigea vers la cuisine. Il allait fouiller les tiroirs et en profiter pour renouveler son stock de bière. Par-dessus son épaule, il menaça :

— Bouge surtout pas tes fesses de là, hein... J'reviens.

Pendant un instant, Julia fut tentée de se glisser dans le bureau et d'appeler Police secours. Il lui suffisait d'enfoncer la touche mains libres sans décrocher le combiné, et de composer le 17. Elle couperait le haut-parleur afin que Denis n'entende pas le « Allô, ici Police secours » ; elle répondrait rapidement quelque chose comme : « Écoutez ce qui se passe et, pour l'amour de Dieu, ne raccrochez pas ! » Puis il lui suffirait de retourner s'asseoir sur le canapé et, en parlant avec Denis, de donner assez d'informations pour que le policier entende et comprenne ce qui se tramait ici.

Une petite voix, dans sa tête, lui dit tout le bien qu'elle pensait de ce plan : « Rappelle-toi, ce film horrible, cette baby-sitter séquestrée par un psychopathe. Lorsqu'il avait vu la touche mains libres enfoncée, il avait sauté sur l'appareil et coupé la communication. Ensuite, il avait appuyé sur la touche bis du clavier. Et quand il avait entendu les mots "Allô, ici Police secours !" il avait raccroché le combiné et égorgé la baby-sitter. Pourtant, il était encore bien plus bête que Denis... D'ailleurs, c'est trop tard : le revoilà. »

Julia changea de position et replongea dans ses songes. Elle pensa à Georges. Ah, si seulement Georges était avec elle en ce moment. Georges, lui, saurait comment s'y prendre... Hélas, Georges était loin.

Ce divorce, quel gâchis !

C'est drôle comme les mauvais souvenirs – quoi qu'on fasse – finissent toujours par ressurgir à la surface. On pense les avoir enfermés dans un casier, quelque part dans sa tête ; devant ce casier, on a posé une brique, deux briques, trois briques, jusqu'à ériger un mur. On pense en être définitivement débarrassé. Mais les mauvais souvenirs reviennent, portés par une espèce d'hypermnésie sélective ; ils se faufilent comme l'eau entre les doigts. On obstrue les brèches, on ruile les craquelures, on colmate les interstices avec le ciment de l'oubli, et on se dit « cette fois, c'est la bonne ». Mais alors, on se souvient de la raison pour laquelle on a érigé le mur et de ce qu'on a voulu occulter... Peine perdue, les voilà qui vous giclent à la figure, entraînant dans leur sillage un cortège de regrets, de honte, de dégoût de soi et d'exécration des autres, et finalement, le remords qui vous ronge jusqu'à la moelle. Pour Julia, ce divorce, cette ruine de leurs deux existences, c'était *vraiment* le plus mauvais souvenir de sa vie. Non, pire : son cauchemar, sa croix. Oh, bien sûr, elle avait oublié jusqu'aux mots prononcés par l'avocat. Ça, c'était resté dans le casier muré... Mais en revanche elle se souvenait, avec une acuité taraudante, que son mari avait voulu l'aider et qu'elle l'avait repoussé ; elle en ressentait un intense sentiment de culpabilité.

« Crois-moi, je ne prends pas la défense de mon frère, ma chérie. Mais après vingt-trois ans de mariage, tu t'es débarrassée de Georges comme d'une vieille chaussette, parce que tu lui reprochais inconsciemment la stérilité de votre union. » C'est ce que Martine, sa belle-sœur, lui avait dit lorsqu'elles s'étaient vues pour la dernière fois. « Par sa seule présence à tes côtés, il était un reproche vivant ; tu as donc cherché à éliminer ce reproche pour te débarrasser de ta frustration de n'être pas mère. En l'éloignant de toi, tu espérais sans doute éloigner ta douleur. Je te souhaite quand même d'être heureuse, Julia. » Elle avait essayé de l'embrasser, mais Julia, campée dans une attitude courroucée, l'avait sèchement écartée.

Des années plus tard, Julia était encore persuadée que Martine n'avait rien compris. Elle eut un petit sourire amer : « Ma stérilité n'avait rien à voir là-dedans ! La vérité, c'est que Georges me croyait folle ! Il me traitait comme une malade mentale, une cinglée dangereuse ! Il n'a jamais voulu en parler et, même aujourd'hui, je ne sais pas pourquoi ! Oui, j'étais déprimée et surmenée, mais certainement pas folle ! C'était une affirmation obscène ! Et pourtant, il voulait m'aider, cela se voyait. Il me croyait folle, mais il voulait m'aider... J'aurais dû lui expliquer, l'écouter. Mais, après ce qui s'est passé ce jour-là, dans la remise, je l'ai chassé. Ma seule folie, ce fut celle-là. »

Avec Georges, elle avait toujours été comme une petite fille, sa petite fille. Cependant, il la croyait forte, inébranlable, parce qu'elle était une scientifique. « Ma femme, c'est un ordinateur, mon cher, un ordinateur maçonné dans du roc ! » disait-il parfois, davantage pour se rassurer (pensait-elle aujourd'hui) que pour en convaincre les autres. En réalité, elle était fragile et vulnérable. Oui, fragile comme une petite fille. Si aujourd'hui Georges avait été auprès d'elle, elle n'aurait eu qu'à poser sa tête sur son épaule. Georges, c'était le réconfort. Georges, c'était la protection contre les autres, contre ceux du dehors. Elle puiserait dans ses paroles apaisantes la force de poursuivre ses travaux. Il en serait le catalyseur indispensable. Comme il l'avait toujours été...

Julia émergea de ses pensées lorsque, sur l'écran du téléviseur, apparut une scène de rue, l'évacuation d'une forme inerte couchée sur une civière. Derrière, avançaient les secouristes portant leur matériel. À leur pas lent, on devinait qu'il n'y avait plus rien à faire pour la victime.

Le journaliste achevait son commentaire : « ... est mort avant l'arrivée des secours. Il a été atteint de quatre balles de calibre 7,65. Le meurtrier se serait enfui en voiture, mais la police ne possède aucun signalement précis. Et maintenant, nous nous rendons à Lyon où se tient actuellement une exposition consacrée aux soyeux... »

Julia Deschamps avait reconnu la rue. Elle bondit sur ses pieds et se tourna vers le voyou.

– Salaud ! Tu as tué le bijoutier !

Blême, il bredouilla :

– J'l'ai pas fait exprès ! L'avait un flingue, quoi, merde !

Complètement paniqué, Denis pointait stupidement la télécommande sur Julia et pressait les touches avec frénésie, comme si l'engin avait été capable de dissoudre la femme dans le néant. Puis, réalisant sa méprise, il lâcha l'appareil et tendit sa main vers le pistolet posé sur la table basse. Julia ne lui en laissa pas le temps. Elle se jeta sur lui.

Le fauteuil se renversa, et l'automatique roula hors de portée. Julia s'acharna sur Denis, l'empêchant de se mettre sur ses pieds. Sa position dominante lui donnait un avantage momentané et forçait l'homme à se protéger plutôt qu'à se défendre. Elle lui arracha son pansement. Il poussa un hurlement effroyable. Elle le saisit par les cheveux, malgré sa coupe en brosse offrant peu de prise, et parvint à lui secouer la tête dans tous les sens, projetant du sang et des mucosités sur le cuir du canapé. Julia l'empêchait de se redresser, et donc de contre-attaquer. Mais, elle le savait, il fallait qu'elle l'assomme maintenant, tout de suite. Car si Denis se ressaisissait, sa riposte serait terrible. Elle relâcha son étreinte et se précipita sur le lourd cendrier.

Denis, par réflexe, allongea les jambes. Julia s'affala sur le sol. Avant qu'elle n'ait le temps de se retourner, il était sur elle. Un éclair violent explosa dans sa tête, et elle sombra dans une spirale opaque.

6

Lorsqu'elle revint à elle, ses mains étaient liées derrière le dos, et elle était maintenue par une sorte de fourreau rêche qui la serrait à l'étouffer. Il faisait noir.

Des élancements douloureux dans la nuque lui remirent les événements en mémoire : Denis, la bagarre, la chute... C'était un vulgaire assassin. Il l'avait assommée. Elle se tortilla, mais c'était comme si on la forçait à entrer dans un boyau aux parois rugueuses, trop étroit pour elle. Peut-être l'avait-on poussée à l'intérieur d'une gaine de chauffage, ou dans un égout ; ou, plus probablement encore, l'avait-on enterrée vivante ? Les tempes battantes, elle s'efforça de respirer calmement. L'air était vicié et chargé de poussière.

L'attente lui parut interminable. Depuis combien de temps était-elle enfermée dans ce tuyau ? Cinq minutes ? Une heure ? Dix heures ?

Enfin, un bruit lui fit dresser l'oreille. Au même instant, elle se mit à tournoyer sur elle-même à toute vitesse, entraînée par une force contre laquelle elle ne pouvait rien. Elle roula dans un coin du salon et ouvrit les yeux. Denis était à quelques mètres, tenant des deux mains l'extrémité du tapis persan dans lequel il l'avait tenue prisonnière.

— Debout, mémé ! Je t'ai préparé une surprise d'enfer !

Elle essaya de se redresser, mais eut un vertige. Denis l'attrapa par le bras droit au moment où elle retombait.

— Par ici. Tu vas aimer.

Il avait refait son pansement. Plus discret que le premier.

59

Seulement une boule de coton et deux sparadraps en croix... Cette fois, *il savait*. Et il allait se venger.

Il la poussa dans le dos jusqu'à la salle de bains. La baignoire était remplie d'eau. *Il va me noyer !* pensa-t-elle.

— Regarde le bon bain que j't'ai fait couler !... Allez, rentre là-dedans ! ordonna-t-il sèchement.

Elle se cabra. Un coup sec dans les reins la projeta en avant.

— Rentre là-dedans, que j'te dis !

— Non. Je préfère que tu me tues d'une balle dans la tête !

— J'ai pas l'intention de te buter, vieille bique ! Je veux seulement que tu te tiennes tranquille pendant que je vais faire un tour.

— Un tour ?... Tu veux dire que tu as l'intention de partir ?

— Rassure-toi, mémé, j'reviendrai ! Je vais m'acheter des clopes, c'est tout. Maintenant, rentre là-dedans.

Denis passa derrière elle, lui enleva sa montre et la mit dans sa poche.

— Mais... la police te recherche, dit-elle pour gagner du temps. Es-tu inconscient ?

— T'occupe. Avec mon pansement, personne me reconnaîtra. Et d'ailleurs, qu'est-ce que ça peut te foutre ? Tu serais débarrassée de moi. Et les flics, y me cuisineraient pour savoir où que t'es. Ils te retrouveraient vite... Allez, rentre dans la baignoire, ou j'te bascule dedans de force !

Elle quitta ses chaussures et s'assit dans l'eau, les mains toujours ligotées derrière le dos. Malgré la précarité de sa situation, elle fut envahie par un profond sentiment de bien-être. L'eau chaude eut un effet lénifiant immédiat sur ses muscles endoloris. Son pull flottait contre son corps, la frôlant, se collant à elle, lui procurant des sensations d'une grande douceur, une impression presque oubliée après les deux journées d'horreur qu'elle venait de vivre.

Il lui attacha les pieds. Elle serait ainsi incapable de se redresser, ni de se glisser hors de la baignoire. Mais elle décida de tenter tout de même le coup, dès que le voyou aurait tourné le dos.

— Maintenant, mémé, écoute-moi bien, dit Denis en se penchant sur elle. Je devrais te buter pour ce que t'as fait à mon œil ! Mais j'ai encore besoin de toi. Alors tu vas te tenir tranquille pendant que j'suis parti. Tu vois ces deux fils électriques ? Eh bien, si tu bouges, tu seras cuite ! Un coup de jus dans l'eau, ça craint ! J'sais ce que j'dis, j'ai bossé chez un électricien.

Julia Deschamps sentit son cœur bondir dans sa gorge.

Denis avait tendu une ficelle au-dessus de la baignoire ; lentement, il fit glisser par-dessus deux fils électriques dénudés. Julia, hypnotisée, les regardait descendre, ondulant comme des serpents. Ils s'arrêtèrent à moins d'un centimètre de la surface de l'eau. Denis vérifia leur écartement et dit :

— J'emprunte ta caisse, j'achète des clopes dans un troquet et j'reviens. Si j'peux pas rentrer dans la maison à cause de ton système d'alarme à la con, ce sera pas d'ma faute. Alors, si t'as quelque chose à me dire, tu ferais mieux de causer maintenant.

— Vous... pouvez aller et venir sans problème. L'alarme n'est pas mise, elle ne se déclenchera pas.

La terreur qui l'avait submergée lui avait fait oublier le tutoiement. Elle jeta au voyou un regard implorant :

— Je vous en prie, ne me laissez pas ! Je peux glisser ou éternuer, et si l'eau touche les fils, je serai électrocutée ! S'il vous plaît, pas ça ! Attachez-moi sur mon lit. Je vous promets de ne pas bouger jusqu'à votre retour.

— Ouais, t'as vachement intérêt à pas bouger ! Je vais brancher les fils. Si la flotte les touche, pfuittt !

Il ponctua cette onomatopée d'un geste des deux mains, évoquant le battement des ailes d'un oiseau. Puis il eut un ricanement sardonique, se baissa et enfonça la prise dans le mur. Julia, involontairement, raidit ses muscles. De petites vaguelettes partirent à l'assaut des fils et les frôlèrent.

— À tout à l'heure, mémé botanique !

Julia était au bord de la syncope. Tétanisée, bouche grande ouverte, elle aspirait l'air lentement pour ne provoquer aucun remous, les yeux exorbités fixant les deux fils de cuivre. Elle entendit Denis rafler les clés de la voiture sur le guéridon. Puis il y eut le bruit de la porte d'entrée, celui de l'allumage du moteur, le crissement des pneus sur le gravillon de l'allée. Puis plus rien. Le silence.

Le robinet gouttait. Elle compta vingt-deux secondes entre chaque « plop ». Toutes les vingt-deux secondes, dans son infinitésimale ascension, le liquide se rapprocherait des fils. Combien de gouttes, combien de fois vingt-deux secondes de sursis ? Puis elle se raisonna : allons, il faudrait des milliers de gouttes pour faire monter le niveau d'un petit millimètre ! Et dans le même temps, l'eau du bain s'évaporerait d'autant. Elle s'évaporerait... mais *de combien* ?

La pauvre femme luttait pour ne pas céder à la panique, pour maintenir son cerveau sur les rails. Il ne fallait pas penser, il fallait se concentrer sur ce seul calcul, et n'en plus dévier. Ce robinet mal fermé laissera-t-il goutter plus d'eau qu'il ne s'en dispersera dans l'atmosphère pendant le même laps de temps ? *Voyons, cela ne devrait pas être trop difficile. Fais un effort.* Le cerveau de Julia se refusa à donner la réponse. Il voulait vagabonder. *C'est trop stupide, ce jeu-là ; ces histoires de robinets qui fuient, d'eau qui s'évapore, de citernes qui se remplissent, de baquets percés... Et puis, ça sert à quoi ?*

Julia Deschamps se revit, en blouse rose et col Claudine, debout devant le tableau noir, elle, la meilleure élève de la classe, ânonnant honteusement le *Notre Père*, punie pour n'avoir pas su répondre à sœur Évangélista. Comme elle en avait voulu, ce jour-là, à ce *Notre Père* auquel il fallait adresser ces paroles énigmatiques, des paroles où il était question de *l'heure de notre mort* ! Quelle mort ? Un grand éclair blanc, une contraction soudaine de tout le corps, une terrible morsure qui – horreur ! – n'empêchait peut-être ni de *penser* ni de *comprendre* ? Julia Deschamps murmura : « Notre Père qui êtes aux cieux... »

Une goutte de condensation dévala le carrelage en zigzaguant. Son parcours erratique se brisa net sur le rebord de la baignoire, où elle s'aplatit, comme domptée. D'autres minuscules filets d'eau la rejoignirent. Elle gonfla, gonfla encore, captant la lumière jusqu'à en être gorgée. À nouveau pleine d'arrogance, la perle liquide vacilla, puis, après une dernière hésitation, fila vers la surface de l'eau. Une minuscule ridule apparut à l'endroit où elle s'était fondue, traversa la baignoire, heurta le bord opposé et, démesurément amplifiée, revint vers son point de départ. La femme avait interrompu sa prière. Quand ? Elle ne le savait pas. Pourquoi son cerveau refusait-il de prier ? Il fallait prier. Et il ne fallait pas bouger, il l'avait dit. Ne Pas Bouger. Surtout, NE PAS BOUGER.

Les minutes s'égrenèrent. Maintenant, elle avait froid, de plus en plus froid. Elle fixa les deux câbles mortels. L'un d'eux s'était affaissé d'un bon millimètre.

Seigneur, combien de temps pourrait-elle encore résister à cette torture ? Elle fut tentée d'y mettre fin en se jetant hors de l'eau et en plongeant sur le carrelage de la salle de bains. Mais son instinct de conservation fut le plus fort. Un clapotis prit naissance devant sa poitrine, et partit en direction des fils, les frôla... Il lui fallait se dominer. Le seul fait d'avoir *songé* à se redresser venait déjà de mettre sa vie en danger.

Ce chatouillis, sur le front, puis sur le nez... Pouvait-on vraiment transpirer quand on mourait de froid ? Plop ! Un rond se forma devant elle et partit à l'assaut de l'océan liquide. Parvenu sur la chaînette qui retenait le bouchon de la bonde, il se partagea en deux, comme fendu par un scalpel.

Une bouffée d'espoir lui réchauffa instantanément le cœur. La bonde ! Seigneur ! Voilà la solution : il fallait retirer le bouchon, avec les orteils, doucement, et laisser la baignoire se vider ! Mettre fin à ce supplice de la manière la plus simple, la plus naturelle du monde !

Comment ne pas y avoir songé plus tôt ?

Lentement, par d'infimes contractions des muscles fessiers, Julia commença sa longue reptation vers l'avant. Elle remercia le ciel d'avoir revêtu un pantalon et non une robe, ce qui lui permettait de glisser sans à-coups sur le fond de la baignoire. Une chance ! Les yeux rivés sur la chaînette, elle se rapprochait, millimètre par millimètre. Puis elle dut s'arrêter : les deux fils de cuivre lui barraient le chemin. *Je suis trop loin, mes pieds n'atteignent pas la chaîne. Il faut que je me penche en arrière pour gagner encore quelques centimètres... Passer mon ventre sous ces fils, c'est ma seule chance.* Elle s'allongea, le corps en équilibre précaire, maintenu par la seule force de ses avant-bras. En s'immergeant davantage, elle fit remonter le niveau du liquide de cinq bons millimètres. « Tant pis, se dit-elle, c'est un risque à courir... »

Maintenant, elle n'avait plus le choix. Elle attendit quelques secondes et allongea lentement ses jambes. Victoire : un frôlement, à l'extérieur de ses pieds, lui apprit que la chaînette était là. Elle chercha à l'agripper avec ses orteils, mais ses socquettes, trop tendues, l'en empêchèrent. Elle l'attrapa entre ses pieds ligotés, et, d'une torsion du bassin, essaya d'arracher le bouchon de la bonde. Mais la chaînette lui échappa.

Julia retint sa respiration. Une vaguelette ondula de dessous son bras gauche, passa à un cheveu du piège, clapota contre le fond de la baignoire et revint mourir contre sa poitrine. Elle ferma les yeux et compta jusqu'à dix.

Il fallait recommencer. Tout de suite. Elle ne pouvait rester dans cette position pendant très longtemps ; son dos s'ankylosait.

Avec d'infinies précautions, elle saisit à nouveau la chaînette entre ses deux pieds, puis elle tira. Doucement d'abord, puis de plus en plus fort. En vain. Oubliant toute prudence, elle l'enroula par-dessus son coup de pied droit et ramena ses jambes à elle. Le bouchon ne céda pas.

Rien à faire : Denis avait pensé à tout !

Au bord du désespoir, Julia comprit qu'elle ne pourrait plus se redresser. Ses reins, trop sollicités, lui refusaient leur service. Elle bascula doucement sur le côté pour se débloquer, mais interrompit son mouvement lorsqu'elle réalisa que sa hanche allait entrer en contact avec les deux fils. Elle se figea.

Son immobilité dura une éternité. À un certain moment, un élancement atroce lui parcourut l'échine ; mais elle avait depuis longtemps dépassé le stade où ses muscles pouvaient encore tressaillir. Chaque fibre était tétanisée, soudée, et son corps, couvert d'ecchymoses par les coups qu'elle avait reçus, avait la consistance d'un bloc de béton.

Elle mordit le tuyau de la douchette et parvint ainsi à apaiser un peu la tension dans ses épaules. Maintenant, Julia ne pouvait plus esquisser le moindre geste : les deux fils de cuivre se trouvaient à moins d'un millimètre d'elle.

Il y avait longtemps (*dans une vie antérieure ?*), elle était partie en voyage de noces à Venise. C'était au mois de mai, et elle se trouvait avec Georges près d'un embarcadère. Devant eux, la masse chamarrée des touristes était immense, dense, mouvante comme la houle bossue qui chahutait les bateaux. Elle s'en souvenait très bien, la plupart des estivants étaient vêtus de ces couleurs bigarrées et horribles dans lesquelles on n'ose s'exhiber que lorsqu'on se trouve à des milliers de kilomètres de chez soi... Pourtant, chaque fois qu'elle y repensait, elle les voyait noirs comme une procession de Siciliens. Oui, la foule était *noire et menaçante*. Une sorte de prescience qu'elle avait eue... C'était difficile à expliquer, mais elle savait qu'il se préparait un drame. C'était dans l'air, on *sentait* qu'il allait se passer quelque chose.

Cela s'était déclenché quand, loin devant, pour une raison inconnue, des vacanciers s'étaient mis à pousser. Georges et elle n'avaient pas eu la force de résister. Ils reculèrent. Julia était à deux mètres de l'embarcadère. Elle entendait les coques des bateaux qui cognaient sourdement et ripaient contre le béton du quai. Cela poussait toujours. Plus qu'un mètre avant la chute. Cinquante centimètres... La panique la gagna. Elle tenta de lutter. En vain.

Face à elle se trouvait un visage hilare, celui d'une grosse femme qui n'avait rien compris et qui acceptait de se laisser entraîner vers le vide par le mouvement imbécile de la foule. De toutes ses forces, Julia la gifla. Pour gommer ce sourire niais et inconscient.

L'instant d'après, elle fut dans l'eau. En quelques mouvements désordonnés, elle parvint à se mettre à l'abri entre la proue et la poupe de deux gros voiliers. Ancré dans la pierre, il y avait un anneau de métal rouillé. Elle s'y agrippa et se plaqua contre la muraille gluante d'algues. Son corps était ballotté, montant et descendant au rythme des vagues. Autour d'elle, les corps pleuvaient. Des dizaines de silhouettes hurlantes tombaient à la mer comme des lemmings. Avec horreur, Julia vit que l'espace, entre la paroi et les bateaux, était entièrement obstrué, et que les coques ne parvenaient même plus à broyer les corps. Il y en avait trop. Cela avait duré une éternité. Quand enfin on l'avait tirée de là, la première personne qu'elle vit fut Georges. Trempé mais indemne. La seconde fut la grosse femme. Elle ne riait plus ; son thorax avait éclaté sous la pression. Bizarrement, hormis une poignée de blessés légers, l'idiote avait été la seule victime de ce chaos démentiel.

Depuis ce jour, Julia éprouvait une peur panique de se trouver prisonnière de l'élément liquide et *de ne pas réussir à rejoindre la terre ferme...* Jamais elle ne se risquait à nager là où elle n'avait pas pied. Elle refusait d'embarquer sur un bateau, car les abysses liquides qu'elle devinait sous elle la terrorisaient. Le phénomène des marées lui donnait des sueurs froides. Dans un cauchemar récurrent, elle se voyait au Mont-Saint-Michel, victime offerte à la fameuse « mer qui monte à la vitesse d'un cheval au galop ». Était-ce de l'aquaphobie ? Non, car elle n'avait pas à proprement parler peur de l'eau. Il faudrait inventer un mot : *immergophobie*, « peur de l'immersion », il n'y avait pas de meilleure définition. Au début, Georges le Marin s'était beaucoup moqué d'elle. Puis il avait compris qu'il n'y avait rien à faire.

Ne pas pouvoir sortir d'une baignoire. D'une simple baignoire. Le cauchemar devenait réalité. Son père lui avait dit un jour : « Quand on pense très fort à quelque chose, ça arrive toujours. » Eh bien, c'était arrivé. Elle allait encaisser une terrible décharge électrique et se noyer dans cinquante centimètres d'eau.

Le visage au ras de la surface, elle suivit du coin de l'œil le vol d'un cousin. L'insecte tournoya un instant au-dessus de l'eau lisse comme un miroir et, en une longue parabole gracieuse, vint y tremper ses pattes. Pour elle, le microscopique frémissement qu'il provoqua ressemblait à une vague déferlante.

Julia avait soif. Une soif comme jamais elle n'en avait jamais éprouvé de toute sa vie. Il aurait été facile de se pencher et de laisser le liquide pénétrer dans sa gorge. Mais elle savait que, si elle lâchait le tuyau qu'elle serrait entre ses dents, elle basculerait irrémédiablement au fond de la baignoire. Il fallait tenir bon.

L'horloge sonna trois heures. Trois heures de l'après-midi ou trois heures du matin ? Elle ferma doucement les yeux.

« Hé, tu as vu ce type, là, au comptoir ? Il a un comportement louche ! Préviens la police. OK, je téléphone... Ah, voilà les flics, ils ont fait vite. Denis Bellache, lève les bras et ne fais pas d'histoires. Écarte les jambes, face au mur. Regardez, brigadier, il planque un calibre ! Sûrement celui avec lequel il a allumé le bijoutier. Mets-lui les bracelets, on l'embarque...

Alors, raconte-nous où t'étais passé, on te cherchait partout. J'me suis baladé dans la forêt et j'me suis paumé. Quelle forêt ? J'sais plus... Tu cherchais des champignons, sans doute ? Ou bien, tu cueillais des petites fleurs pour ta maman ? C'est ça ? J'me baladais, c'est tout, quoi... Qu'est-ce que tu foutais dans ce bistrot où les collègues t'ont ramassé ? J'ai acheté des cigarettes, j'mangeais un sandwich et buvais une bière. Et ton complice, hein, celui qui t'a aidé à t'enfuir hier après-midi ? Un complice ? Un complice de quoi ? Tu t'fous de nous ? Mais non, j'comprends rien de c'que vous m'dites. Et ton flingue ? J'l'ai trouvé au bord de la route ; un type l'a balancé par la fenêtre d'une bagnole, et j'l'ai ramassé, c'est tout. Il se fout de nous, les gars ! Il se fout de nous ! Il se promène dans la forêt et y ramasse des champignons et des 7,65... Fais gaffe, Bellache – Bellache, c'est bien ton nom ? –, fais gaffe à pas m'énerver, hein... Je m'fous pas d'vous. J'dis la vérité. Et qu'est-ce que t'as à l'œil, hein ? T'as été mordu par un bolet ? Je me suis pété la gueule dans une clôture la nuit dernière en marchant dans le noir. Et qui t'a soigné ? Personne, j'l'ai fait tout seul... Parce que tu veux nous faire croire que tu trimballes du coton et du sparadrap dans tes poches ? J'les ai piqués dans une pharmacie. Quelle pharmacie ? Je sais plus... Le bijoutier, Fleurmont, c'est bien toi qui l'as buté ? Le bijoutier ? Quel bijoutier ? J'ai pas buté de bijoutier, moi ! Vous êtes cinglés, ou quoi ? J'ai buté personne ! La balistique nous dira si c'est toi qui as tiré, alors te fatigue pas. Il manque plusieurs balles, mais ça fait pas le compte avec celles qu'on a retrouvées dans le corps du bijoutier. Il en manque encore une. Alors, nous on se dit, comme ça, que t'as peut-être flingué quelqu'un d'autre. Vous êtes fous ? J'ai tiré sur personne, moi. J'veux un avocat ! Un avocat ? Tu regardes trop de séries américaines, mon pote ! Vous avez entendu ça, vous autres ? Il veut un avocat, ce con ! Écoute, Bellache, si tu racontes tout, on fera examiner ton œil par un toubib, puis on te collera au placard. Ça sera le hors-d'œuvre, car à mon avis, tu vas être mis à l'ombre pour un bon bout de temps. J'm'en fous, j'suis innocent, j'ai rien fait. Si t'as rien fait, tu seras dehors dans trois jours au plus tard. Mais moi, je dis que t'as une tronche à en croquer pour quinze ans. Les p'tits mecs dans ton genre, je les connais : j'en vois disparaître un tous les matins quand je tire la chasse d'eau. En attendant, on va prendre ta déposition, puis on relèvera tes empreintes. Rac-Rac-Rac... Nom, prénom, âge et lieu de naissance ? Denis Bellache...

« Trois jours. Dans trois jours, je serai morte... Non, dans une heure, je serai morte. Non, dans une heure, je serai morte depuis cinquante-huit minutes. Il me reste cent vingt secondes à vivre. Cent dix-neuf, cent dix-huit, cent dix-sept... Après tout, c'est peut-être indolore. Peut-être. J'en fais tout un plat, mais ça ira tellement vite que je ne sentirai rien. Tu plaisantes, ma vieille ? En Amérique, les condamnés à la chaise électrique mettent plusieurs minutes à mourir. PLUSIEURS MINUTES ! Et on dit que leurs yeux sortent des orbites, et que leurs ligaments se rompent sous la douleur. Et alors ? Je vais mourir parce que Denis a été arrêté et qu'il ne parlera pas. Il ne parlera pas ? Moi, je parie qu'il parlera ! La police sait y faire pour leur tirer les vers du nez, crois-moi ! Il ne résistera pas plus de... euh... six heures. Six heures ? Dans six heures, je serai morte depuis trois cent cinquante-huit minutes.

« Tiens, je n'ai plus mal, je ne sens plus rien. C'est étrange. Peut-être ai-je touché les fils... Tu n'as plus mal ? Alors tiens, prends ça ! Et ça ! Ahhh, mon Dieu, nooon ! Alors, on dirait que tes sensations sont revenues ? Ça, ma vieille, c'était pour te prouver que ton corps est toujours là, toujours fidèle au poste ! Prêt à t'envoyer un bon petit élancement, une douleur vrillante ou une onde de souffrance, de l'occiput aux métatarses ! Juste de quoi te convaincre qu'il n'aimerait pas se mettre à bouillir dans cette baignoire, ton corps. Et puisque nous en sommes au chapitre des confidences, ma vieille, sache que moi, ton cerveau, j'ai passé avec lui un accord pour résister le plus longtemps possible. Touche les fils, et on te promet une sacrée sarabande avant de lâcher prise ! Le moindre engourdissement, la moindre torpeur, et tu y passes. Alors, tiens bon.

« Tiens, qu'est-ce que c'est que ce bruit ? On dirait la voiture... Oui, aucun doute possible, c'est bien elle, c'est la voiture ! Dieu soit loué, Denis est revenu ! Cette petite ordure est revenue ! Il s'est échappé... Ou alors, peut-être qu'il n'a jamais été arrêté. J'ai sûrement rêvé. Non, quelqu'un a trouvé la Renault abandonnée et me la rapporte. Quelqu'un qui me connaît et qui sait comment ouvrir la grille du parc. Seigneur, que j'ai soif. Voilà. On vient me délivrer. J'entends des pas sur les marches du perron. On ouvre la porte. On traverse le vestibule. Qui que vous soyez, faites vite ! Mais... ce n'est pas vrai ! J'entends la porte des toilettes ! Non, espèce de salaud, viens me libérer d'abord, je ne tiendrai pas dix secondes de plus ! Pourquoi aucun son ne sort-il de mes lèvres ? Ah, je me souviens, mes dents... plantées dans le tuyau de la douchette. Vite, vite ! Dieu miséricordieux, vite !!! Ses pas... j'entends ses pas. »

— C'est quoi, ton trip, mémé ? T'as essayé d'arracher le bouchon de la baignoire, hein ? Qu'est-ce que tu peux être conne !

7

Lovée entre deux palmiers ébouriffés, la petite baraque sur la plage avait des allures de gargote. Cependant tout le monde savait que, en dépit de sa pauvre mine, on y trouvait les meilleurs crustacés de la côte, un choix de salades créoles pimentées et une incroyable variété de cocktails exotiques.

Le capitaine de vaisseau Georges Horace Deschamps était attablé en compagnie du médecin du bord, le docteur Max Chartier – que les hommes d'équipage appelaient évidemment le *Charcutier* – et du lieutenant Yannick Bellec, fils d'un officier de marine.

Afin de fêter dignement le prochain départ de leur capitaine pour la métropole (en réalité, un mois de farniente et quinze jours de paperasserie à l'amirauté), Chartier et Bellec avaient décidé de le gaver d'énormes homards, arrosés d'un riesling millésimé, facturé à un prix qui aurait fait reculer un collectionneur.

Deschamps éprouvait pour Yannick Bellec une réelle affection. Il l'avait connu en culottes courtes, et c'est lui qui l'avait persuadé de suivre les traces de son père. De toute évidence, le jeune lieutenant avait les qualités qui font les bons marins. En plus, il possédait une culture classique époustouflante, ce qui était plutôt rare sur un navire de guerre. Le capitaine Deschamps avait l'intention de passer à Brest et de rendre visite à la famille Bellec durant son séjour en France.

Si Bellec partageait pour la première fois à terre la table de son supérieur, pour le docteur Chartier, c'était déjà une vieille habitude. À chaque escale, le capitaine et le médecin se retrouvaient ainsi en toute décontraction, loin du règlement et de l'étiquette souvent guindée qui régissaient la vie sur les gros bâtiments de la Marine nationale.

Deschamps appréciait particulièrement ces moments de complicité où il mettait ses galons au rancart, et où il pouvait « prendre la température de son équipage », comme il disait, en écoutant les anecdotes teintées d'humour caustique que lui rapportait le praticien. Il préférait la compagnie de Chartier à celle des autres officiers du bord.

L'hôtesse des lieux, Mama Velue, une grosse métisse rigolarde, ne se bornait pas à mitonner des plats délicieux, elle vendait aussi des herbes et des feuilles séchées « bonnes pour tout », présentées dans de petits sachets accompagnés d'une savoureuse prose. Le docteur Max Chartier, en attendant ses homards, sirotait un gauguin – rhum, sirop de fruit de la passion, jus de citron vert et glace pilée – digne du Ritz, et s'amusait des posologies qu'il découvrait sur les sachets.

– Écoutez ça, lut-il : *zoreille mouton* soigne les entorses en cataplasme ; *pié poule* soigne les tripes et bonne pour les affections du cuir chevelu ; *verveine lâche-rat* soigne le désordre mental, l'épilepsie et les vers ; *zeb à femme* soigne la jaunisse, bon pour suppression menstruelle, excellent pour crampe d'estomac, tumeur, et rhume... Georges, c'est votre ex-épouse qui serait contente... Ces trucs, c'est le rêve d'une herboriste !

– Vous ne croyez pas si bien dire, répondit Deschamps. Il m'arrive de lui expédier des échantillons. Je n'ai jamais su comment, mais elle arrive à les faire pousser dans ses serres ! Une vraie jungle. Étouffante, oppressante et même franchement inquiétante quand on y pense. Surtout la nuit. On y entend des bruits, des craquements, des frôlements, comme une respiration... Julia prétend que les plantes ont une âme et qu'elles comprennent le monde qui les entoure. Je ne ferai qu'un seul commentaire : brrr !

Grand, les tempes argentées, le visage buriné, le capitaine de vaisseau Georges Horace Deschamps promenait sur tout et sur tous un regard opalescent, de la couleur de l'océan en hiver. C'était incontestablement un bel homme, mais ce qui frappait surtout chez lui, c'était ce calme dont il ne se départait jamais.

Deschamps était de ces êtres que l'on qualifie volontiers de froids, mais dont on apprécie la lucidité, la profondeur d'analyse et la rapidité de décision en cas de coup dur. Et sur un bateau de la taille de celui dont il avait la responsabilité, les problèmes ne manquaient jamais.

— Vous ne semblez pas aimer les plantes, commandant, dit Yannick Bellec, et pourtant, votre cabine en est pleine...

— Je n'ai pas le choix, lieutenant, ce sont des cadeaux de ma femme !

Le docteur Chartier surenchérit :

— Mais avouez quand même, Georges, que c'est bizarre : vos plantes poussent anormalement vite et prennent des formes vraiment étranges. Tout le monde l'a remarqué.

— Oui, c'est vrai... répondit-il comme à contrecœur.

Il se gratta la tête et enchaîna :

— Ce sont des espèces croisées, ou greffées, ou géantes, je ne sais pas... Je les arrose de temps en temps, c'est tout. Il y a peu de lumière dans ma cabine mais cela ne les empêche pas de proliférer et de devenir vraiment encombrantes. Bientôt, je ne pourrai plus circuler.

— J'ai consulté un traité de botanique, expliqua Bellec, et je n'ai rien trouvé qui leur ressemble.

— Eh bien, figurez-vous que chez ma femme, la maison en est remplie, de ces baobabs-là. C'est une sorte de sorcière, ma femme. Elle ferait pousser des végétaux sur une plaque de cuisinière ! Moi, je n'y connais rien. Je suis un homme d'eau, pas de terre.

Les palmiers, au-dessus de leurs têtes, bruissaient dans le vent.

— Vous vous souvenez des *Révoltés du Bounty* ? La mutinerie commence lorsque l'équipage balance les plantes du capitaine Bligh par-dessus bord ! plaisanta Chartier. Méfiez-vous !

— Non, vous confondez, il s'agit de ce film avec Henry Fonda ou Humphrey Bogart, je ne sais plus, inspiré, je crois, d'*Ouragan sur le Caine*. Un arbrisseau disparaît pendant la nuit, et le vieux en a fait tout un fromage !

— Pas du tout, commandant : c'est bien *Les Révoltés du Bounty,* intervint Bellec. Il s'agissait d'une cargaison d'arbustes que le navire devait ramener en Angleterre.

– Dans ce cas, s'amusa Georges Deschamps, vous savez ce qu'il vous reste à faire, tous les deux ! Dans quinze jours, mes plantes deviendront la propriété du nouveau commandant. Moi, je prends mes vacances et si vous avez envie de les balancer à la baille, eh bien, je m'en lave les mains !

Les trois hommes éclatèrent de rire et levèrent leurs verres. Un parfum de homard grillé vint agréablement leur chatouiller les narines.

Georges Deschamps leva son regard céruléen vers le ciel et s'étira.

– Ah, voilà ce que j'appelle la belle vie ! Après ma retraite, je devrais peut-être songer à m'installer dans ce coin. Il y fait beau onze mois sur douze, les gens y sont souriants, et les homards monumentaux ! Que souhaiter de plus ? Je vais vraiment y réfléchir pendant ces quelques semaines à terre.

Bientôt, en effet, Georges Deschamps confierait son commandement à un vieil ami, le capitaine Jean-Adrien Dusselier. Pendant que ce dernier appareillerait pour la Polynésie et croiserait entre les atolls, lui s'envolerait pour la métropole et reverrait Julia. Une visite surprise, la première depuis quatorze mois. Cette perspective l'enchantait.

En réalité, il ne s'était jamais vraiment résigné à ce divorce. Ses missions lointaines, son travail accaparant, le temps qui avait passé, tout cela aurait dû agir comme un cataplasme sur sa blessure. Mais rien n'y avait fait. En parlant de Julia, Georges Deschamps disait toujours « ma femme » et non pas « mon ex-femme ». Après ces années de séparation, il était toujours amoureux d'elle.

Quand il pensait à Julia, il pensait à la jeune fille rencontrée à Toulon, un soir d'été, et non à l'épouse qui l'avait rejeté. Au premier coup d'œil, il avait été séduit par ses taches de rousseur, son petit nez retroussé, ses yeux en amande et par la broussaille décolorée et mal coiffée qui dépassait de son bob. Lorsqu'il la revit quelques jours plus tard, elle avait troqué son vieux T-shirt contre une robe couleur parme qui mettait en valeur ses épaules cuivrées. Elle était très belle. Georges Deschamps avait amputé son budget vacances, et pendant une semaine, lui avait fait livrer une rose chaque jour. Le côté désuet de la chose amusa beaucoup la jeune fille, et ils commencèrent à se voir régulièrement.

Julia venait d'achever brillamment des études de botanique et avait l'intention de trouver un travail dans un laboratoire agronomique. Elle était d'une intelligence pénétrante et possédait un caractère réfléchi et généreux ; cependant, enfant unique et trop gâtée par son père, elle se montrait parfois très capricieuse. Ce mélange d'intellectuelle et de sauvageonne indépendante séduisit Georges Deschamps, et il lui demanda de l'épouser. Ils se marièrent le samedi 1er mai 1965.

Au moment de signer le registre, Julia avait lancé en riant à Georges :

– Pour une botaniste, j'étais vraiment prédestinée, avoue-le : passer de « Dupré » à « Deschamps » ! Comme je signe de mes initiales, au moins n'aurai-je pas à faire trop d'efforts d'adaptation !

– Le pré, c'est la liberté et l'anarchie, les coquelicots et les primevères, répondit Georges en se penchant à son tour sur le registre. Mais le champ, c'est l'inverse ! J'espère que tu ne regretteras pas, ma chérie...

Une ombre avait traversé les yeux de Julia.

Pendant deux ans, ils vécurent la vie de tous les jeunes couples, avec ses joies et ses difficultés. Mais quand Julia apprit qu'elle ne pourrait pas avoir d'enfants, son caractère se détériora brusquement.

La passion des premiers temps fit alors lentement place, chez Georges, à une tendresse un peu attristée, de celles que l'on réserve aux grands malades. Malgré tout, cette tendresse était doublée d'un immense besoin de la protéger. Car Julia, sous des dehors de femme décidée, au caractère inébranlable – parfois d'une étonnante dureté –, était en réalité un être fragile. Lui le savait. Georges se sentait attaché à Julia comme par un lien. En mer, ce lien s'allongeait et sa force de rétention augmentait au fur et à mesure qu'il s'éloignait des côtes. C'était comme un gigantesque élastique invisible. Quelquefois, lorsque son navire traçait son sillon en direction de l'ouest, Georges était persuadé que s'il faisait stopper les machines, le lourd bâtiment serait infailliblement tiré en arrière. À l'inverse, quand il mettait le cap sur la France, l'étrave fendait les flots avec une sorte de rage pressée ; et Georges constatait toujours avec étonnement que, contrairement à ce qu'il pensait, sa vitesse était strictement conforme à l'ordre de marche. « Si chaque homme, y compris les marins, a ses racines plantées quelque part sur la terre ferme, les miennes doivent être inextricablement enchevêtrées à celles de Julia ! » pensait-il parfois.

Bientôt hélas, les scènes alternèrent avec des périodes de répit de plus en plus rares. Parfois, il avait l'impression que le regard de Julia le traversait comme s'il n'existait pas. Elle proférait des paroles inintelligibles. Elle passait des journées entières dans une sorte de prostration et s'enfermait dans son laboratoire pour n'en ressortir que lorsqu'il préparait sa malle. C'est à cette époque que, pour la première fois, Georges avait craint pour la santé mentale de sa compagne.

Georges Deschamps, malgré ses réticences, avait consulté son vieil ami, le docteur Chartier. Mais ce dernier n'avait pu lui fournir la moindre explication, ni lui donner le moindre conseil, hormis celui de faire examiner Julia par un spécialiste. « Je suis désolé, Georges, je soigne les plaies et les bosses et, à l'occasion, une ou deux chaudes-pisses... Les blessures de l'âme, moi, je n'y connais rien. »

Aux scènes interminables de Julia, glacées, violentes et toujours injustes, son mari opposait un mutisme absolu pour ne pas lui fournir un tremplin sur lequel rebondir. Lui qui, sur son bateau, était habitué au commandement et à l'obéissance n'avait aucune prise sur sa femme. Il encaissait, se taisait et cherchait à lire sur le visage de Julia les signes de la folie qui la rongeait.

Une seule fois, pourtant, il s'était rebiffé : quand, à son retour après une campagne de mer de quatre mois, elle l'avait attiré dans la remise attenante à son laboratoire.

Cette remise, il l'appelait le musée des Horreurs...

Georges n'y entrait que rarement. Elle contenait toutes sortes de choses innommables, parmi lesquelles de petits animaux qui avaient été happés et étouffés par des tentacules végétaux, et que Julia conservait dans des bocaux.

Ce qu'il y vit ce jour-là, il ne l'oublierait jamais, aussi longtemps qu'il vivrait.

En son absence, la porte avait été élargie. Il appuya sur l'interrupteur et entra. Posée sur un socle fait de quatre gros parpaings, trônait une section de tronc d'arbre mesurant plus de deux mètres de haut et presque autant en diamètre. Une partie du tronc était évidée, et à l'intérieur étaient recroquevillés les pathétiques restes d'un être humain.

Le visage de l'homme était émacié et entouré d'une couronne de cheveux longs et gris, amalgamés en mèches épaisses. Par endroits, ils étaient clairsemés comme si on les avait arrachés par touffes entières ou soumis à l'action d'un acide. Là où ils manquaient, le crâne présentait l'aspect alvéolé d'une éponge. La peau était parcheminée, et le nez réduit à deux trous. Les lèvres décharnées étaient retroussées en un rictus et découvraient des dents jaunies plantées dans l'os des maxillaires ; les gencives avaient disparu. Le front et le menton fuyants, les yeux clos et bulbeux évoquaient le faciès d'un caméléon. N'étaient les vêtements, on aurait pu hésiter sur le caractère humain de cette terrible apparition. Mais c'était bien un homme, revêtu d'une longue capote bleuâtre et ceint d'une espèce de baudrier ratatiné que le temps avait collé à son corps. Sa main droite aux doigts crochus, aux ongles démesurément longs, était crispée sur sa poitrine.

Pendant de longues minutes, Georges fut incapable de proférer la moindre parole ni d'esquisser le plus petit geste. Il était comme paralysé. Seul le mouvement de sa pomme d'Adam trahissait les efforts qu'il faisait pour se dominer. Enfin, il demanda d'une voix blanche :

– ... Qu'est-ce que c'est que cette horreur ?

Julia sembla choquée par la naïveté de la question. Ses yeux brillaient d'une lueur que Georges trouva inquiétante. D'une voix enjouée, presque guillerette, elle répondit :

– Tu le vois bien : ce sont les restes d'un soldat de la Première Guerre mondiale !

– De... la Première Guerre mondiale ?

Georges tourna vers sa femme des yeux incrédules.

– Tu gardes un cadavre à la maison ? Mais enfin, Julia, es-tu devenue folle ?

Comme si elle tançait un élève désobéissant, elle expliqua :

– Georges, réfléchis, voyons. C'est un cas unique au monde, un défi à la science ! Mortellement blessé, ce poilu a eu la force de se réfugier à l'intérieur d'un arbre éventré par un obus. Il y est mort. Je pense qu'il a gelé sur place. Pour une raison que je ne m'explique pas, le tronc a eu le temps de se refermer sur lui avant que ne commence la décomposition, et les essences ont assuré sa conservation. Regarde, on distingue encore la couleur de son manteau et de ses souliers. C'est extraordinaire ! Il est complètement momifié ! Je veux absolument découvrir comment une telle chose a pu se produire.

– Mais... mais, Julia, c'est monstrueux ! C'est... c'est indigne ! Il faut lui donner une sépulture. C'est un être humain, pas un animal ! Il n'est pas fait pour être exposé comme ça, il mérite le respect ! D'où vient ce... cette chose ?

– Je l'ai achetée à un collectionneur italien.

– Mon Dieu, dites-moi que je rêve ! Tu as *acheté* un cadavre ? C'est ce que tu veux dire ? Ce n'est pas possible !

Georges se passa les mains sur le visage. Il avait la nausée. Julia avait complètement perdu le sens moral.

Elle l'attrapa par le coude.

– D'ailleurs, Georges, ce n'est pas cela que je désirais te faire voir, c'est Esther. Viens par ici.

– Esther ? *Mais Esther est morte !*

Au mois de janvier précédent, ils avaient retrouvé le cadavre de leur chienne au pied de l'escalier. Tous deux en avaient été profondément affectés. Il n'était pas question de se débarrasser de la dépouille sur une quelconque décharge publique. Esther avait été un membre de la famille, et il fallait lui trouver une sépulture digne d'elle. Le sol du parc étant profondément gelé, Julia avait suggéré de l'enterrer dans la grande serre, et Georges avait accepté.

– Suis-moi.

Incapable de résister, il se laissa entraîner. Il dépassa le tronc d'arbre, s'efforçant de détourner les yeux du hideux spectacle qu'il renfermait.

– Voilà ! dit Julia en faisant un vaste geste de la main, comme si elle lui présentait un tableau de maître.

Il vit leur chienne Esther, suspendue au plafond par des fils de nylon. Ou plutôt ce qu'il en restait. Pas en chair et en os, bien sûr, mais *en bois* ! C'était une vision effrayante. Toutes les veines, toutes les artères, tous les vaisseaux sanguins de la pauvre bête étaient là, parfaitement dessinés, mais ils étaient remplacés par un treillis de racines. On voyait distinctement le réseau principal d'irrigation sanguine qui partait d'un gros bloc compact, là où, de son vivant, se trouvait le cœur de la chienne. Ce réseau se subdivisait en une multitude de veinules et de capillaires ténus qui se rejoignaient dans un cerveau ressemblant à une pelote de ficelle. L'ensemble formait une sorte de planche anatomique en trois dimensions, absolument cauchemardesque.

Mais le pire, c'étaient les yeux. Les vaisseaux avaient cédé la place à un canevas de radicelles fines comme des cheveux qui s'étaient développées à l'intérieur des orbites. Des yeux d'Esther, digérés par la plante, il ne restait que deux globes de bois, avec un trou au milieu. Ces globes, ils semblaient vous regarder avec un air de tristesse indicible.

Accablé et furieux, Georges se tourna vers sa femme et la secoua par les épaules.

– Mais enfin, que t'arrive-t-il ? Comment as-tu pu faire une chose pareille ?

Julia prétendit avoir planté un séneçon africain sur la tombe de la chienne, et que les racines de la plante, à la recherche des endroits les plus meubles, avaient investi son corps.

Georges n'en crut rien. Un séneçon ne poussait pas à cette vitesse et ne se nourrissait pas de chair animale ! Et puis, pourquoi avait-elle exhumé Esther, si ce n'était pour vérifier les résultats de son expérience ? Tout était prémédité, il en était sûr... À cet instant, Georges comprit que Julia avait définitivement et irrévocablement basculé dans la folie. Ses goûts morbides en étaient la preuve. Sans doute les germes de sa maladie couvaient-ils au fond d'elle depuis longtemps, ne cherchant qu'une occasion pour remonter à la surface. Eh bien, c'était maintenant chose faite.

Il s'ensuivit une scène épouvantable. Mais Georges demeura inflexible. Cette nuit-là, Julia avait parlé de divorce ; il avait donné son consentement. Puis, ressurgit l'horrible mot « iap », prémices de violences. Julia le répétait sans interruption, ses yeux vitreux fixaient le mur de la cuisine. Pour la première fois de sa vie, Georges eut peur d'elle. Il la croyait capable de le poignarder pendant son sommeil.

Il prépara ses valises et quitta la maison au petit matin, avec le sentiment d'abandonner lâchement un navire en perdition.

La séparation fut prononcée en avril 1988.

Georges ne revit Julia qu'en août 1990. De passage dans la

région, il l'avait appelée, après avoir longuement hésité. Elle fut ravie et s'empressa de l'inviter à la maison. Il garda de cette visite un souvenir charmé, car il avait retrouvé une Julia adoucie, gaie et rieuse. Elle s'intéressa à son travail et eut l'air sincèrement heureuse de sa récente promotion au grade de capitaine de vaisseau. Sur un ton contrit, elle assura s'être débarrassée de tout ce qui encombrait la remise. Le souvenir de cette horrible journée de septembre le hantait encore. Il frissonna, mais ne lui demanda pas comment elle s'y était prise pour évacuer le tronc qui devait bien peser une tonne. En réalité il était dubitatif ; mais ayant trop peur de la perdre une seconde fois, il n'osa pas entrer dans le musée des Horreurs pour vérifier.

Georges réserva une chambre dans les environs et passa les trois jours suivants en sa compagnie. Ils se promenèrent dans les prés et dînèrent dans de petites auberges au bord de l'eau. Leurs escapades ressemblaient fort à celles qu'ils faisaient lorsqu'ils avaient tous deux vingt-cinq ans. Peut-être Julia n'était-elle pas tout à fait guérie ; du moins avait-elle retrouvé un certain équilibre et faisait-elle montre d'une réelle joie de vivre. Tous ses démons semblaient l'avoir quittée.

De retour sur son bâtiment, le capitaine Deschamps engagea une correspondance suivie avec son ex-femme. Les moments où il rédigeait ses longues lettres étaient pour lui des instants privilégiés. Lors des escales, il ne manquait jamais de rassembler des échantillons et des graines qu'il lui envoyait par le service postal maritime.

Récemment, à l'initiative de Julia, cette relation épistolaire assidue avait pris une tournure bien plus tendre. « Finalement, l'amitié a peut-être cédé sous les coups de boutoir d'un sentiment bien plus fort », se dit-il. Dans sa dernière lettre, elle racontait, en s'en amusant, comment lui était venue l'idée de remettre son alliance, comme ça, juste pour voir ; mais l'anneau la serrait trop et comme il résistait à toutes ses tentatives pour le faire glisser de son doigt, elle avait dû le couper avec une pince. Georges avait trouvé à l'anecdote une valeur symbolique.

Il se vit, un an plus tard, partageant sa retraite avec la seule

femme qu'il eût jamais aimée. Il dut s'avouer que cette perspective le séduisait au-delà de tout ce qu'il pouvait imaginer.

Dans son for intérieur, d'ailleurs il n'avait jamais pensé
qu'il puisse en être autrement. C'était comme ça. Cela devait
arriver.

8

Denis avait sorti Julia de la baignoire et l'avait traînée dans la cuisine. Elle avait juste eu la force de hisser ses fesses sur une chaise et d'avaler une demi-bouteille d'eau minérale. Puis elle s'était évanouie.

Lorsqu'elle revint à elle, le voyou la tirait par le bras dans l'escalier. Ses pieds raclaient les marches et laissaient des marques humides. Parvenu dans la chambre, il lui ordonna de grimper sur le lit et l'attacha.

Elle était incapable d'opposer la moindre résistance. « Plus jamais. Plus jamais le supplice de la baignoire. Il faudra qu'il me tue d'une balle. Je refuserai d'entrer dans la baignoire, et il n'aura pas le choix. Dieu merci, il a une arme. Je le forcerai à s'en servir contre moi. Mais plus jamais la baignoire. »

Malgré ses vêtements mouillés, elle sombra presque immédiatement dans un sommeil cotonneux. Mais, une fois de plus, son épuisement ne fut pas assez abrutissant pour lui épargner les mauvais rêves. Elle était ligotée dans un linceul, et on la jetait dans la rivière. Elle se débattait avec la force du désespoir. L'eau pénétrait dans son nez, dans sa bouche, et l'étouffait. Pourtant, elle entendait distinctement l'animateur du jeu télévisé : « Si vous répondez à cette question, vous doublez vos chances. Prêt ? Attention. À partir de combien de carats a-t-on légalement le droit de faire feu sur un bijoutier ? Vous avez vingt-deux secondes. » Pendant que le chronomètre courait, le public braillait des réponses contradictoires. Au prix d'un effort surhumain, s'aidant de ses ongles, elle parvint à arracher ses liens et fila vers la surface. Le public la hua. Puis elle heurta quelque chose de la tête. C'était mou et pantelant. Elle ouvrit les yeux et reconnut le corps de Denis, doucement ballotté par le courant. Le visage du voyou était blafard. Ses orbites hébergeaient de petites anguilles, la peau partait en lambeaux, attaquée par des myriades de poissons voraces, et de ses lèvres pendait un tuyau de douche. Il émit un borborygme répugnant et cracha un paquet d'algues brunâtres. D'une voix caverneuse, il dit : « J'ai la haine. » Julia hurla, sa bouche s'emplit d'un magma visqueux fait de boue et de fragments de chair corrompue. Le public jubilait et poussait des hurlements : « Elle a perdu ! Elle a perdu ! »

Elle se réveilla en sursaut et frissonna : le crabe était revenu et avait planté ses pinces dans ses viscères...

Le jour était levé, et une lumière froide et malsaine s'immisçait dans la chambre.

Julia esquissa un geste, mais ses poignets entravés et son corps martyrisé lui arrachèrent une plainte. Elle dressa l'oreille pendant un long moment dans l'espoir d'entendre sonner l'horloge, mais tout demeurait silencieux. Puis elle se souvint qu'elle ne l'avait pas remontée depuis bien longtemps. Elle avait faim et froid.

Plus tard, bien plus tard, Denis vint la chercher et, sans un mot, la poussa rudement vers l'escalier. Parvenus dans la cuisine, ils avalèrent en silence quelques œufs brouillés et deux steaks, arrosés de café fort. Elle fit la vaisselle en grelottant. Denis lui permit de retourner dans sa chambre pour enfiler des vêtements chauds. Elle en profita pour changer les draps de son lit, qui étaient trempés.

À son retour au rez-de-chaussée, il lui lia les jambes avec une cordelette. Elle sautilla à travers le salon, ses pieds se prirent dans le tapis, et son crâne donna lourdement contre le vaisselier. Denis s'étrangla presque de rire. Puis il l'aida à se relever et, par réflexe, elle lui dit merci. Et pour ce « merci » qu'il lui avait en quelque sorte extorqué, elle le maudissait davantage encore. Elle se retrouva assise dans son fauteuil ; un mince filet de sang coulait sur son visage.

Elle se cala au fond du siège et rumina sa rancœur. Pendant

un moment, elle s'obligea à suivre les péripéties d'ineptes feuilletons télévisés. Puis elle renonça.

– T'as vu, y parlent même plus du bijoutier ! Qu'est-ce que j'te disais ? C'est déjà oublié !

Elle sursauta, réalisant qu'elle s'était assoupie. Il était vingt heures quinze, et on était en plein milieu du journal télévisé. Comme elle ne répondait pas, le voyou reprit d'un ton mauvais :

– Hé, la vioque, j'te cause !

– Oui. J'ai entendu. Le bijoutier est oublié.

– Dis donc, j'ai faim. Tu pourrais peut-être nous faire à bouffer.

– Alors, enlève-moi ces cordes... Dis-moi, Denis, quand as-tu l'intention de partir d'ici ? demanda-t-elle d'une voix lasse.

– T'es tellement pressée de claquer ? T'as bien compris que j'te laisserai pas vivante derrière moi ?

Le crabe se réveilla, et Julia sentit une onde glacée cascader dans son dos. Essayant d'affermir sa voix, elle éluda la question et rétorqua :

– Tu n'as pas répondu.

– Je m'barrerai quand j'en aurai envie, pas avant ! J'foutrai l'feu à ta bicoque, et j'te balancerai dans les flammes. Si tu t'tiens à carreau, j'te massacrerai d'abord à coups de barre de fer. Si tu m'emmerdes, je t'assomme, et j'te fous dedans vivante. C'est toi qui vois.

– Mais pourquoi, bon sang, pourquoi ? Quel intérêt as-tu de me tuer ? Tu auras deux meurtres sur la conscience au lieu d'un, iap...

– Ça fera une salope de raciste de moins. Et l'autre ne compte pas, c'était un Juif.

Il cracha par terre et poursuivit avec un sourire odieux :

– Quand on retrouvera ton corps, on pensera que c'est un accident. Personne ne sait que j'suis ici, et les flammes effaceront mes empreintes digitales et tout... C'est chié, hein, comme plan ?

Elle s'abstint de répondre. Il avait déjà passé le meurtre du bijoutier par profits et pertes. Ce type était un monstre de cruauté et de bêtise... Dans le ventre de Julia, le crabe s'en donnait à cœur joie.

Denis défit les liens et fit un pas de côté. Malgré tout, il se

85

méfiait de ses réactions. En se dirigeant vers la cuisine, elle dit sans se retourner :

— Demain, c'est dimanche, et il ne reste presque plus de provisions. Si tu n'as pas envie de mourir de faim, il faudrait que je passe une commande maintenant.

— Comment ça ?

— Par téléphone. L'épicier du village viendra me livrer dans la matinée. Il a l'habitude. Mais il faut que je le fasse tout de suite. Il ferme à huit heures et demie.

Le voyou réfléchit.

— C'est bien, vas-y. Mais pas la peine de t'faire un dessin. Tu restes cool, ou tu auras affaire à ça. Compris ?

Il agita son automatique.

Julia entra dans son bureau et saisit le combiné. L'autre surveillait ses moindres gestes. Elle commanda du pain, du beurre, deux poulets et quatre entrecôtes, un sachet de pommes de terre précuites, deux kilos de pommes de terre fraîches, un kilo de tomates, deux laitues, du gruyère, deux packs de bière (« De la Kro », lui souffla-t-il), six bouteilles d'eau minérale et des yaourts (« Au citron, au citron ! »).

— C'est ça, mââme Deschamps... et huit yaourts. Au citron. C'est noté. Oui, demain matin. Je n'ai que vous à livrer, donc je viendrai assez tôt, si ça ne vous dérange pas. Au revoir.

L'épicier nota « Deschamps » en haut de sa fiche, l'entoura d'un trait de crayon qui avait la forme d'une saucisse et arracha le feuillet. Puis, en sifflotant quelque chose qui ressemblait vaguement à *Les Lola*, il se dirigea vers le fond du magasin pour préparer la commande. Sur son bloc-notes, la pointe du crayon avait gravé une empreinte bien nette dans la feuille suivante ; et le nom de sa cliente, ainsi que la liste des produits qu'elle avait commandés, y étaient parfaitement visibles.

Quelques minutes plus tard, il sortit de l'arrière-boutique, poussant du pied un cageot rempli de victuailles, tenant dans une main une tasse de café brûlant, dans l'autre sa calculette et son carnet de factures. Il avala une gorgée de café et posa sa tasse sur le bloc-notes.

Il avait d'abord pensé consacrer ce samedi soir à taper le carton avec les habitués de la brasserie Rallye, mais il changea d'avis. Ce soir, il resterait à la maison pour regarder la télé. Il avait le choix entre les variétés françaises et un film américain. Il opta pour les variétés. L'émission allait commencer dans quelques instants, après les pubs ; les invités de la soirée étaient Michel Sardou et Pierre Bachelet, ses deux chanteurs préférés.

Il souleva sa tasse. Sous l'effet de la chaleur, les molécules de cellulose du bloc-notes s'étaient agitées, dilatées, et les microscopiques fibres du papier avaient réagi en changeant vicieusement de place, effaçant l'empreinte. Sur la première page, le nom « Deschamps » avait complètement disparu. Même en examinant la page à la lumière rasante, il était devenu impossible de deviner qui avait passé cette dernière commande du samedi à l'épicier Maurice Berthold.

9

Quand Julia eut raccroché, Denis la poussa vers la cuisine en lui enfonçant l'automatique dans les reins. Comme au cinéma.

— Demain, quand il viendra livrer, tu gueuleras par la fenêtre que tu peux pas descendre, vu qu't'es à poil, et que tu l'paieras la prochaine fois. Il croira qu't'es dans ton bain et fera pas chier... Il aura qu'à tout déposer sur le perron. Toi et moi, on ramassera la bouffe quand il sera parti.

Il y avait une bouteille de vin aux trois quarts vide sur le réfrigérateur. Julia s'imagina en train de la fracasser sur l'évier, puis de l'enfoncer dans la gorge de son geôlier. Iap, comme ce serait amusant de regarder le sang couler par le goulot ! Elle ouvrit une boîte de petits pois.

— Je n'ai plus que du lard en tranches pour aller avec.

— Ouais ? Et alors ?

Il était appuyé contre le chambranle et se grattait le cuir chevelu avec son arme. Dans la pénombre, son pansement faisait une tache blanche et ses yeux ressemblaient à ceux d'une fouine. Une fouine qui aurait le museau de travers.

— Eh bien, je suppose que tu es musulman, répondit-elle, et les musulmans ne mangent pas de porc.

— Rien à foutre de toutes ces conneries religieuses ! Moi, j'baise, j'picole et j'bouffe comme je veux !

Il ponctua la phrase d'un geste obscène. Julia sentit monter en elle une nouvelle bouffée de haine pour son tortionnaire. S'il avait au moins respecté ce précepte, elle en aurait éprouvé, non

89

pas du respect, mais quelque chose de ténu, d'indéfinissable, qui aurait pu la convaincre, après tout, qu'elle avait affaire à un être humain. Mais il était pire qu'un animal. C'était un mécréant, un asocial, un parasite.

Elle s'en souvenait comme si c'était hier. « Les paresseux et les profiteurs ne sont pas de bons musulmans, madame », avait dit ce barbu avant de s'éloigner. Il devait être âgé d'une trentaine d'années. Elle avait traversé la place et s'était trouvée en pleine manifestation islamiste. Elle avait eu un mouvement de recul quand il s'était approché d'elle. Il lui avait tendu sa pétition à signer. Elle y avait jeté un coup d'œil. Ces gens exigeaient l'aide de l'État pour la construction d'une mosquée. Elle s'était ressaisie immédiatement : « Je ne signerai certainement pas ça ! » L'autre avait eu l'air surpris. Il parlait un français parfait, sans trace d'accent. « Et pourquoi donc, madame ? Il n'y a vraiment aucun mal à cela. » Elle répondit : « Je signerai pour votre mosquée si l'Arabie Saoudite s'engage à construire une cathédrale à Riyad ! Donnant donnant ! » D'une voix douce, sans se démonter, le barbu lui avait répondu : « Ce n'est pas possible, madame. Et puis, vous savez bien qu'il y a beaucoup plus de musulmans ici que de chrétiens en Arabie. » Il lui avait donné un livre enluminé de volutes mauresques, rouges et vertes, puis l'avait poliment saluée avant de tourner les talons. C'était une traduction du Coran. Elle l'avait glissé dans son sac.

Sur le chemin du retour, elle pestait contre cet homme. Surtout à cause de son urbanité et de ses manières policées. Elle aurait tellement préféré qu'il soit grossier, laid ou, pourquoi pas, violent. C'est vrai, que ne racontait-on pas à propos des islamistes ? *Ce type, c'est sûrement l'arbre qui cache la forêt.* Elle fut contrariée, sans trop savoir pourquoi. Depuis, le livre aux enluminures rouges et vertes traînait quelque part dans la maison. Elle ne l'avait pas lu, mais elle n'avait pas osé le jeter.

Denis et Julia avalèrent leur repas en silence. Elle fit la vaisselle et rangea les ustensiles dans le placard. Quelque part dans la maison, une machine se mit en route. C'était comme un ronronnement sourd. Denis, qui était en train d'allumer une cigarette, suspendit son geste.

— Qu'est-ce que c'est qu'ce truc qu'on entend ?

– Un compresseur. C'est pour l'arrosage et la brumisation des serres, répondit-elle.

Il fronça les sourcils et ouvrit la bouche comme s'il allait poser une nouvelle question. Ou, plus probablement, pensa Julia, faire un de ces commentaires stupides dont il avait le secret, du genre : « Brumisation ! Tu es complètement cinoque, tu sais ça ? » Mais il ne dit rien. Pour lui, apparemment, il y avait plus urgent.

– Grouille, mémé, on va rater le film à la télé.

Il marqua un temps et ajouta :

– ... puis j'irai p'-têt' faire un tour en bagnole !

Au fond d'elle, le crabe se réveilla et la mordit. Elle se raidit.

– Alors, Denis, il faudra me tuer. Car plus jamais je n'entrerai dans la baignoire ! Plus jamais, tu m'entends ?

Il ricana :

– Remarque que si j'voulais t'foutre dans le bain, rien de plus facile : j't'assomme d'abord et j'te colle dedans pendant qu't'es dans les vapes. Mais t'inquiète, mémé, j'plaisantais ! J'ai envie d'une soirée télé. Juste toi et moi. Comme deux vieux potes.

Les jambes entravées, elle retrouva son fauteuil. Le voyou alluma le téléviseur. L'une des chaînes du câble rediffusait *Duel*, de Steven Spielberg. L'histoire d'un poids lourd qui, pour une raison inconnue, poursuivait une voiture de tourisme conduite par un brave représentant de commerce. La voiture au moteur bridé et poussif n'avait aucune chance. Julia suivit l'action avec un intérêt croissant. D'après elle, bientôt la voiture serait réduite à un amas de ferraille d'où s'écoulerait lentement, iap, iap, une petite rigole de sang. Elle se mélangerait à l'huile du moteur et formerait une flaque visqueuse dans laquelle se refléterait un ciel mauve aux jolis reflets irisés.

À moins que... Mais comment peut-on se débarrasser d'un monstre aveugle qui veut vous tuer ?

Un jour, au zoo, elle s'était arrêtée devant l'enclos aux loups. L'un des animaux – il était énorme – manifestait une grande agitation. Il venait frôler le grillage qui le séparait des visiteurs, repartait vers ses congénères allongés au fond de l'enclos, puis revenait vers la barrière. Le manège semblait ne jamais devoir prendre fin. Julia l'observait, cherchant à capter son regard. Elle y parvint : le loup s'arrêta devant elle et retroussa ses babines sur des canines jaunes et effilées comme des sabres. Puis il mordit le grillage, projetant des gouttes de salive jusque sur ses souliers.

Ce qui se tenait devant elle, c'était la bête du Gévaudan ou le chien des Baskerville des lectures de son enfance : la gueule bavante, le dos rond, le postérieur ramassé, les pattes antérieures tendues et fermement ancrées dans le sol, les yeux enfiévrés de haine et de frustration. Malgré l'épais treillis et la barrière qui la séparaient de l'animal, elle fit un saut en arrière, submergée par ce que les mauvais auteurs et les amateurs de poncifs appellent une « peur ancestrale » (mais qu'elle se décida à qualifier tout bonnement de « trouille bleue »). Julia savait que ces animaux craintifs n'attaquaient l'homme que s'ils étaient menacés ou affamés. Pourtant, celui-ci semblait chercher une victime. Non pas parce qu'il avait faim ou peur, mais tout simplement parce qu'il avait envie de tuer. C'était l'évidence... Elle fit le vide dans son cerveau et soutint le regard oblique et brillant, s'efforçant de lui communiquer ce qu'elle éprouvait pour lui à cet instant : de la compassion, de l'admiration aussi. Et de l'amour. Une énorme dose d'amour. Ils restèrent ainsi de longues minutes face à face. Puis le loup s'allongea sur le sol, oreilles rabattues, et se mit à gémir comme un chiot. Il y eut un témoin à cette scène, le gardien. Il s'approcha de Julia et demanda : « Comment avez-vous fait ? » Sur le coup, elle ne sut que répondre. Oui, comment peut-on se débarrasser d'un monstre qui veut vous tuer ? Des années plus tard, elle ne connaissait toujours pas la réponse. Denis était un animal bien plus dangereux qu'un loup.

Elle fut à la fois déçue et soulagée par le dénouement du film.

Le voyou lui libéra les pieds et la raccompagna à l'étage. Il resta derrière la porte de la salle de bains pendant qu'elle prenait sa douche. *Peut-être devrais-je cacher un truc pointu à l'intérieur de mes pantoufles, iap, une lime à ongles, par exemple. Non, c'est idiot, on ne peut pas tuer quelqu'un avec une lime à ongles !* Elle enfila un pyjama, se rendit aux toilettes et regagna sa chambre.

Le temps était à l'orage ; le chahut des arbres, dans le parc, en était le signe avant-coureur.

Suivant un rituel maintenant bien établi, Denis l'attacha solidement au lit. Puis il quitta la pièce.

Elle avait demandé, et obtenu, qu'il laisse la lampe allumée. Maintenant, elle se demandait si c'était vraiment une bonne idée. Comme il lui était impossible de basculer sur le côté, la lumière filtrait au travers de ses paupières et l'empêchait de trouver le sommeil. Elle rouvrit les yeux et regarda autour d'elle. C'était sa chambre, mais jamais encore elle n'avait eu le loisir – ou seulement l'envie – de la détailler ainsi. Il y avait des craquelures dans l'angle droit du plafond et un renfoncement là où la poignée de la porte heurtait le mur. Depuis longtemps, elle s'était juré d'installer une butée, mais elle avait toujours repoussé le pensum au lendemain. Elle observa le tableau que Georges lui avait offert au retour d'un voyage aux États-Unis. C'était le portrait d'un inconnu en redingote, signé Émile T. Mazy. La texture du tissu était superbement rendue, ainsi que les bacchantes du bonhomme... Qui était-il ? Mystère. Le cadre, plus que la toile, était indubitablement américain. « C'est bizarre, pensa-t-elle, il y a vraiment deux choses qui diffèrent totalement d'un pays à l'autre : les cadres des tableaux et la robinetterie des salles de bains ! » Elle se souvint d'une soirée chez les Aubertin. Thérèse lui avait posé une devinette, une de ses habituelles devinettes idiotes, aux réponses invérifiables : « Un type est kidnappé à Paris. On lui bande les yeux et on le transporte dans un autre pays. Lorsqu'on lui enlève son bandeau, il se retrouve dans une minuscule salle de bains dépourvue de fenêtre. Il se lave les mains et comprend qu'il se trouve dans l'hémisphère Sud. Comment est-ce possible ? Je vous laisse une minute de réflexion, ma chère... Vous donnez votre langue au chat ? Eh bien, dans l'hémisphère Sud, l'eau s'écoule en formant un tourbillon qui tourne dans le sens des aiguilles d'une montre ; alors que chez nous, c'est l'inverse ! C'est amusant, hein ? »

Mais non, Thérèse, il lui aurait suffi de regarder la forme du robinet !... À mon tour : Une femme est kidnappée. À quoi devine-t-elle qu'elle est retenue prisonnière dans sa propre maison ? Vous donnez votre langue au chat ?

Personne ne serait capable d'imaginer la réponse. Pas même elle.

Ses yeux suivirent le dessin de la coiffeuse, s'attardèrent sur les moulures de la penderie, coururent le long de la plinthe et revinrent se poser sur sa main gauche, maintenue par l'épais fil plastique. Une main bosselée, aux veines saillantes et qui griffait la couverture comme si elle était dotée d'une vie propre.

Un grondement sourd se fit entendre dans le lointain.

Flûte, ça y est. Ma nuit de sommeil est fichue.

Au fur et à mesure que l'orage approchait, elle devenait de plus en plus nerveuse. Comme d'habitude... Son pyjama la grattait, la lumière l'énervait, les plis des draps avaient la douceur du gravier. Et, pour tout arranger, elle ne pouvait changer de position. *Ah, monsieur Denis, tu vas payer pour tout ça. Je te le promets.* Demain, elle lui ferait des frites. Il devait aimer ça, comme tous les jeunes qui se nourrissent dans les fast-foods. Au moment de les égoutter, elle lui balancerait le contenu de la friteuse en plein visage. Non, sur le bas-ventre. C'est ça, sur le bas-ventre...

Une bourrasque de vent fit tressaillir le volet de la chambre. Julia se tassa.

L'huile bouillante s'immiscerait entre les fibres du tissu, entrerait en contact avec l'épiderme et ratatinerait tout sur son passage. Sa peau se boursouflerait et se détacherait comme celle du lait bouilli. Ce qui restera aura l'aspect et la couleur d'un pruneau sec... Et le cri qu'il poussera ! Ah, Dieu ! Le cri ! Il faudra qu'elle pense à couvrir ses oreilles. Le cri, elle le dégusterait, le visage entre ses deux mains et un sourire aux lèvres. Quand il aura fini de ramper sur le sol, le Denis, elle saura quoi en faire, iap. Oh oui ! Elle saura quoi en faire.

Un éclair vrilla le ciel et illumina le parc. Elle compta les secondes : une, deux, trois, quatre... VRAOUM !!! Instantanément, son cerveau annonça : « L'orage est à un kilomètre et cent onze mètres de la maison. Plus ou moins quelques centimètres, bien sûr. »

— Exact, ajouta-t-elle à haute voix. Tout à fait exact.

« Ma femme, c'est un ordinateur, mon cher, un ordinateur maçonné dans du roc ! » Elle souriait.

Elle souriait encore quand le tonnerre explosa juste au-dessus de la maison et que des trombes d'eau s'abattirent sur le parc.

Elle souriait toujours quand, au petit matin, Denis vint la chercher.

Sa décision était prise. Et bien prise.

10

Elle avait enfilé sa vieille robe de chambre matelassée bleue et s'était tassée dans son fauteuil, tête baissée. Son sourire était toujours là, au coin des lèvres, comme un imperceptible rictus.

Dehors, la pluie hachait les frondaisons des arbres qui valsaient sous la poussée. Le paysage semblait avoir été peint en mille nuances de gris par un dépressif. Il s'estompait comme s'il avait été recouvert de tulle : au-delà de trente mètres, il était impossible de distinguer le moindre détail. Emportés par le vent, des paquets d'eau venaient, à intervalles réguliers, fouetter les vitres. Julia releva la tête et jeta un coup d'œil éteint sur le parc. « Aujourd'hui, c'est le jour. L'un de nous deux doit rester sur le carreau. »

Denis, assis devant le téléviseur, zappait de chaîne en chaîne. L'émission « Connaître l'islam » retint son attention pendant quelques minutes, puis il la quitta avec un juron.

– Ding ! Dong !

Le voyou avait bondi.

– C'est quoi ? C'est quoi ?

Elle releva la tête.

– Que veux-tu que ce soit ? C'est sûrement l'épicier qui sonne à la grille du parc.

La voix de Julia était différente. Plus basse, plus contenue. Plus menaçante, aussi. Quelque chose avait changé. Le voyou ne le remarqua pas.

– Déjà ? Mais il est qu'neuf heures !

– Et alors ? Il faut que je lui ouvre.

Il se mit sur ses pieds et tira son pistolet de sa ceinture.

– T'as bien compris, mémé ? T'es dans ton bain et tout. Dis-lui de déposer la bouffe sur l'perron. Si tu déconnes, j'te bousille aussi sec. Si c'est quelqu'un d'autre, j'le flingue pareil. Pas de conneries, hein !

Julia appuya sur le bouton d'ouverture de la grille. Une minute plus tard, la camionnette de l'épicier apparut au bout de l'allée, cahotant sous la bourrasque, ses essuie-glaces luttant frénétiquement contre la pluie diluvienne. Elle décrivit une courbe et s'arrêta devant la maison.

Le conducteur en descendit, sa veste tirée au-dessus de la tête pour se protéger du déluge. Il contourna le véhicule, ouvrit le hayon et saisit un cageot à l'arrière.

– Vas-y, ordonna Denis... Dis-y.

Julia passa la tête par la fenêtre du salon. Dehors, le tumulte était à son comble. Une véritable tornade.

– Maurice ! hurla-t-elle pour couvrir le vacarme. Maurice, déposez tout sur le perron, je ne suis pas habillée. Je viendrai vous régler mardi !

Dans l'angle de la fenêtre, collé contre le mur, Denis observait la scène.

Mais l'épicier n'entendit pas. Son crâne toujours caché sous sa veste, il avançait vers la maison à petits pas rapides, jambes écartées, tenant devant lui le cageot de nourriture recouvert d'un morceau de papier kraft. Penché en arrière, essayant de faire contrepoids à sa charge, il avait la démarche chaloupée d'une créature acéphale signée Frankenstein.

– Il a rien entendu, constata Denis. Redis-lui !

Il ponctua sa phrase en lui enfonçant le canon de l'automatique entre les côtes. Julia eut un mouvement d'irritation et foudroya le voyou du regard.

– Vas-y ! insista Denis. Ou sinon...

Elle se tourna vers la fenêtre.

– Maurice, déposez tout ça sur...

Trop tard. L'épicier avait grimpé les marches du perron et, de biais, essayait d'ouvrir la porte. Elle céda, et il entra dans le vestibule comme un demi de mêlée, épaule gauche en avant. Il s'ébroua.

– Foutu temps !... Mââme Deschamps, appela-t-il en déposant son fardeau, c'est moi, Maurice !

C'était un moustachu courtaud, d'une quarantaine d'années, au ventre proéminent et aux bras comme des jambons. Quand il releva la tête, il vit Julia dans l'encadrement de la porte du salon. L'ombre de sourire qui traînait sur son visage depuis l'aube avait disparu. Elle se mordait le poing. L'épicier se retrouva face à un Denis désemparé.

– Qu'est-ce... Mais...

Dehors, le vent hululait de plus belle.

Avec la régularité d'un métronome, les yeux du bonhomme allaient de Denis à Julia. Enfin il comprit et fit un pas vers le voyou.

– Je... non... Bouge pas ! hurla Denis.

Il appuya trois fois sur la détente. La première balle percuta l'épicier sous le menton et ressortit par la nuque. La seconde se perdit dans le mur. Puis il y eut un « clic » métallique qui indiquait que le chargeur était vide. Maurice s'effondra, agité de soubresauts.

Il y eut un long moment de silence. Denis se tourna vers Julia :

– Quel con ! T'as vu ça ? Non, mais, quel con ! Pourquoi qu'il est rentré, ce con ? Hein ?

La main gauche de l'épicier frappait le sol, l'autre était crispée sur son cou, et ses souliers cognaient à toute vitesse les dalles du vestibule.

Julia n'avait pas bougé d'un pouce. Elle était hagarde et regardait Maurice avec des yeux écarquillés.

– Retourne dans le salon, aboya Denis.

Elle recula comme un automate. Le voyou la rejoignit et ferma la porte. De l'autre côté, le tambourinement continuait. Julia Deschamps avait mal au cœur ; elle ne cessait de voir l'homme battant le sol comme un nageur échoué.

Ils restèrent immobiles, face à face, pendant cinq longues minutes. Denis tendit l'oreille. Tout était silencieux.

– P't-êt' ben qu'il est crevé ?

Il ouvrit la porte et fit un bond en arrière. L'épicier se trouvait à trente centimètres, bras tendu. La trace qu'il avait laissée en rampant dessinait une large courbe sanglante. Du pied, le voyou referma.

— Merde, y vit toujours, ce con.

Un bruit sourd leur apprit que l'homme s'était affalé contre le panneau. Puis ils l'entendirent glisser. Sa tête cogna violemment le sol.

Les yeux agrandis par une indicible terreur, Julia fixait quelque chose. Denis suivit son regard. Lentement, comme de la lave s'échappant du cratère d'un volcan, une mare de sang visqueux se glissait sous la porte.

— Iap, iap...

— Quoi ?

Elle se secoua.

— Je... Rien.

« Je le hais, Dieu, que je le hais ! Jamais je n'ai ressenti pareil dégoût, jamais je n'ai eu autant envie – iap – de tuer. Mais il faut que je me domine. J'ai besoin de lui... »

Ils attendirent quelques minutes de plus, puis Denis entrouvrit.

Julia Deschamps étouffa un cri. Le corps de Maurice était encore agité de soubresauts. Une seule chose demeurait immobile : ses yeux grands ouverts qui la fixaient, elle.

Denis referma la porte avec violence. Il se tourna vers Julia :

— Va t'asseoir et boucle-la !

Le voyou avait repris du poil de la bête.

— On va regarder la télé. Il crèvera bien sans nous !

Il alla s'asseoir à sa place habituelle. Il prit la télécommande, monta le son et recommença à faire défiler les chaînes. Mais, de temps en temps, il jetait un coup d'œil furtif vers le vestibule, comme s'il s'attendait à voir l'épicier faire irruption dans la pièce, mains tendues vers lui pour l'étrangler.

— Et maintenant ? demanda Julia, d'une voix sépulcrale.

— Quoi donc ?

— Que vas-tu faire du corps ?

Denis examina ses baskets d'un air ennuyé.

— J'en sais rien. Si sa femme le voit pas rappliquer, elle va ameuter les keufs.

Julia lâcha méchamment :

— Rassure-toi, il n'était pas marié !

100

En réalité, elle était persuadée que personne ne savait que Maurice Berthold était allé faire une livraison chez elle. Quand elle l'avait appelé, il était sûrement seul, son commis partant à six heures tapantes chaque samedi. Demain, lundi, était le jour de la fermeture de l'épicerie. Ce n'est que mardi, quand il ne verra pas arriver son patron, que le commis signalera sa disparition – peut-être mercredi... La police attendra bien un ou deux jours avant de lancer un avis de recherche. Cela reportera donc le début de l'enquête à samedi ou dimanche... « Tout ça arrange bien mes affaires ! »

Denis fronça les sourcils et la regarda d'un drôle d'air.

– Tu sais, Denis, tu as vraiment beaucoup de chance ! J'espère que tu t'en rends compte ? « Il ne faut pas que tu prennes peur, mon petit, ni que tu te mettes en tête de partir d'ici. C'est trop tard, iap. Maintenant, Julia veut que tu restes. »

– Et sa camionnette ? On peut la voir dans l'parc !

– « Tiens, je n'y avais pas pensé. » Tu n'as qu'à l'enfermer dans le garage, derrière la maison. Personne ne la découvrira. « Vas-y, cache-la bien. Lorsque j'en aurai fini avec toi, je trouverai bien un moyen de m'en débarrasser ! »

– J'y vais. Mais faut d'abord que j't'attache, mémé. Passemoi la corde.

Il avait recouvré tout son sang-froid. Il saucissonna Julia sur son fauteuil puis ouvrit la porte du vestibule.

Lui barrant le passage, le corps de l'épicier était là.

Et il gigotait. Son bassin se soulevait et retombait avec violence. Ses ongles se retournaient en griffant le sol. Un râle sourd s'échappait de ses lèvres.

– C'est pas vrai ! Il est toujours pas canné, ce porc ! explosa Denis. Putain, j'ai la haine !

Le voyou était surexcité. Il bondit vers un guéridon en chêne massif, balaya le vase qui y était posé d'un revers de la main, se pencha et saisit le meuble par les pieds. Puis il se dirigea vers Maurice, leva le meuble et abattit le tranchant de la tablette sur la tête de l'homme. Julia entendit les os craquer. Une horrible bouillasse gicla sur les dalles. Le corps de l'épicier se cambra comme celui d'un épileptique et retomba. Cette fois, c'était fini. Maurice était immobile.

Julia poussa un cri strident.

Denis jeta le guéridon contre le mur, où il se disloqua. Julia hurla de plus belle, sans discontinuer, sur une note perçante comme un foret.

Alors le voyou se tourna dans sa direction. Il avait des yeux de fou, ses mains s'ouvraient et se fermaient. Il fondit sur la pauvre créature ligotée dans son fauteuil.

11

Lorsqu'elle reprit connaissance, elle était penchée en avant, retenue par ses liens.

Au milieu de son crâne, des myriades de fleurs lumineuses explosaient, se reformaient, puis partaient à l'assaut de ses tempes. Un bourdonnement vrillait ses tympans, comme si une noria d'insectes avait élu domicile à l'intérieur de ses oreilles. « Tiens, il y a un vide, là, devant ma langue !? Bon Dieu, mais il me manque une dent ! C'est nouveau, ça ! »

Elle essaya d'ouvrir les yeux. Mais malgré ses efforts, seul un minuscule rai de lumière frappa sa rétine gauche. L'œil droit restait obstinément fermé et collé. Elle ne distingua d'abord autour d'elle que des formes floues, comme celles d'un lavis trop détrempé.

Sa robe de chambre était largement ouverte sur ses cuisses, et plusieurs boutons manquaient. Le pantalon de son pyjama était trempé (*papa, je me suis oubliée*) et taché de sang. Elle était souillée par des déjections (*papa, j'ai vomi*). Peu à peu, sa vue retrouvait un semblant d'acuité. Elle regarda ses mains. Elles étaient rouges, elles aussi. De larges coupures étaient visibles sur les poignets et au-dessus des coudes, aux endroits où la cordelette avait pénétré la chair.

Quelques souvenirs lui revinrent par bribes. « Aujourd'hui c'est le jour. L'un de nous deux doit rester sur le carreau. » Denis, l'épicier... Elle leva la tête. La douleur était atroce. Pour se ménager un meilleur champ de vision, elle la pencha sur le côté. « Ma tête pèse des tonnes, papa, je ne peux pas faire plus vite... »

Les jambes de l'épicier dépassaient dans l'encadrement de la porte.

« Où est l'Ordure ? Pas là... Parti ? Oh non ! Pas maintenant ! JE LE VEUX. »

Le son du téléviseur couvrait en partie le gémissement du vent qui faisait vibrer le chambranle des fenêtres et passait sous la porte d'entrée. « Pourquoi la télévision est-elle allumée, puisque personne ne la regarde ? Et les frais d'électricité, hein, qui va les payer ? » Trois hommes en chemises bleues et en cravates club refaisaient le monde et insistaient sur la nécessité de baisser davantage les taux d'intérêt.

Elle fixa à nouveau les chaussures du cadavre. D'épaisses grolles jaunes, encore auréolées d'humidité. Julia Deschamps se mit à rire nerveusement. Ses lèvres saignaient.

– T'es réveillée, mémé ? C'est pas trop tôt ! J'croyais qu't'étais cannée.

La voix lui parvenait, étouffée, comme si elle avait les oreilles bourrées de coton. Elle leva les yeux et ajusta l'inclinaison de sa tête pour LE voir. Il avait repris ses vieilles frusques toutes froissées dans le sèche-linge et les avait remises. *Dieu soit loué, l'Ordure n'est pas partie !*

Denis se planta devant elle, les mains sur les hanches.

– T'es pas belle à voir, mémé ! On dirait qu't'es passée sous un rouleau compresseur... À un moment, t'as tellement gueulé que j't'ai craché dans la bouche pour te faire taire ! Et t'as pissé dans ton froc ! Et t'as gerbé ! Tu devrais avoir honte, à ton âge !

– Boire...

– Boire ? T'attendras, ma vieille ! D'abord, faut m'aider à m'débarrasser du macchabée, sinon y va s'mettre à puer.

Il se baissa et détacha ses liens. Les mains de la brute étaient couvertes de plaies sans doute infligées par Julia. Elle se redressa en vacillant. Elle n'avait pas même la force de mettre un pied devant l'autre. Le voyou ajouta :

– T'as pris une sacrée dérouillée, la vioque ! T'as beau être une coriace, la prochaine fois, ce s'ra définitif. Jamais deux sans trois, et t'y passeras de toute façon, comme les autres... Où qu'on va le mettre, ce con ?

Il fit un signe du menton en direction du corps.

Julia secoua la tête, comme si elle n'avait pas compris.

— Alors ? insista-t-il.

— Pour le moment, dans la remi*v*e du labo.

La dent manquante la faisait zozoter. Elle se massa les poignets, ce qui eut pour effet de rouvrir les coupures. Denis contourna le cadavre.

— OK. Passe devant... Ensuite, tu nettoieras toute cette merde.

Il le traîna par les pieds. La tête de Maurice rebondissait à chaque obstacle et perdit de petits morceaux de matière cervicale. La distance entre le vestibule et le laboratoire n'était que de quinze mètres, mais Julia la parcourut comme une somnambule, livide et couverte de sueur.

Elle ouvrit la porte de la remise et fit la lumière. Denis s'avança.

— C'est quoi, c'machin ?

Il lâcha son fardeau.

— ... mu*v*ée des *v*orreurs...

— « Dévoreur » ? Qu'est-ce tu dis ?

Elle s'appliqua.

— C'est mon musée des Horreurs.

Devant eux se dressait le tronc d'arbre. Décoré de guirlandes multicolores et lumineuses qui clignotaient. Une statuette de la Vierge avait été mise de force dans la main du poilu, et un doigt pendait, brisé.

Denis recula.

— C'est quoi ? Réponds, merde. C'est quoi ?

— Un *v*oldat. Pri*v*onnier d'un tronc d'arbre...

Les traits du voyou se décomposaient à vue d'œil. Julia le toisa. « Pfff ! L'Ordure panique à la vue d'une relique ! L'Ordure n'a pas de nerfs. L'Ordure est perdue. Perdue, finie. »

— C'est craignos, ton truc, ça m'fout les boules... T'es vraiment complètement barje, la vioque ! T'es bonne pour l'asile et tout, tu sais ça ?

Il se baissa pour agripper les pieds de l'épicier. Elle s'écarta pour lui laisser le passage. Au moment où Denis s'avançait, la main gauche de Julia trouva le balai rangé derrière la porte.

Elle le retourna et, à toute volée, frappa. Le voyou valsa contre le mur, entraînant dans sa chute une rangée de bocaux vides.

Elle était déjà dehors et tentait de fermer la porte. Mais la tête de Maurice faisait obstacle. Il n'y avait pas une seconde à perdre. Surmontant son dégoût, elle enfonça sa pantoufle dans le répugnant magma et le repoussa à l'intérieur. Déjà Denis se relevait, le visage ensanglanté. Elle referma la porte. Arc-boutée, elle parvint à tourner la clé au moment où il se précipitait contre le battant.

– Ouvre, salope. Tu m'entends ? Ouvre !

« Je l'ai eu ! Je l'ai eu ! Cette fois, il ne m'échappera pas. Iap, l'Ordure est à moi ! Iap, iap, iap ! »

Elle se reposa un instant contre la paroi. Sa vue se brouillait. *Boire*... Elle alla vers l'évier du laboratoire et but goulûment à même le robinet. Puis elle laissa l'eau fraîche couler sur sa nuque et en éprouva un bien-être immense.

Elle l'entendit qui déplaçait le corps. La porte de la remise vibra sous des coups d'épaule, mais ne céda pas. Julia se dirigea vers l'interrupteur et éteignit. Il y eut un silence. Puis Denis hurla :

– Ouvre ! Ne me laisse pas là-dedans avec ce... avec ce machin ! Ouvre cette porte, putain, ou j'la défonce !

Julia s'écroula sur une chaise, les yeux toujours fixés sur la porte de la remise.

Tout redevint calme. Elle perçut nettement le claquement du Zippo, le bruit de la molette et Denis qui farfouillait.

La boîte à outils ! *Il a trouvé la boîte à outils ! Seigneur !*

Il s'attaquait déjà aux gonds, ahanant sous l'effort. D'un bond, elle fut debout et regarda autour d'elle. Rien qui puisse lui servir d'arme... L'autre avait réussi à se débarrasser du gond supérieur. La porte vacilla légèrement sur son axe. Avec horreur, Julia vit apparaître la pointe d'un tournevis qui s'agitait sous la serrure, cherchant à faire levier.

– Attends un peu que j'sorte d'ici ! Tu vas voir, espèce de chienne !

Elle se rua dans le vestibule, glissa sur la flaque de sang et s'étala à plat ventre. Elle se redressa, les jambes flageolantes, et essuya ses mains sur sa robe de chambre. Elle ouvrit toute grande la porte d'entrée, et un ouragan s'engouffra dans la pièce. Puis elle courut se réfugier derrière le rideau de son bureau, priant le ciel que l'Ordure se laisse abuser par ce grossier subterfuge. Mais dans sa tête, une voix criait : « Non, il ne faut pas tomber dans le panneau, Ordure. Tu ne dois pas sortir. Je suis ici ! Je suis ici, derrière le rideau du bureau ! Si tu sors, je te perds. » Son cœur battait la chamade.

Un craquement suivi d'un fracas lui apprit que la porte de la remise avait cédé. Tremblante derrière son rideau, elle entendit le chuintement caoutchouteux des baskets qui couraient sur le sol du laboratoire, puis sur les dalles du vestibule. Elles s'arrêtèrent net, pivotant sur place en couinant, hésitantes.

Le silence retomba. Écrasant. Interminable.

Julia Deschamps avait la gorge sèche. Elle déglutit péniblement et eut l'impression que ce bruit ténu, mêlé au tintamarre qui se déchaînait dans sa poitrine, résonnait dans toute la maison. Elle tendit l'oreille. *Mais où est-il, ce salaud ? Que fait-il ?*

Puis son estomac se tordit : les traces... les traces sanglantes de pas ! Il n'aurait qu'à les suivre, elles le mèneraient directement dans le bureau ! Il allait la découvrir, et elle serait trop faible pour se défendre. Il la tuerait en lui écrasant la tête avec un guéridon et la priverait de sa vengeance. Tout, mais pas ça ! Ce serait trop injuste ! « Je me souviens : il m'a frappée et mise dans une baignoire, c'était terrible. Il faut qu'il paie. IL FAUT QU'IL PAIE. NE LE LAISSE PAS PARTIR. » Elle chercha à enrayer la montée d'adrénaline. Elle savait qu'elle pouvait y arriver. Il suffisait de le vouloir. Lentement, par la bouche, inspirer, expirer, inspirer, expirer...

Soudain, ses cheveux se hérissèrent : une main se glissait sous le rideau. Les doigts, comme des serres, se refermèrent sur sa poitrine.

Julia poussa un hurlement et se laissa tomber, arrachant la tenture et sa tringle. Elle vit l'autre main se tendre vers sa gorge. Elle se jeta en arrière. La douleur, dans sa poitrine, lui arracha un grognement rauque de bête blessée. De ses bras, elle entoura la tête du voyou que le lourd tissu recouvrait comme une cagoule. Denis cherchait à se relever mais elle était agrippée à lui telle une murène. Il parvint à se redresser à moitié, puis retomba, déséquilibré.

Julia sentit sous sa main la cordelette du rideau. Sans lâcher prise, elle l'enroula prestement là où se devinait le cou. De ses deux pieds, elle prit appui contre le corps de son adversaire et tira sur le filin de toutes ses forces.

L'autre fit des sauts de carpe. Sa main sortit à l'air libre, cherchant à la saisir, et se referma autour de sa cheville. Elle la serra cruellement, tordant les chairs dans tous les sens. Julia n'en avait cure. Elle tirait comme une furie, les yeux fermés, le souffle court, l'étranglant davantage à chaque seconde. Elle y mettait toute son énergie, ses dernières ressources ; et luttait contre le voile rouge qui descendait sur ses yeux... À plusieurs reprises, elle craignit de ne pas y arriver. Denis faiblissait, puis soudain, semblait retrouver une partie de sa vigueur. Alors elle tirait plus fort encore, et la cordelette cisaillait ses paumes comme une lame.

Cela dura une éternité. Enfin, la pression sur sa cheville se relâcha. Serrant les dents à s'en briser les mâchoires, Julia accentua une dernière fois son effort, insensible à la brûlure du filin. « Ne crève pas, Ordure. Oh, s'il te plaît, ne crève pas. »

Denis s'affaissa.

Elle rampa et se coucha sur la forme inerte. Mais l'épaisseur du rideau l'empêcha d'entendre son cœur.

Elle se releva enfin, dégagea les pieds du voyou et les immobilisa avec la cordelette. Quand elle voulut lui lier les mains, elle s'aperçut que le cordon était trop court. Sans hésitation, elle saisit le pouce gauche et le retourna. Il y eut un craquement sec.

Sous le tissu, Denis tressaillit.

D'un pas qui avait apparemment retrouvé toute sa sûreté, Julia alla dans le vestibule, ramassa un barreau de bois ayant appartenu au guéridon fracassé, et revint dans le bureau. Elle le leva à deux mains et l'abattit sur la forme oblongue. « Aujourd'hui c'était le jour. Et l'un de nous deux est resté sur le carreau ! »

Denis ne bougeait plus. Posément, elle défit la cordelette qui l'étouffait. Puis elle s'occupa du pouce droit... crac.

« Tu es à moi, maintenant. »

Sur le visage boursouflé et déformé par les coups, le petit sourire de Julia Deschamps était à nouveau là.

12

Denis geignait.

Julia alla chercher une petite fiole dans le laboratoire et l'introduisit de force entre les lèvres de son prisonnier. L'effet fut fulgurant, Denis plongea dans le sommeil. Consciencieusement, elle lui fit les poches ; elle récupéra sa propre montre, le pistolet, les clés de la Renault ainsi que celles de la cave, le Zippo et les cigarettes.

Puis elle se rendit dans la salle de bains, se déshabilla et regarda longuement son reflet dans le miroir. L'être qu'elle y vit avait des cheveux poisseux de sang, une vilaine plaie au cuir chevelu, une autre à la pommette droite, et semblait âgé de plus de cent ans. Ses deux yeux étaient abominablement tuméfiés, et leurs orbites viraient au noir. Son nez avait doublé de volume et était obstrué par une croûte de sang séché. Son oreille gauche était entaillée sur deux centimètres. Dans sa bouche, il manquait une incisive. Ses bras, ses poignets et les paumes de ses mains portaient de cruelles coupures. Ses seins étaient rouges, gonflés et douloureux. Tout son corps était marqué d'hématomes.

Pourtant, le spectacle sembla n'avoir aucun effet sur elle.

Elle se détourna, indifférente, ramassa son pyjama, sa robe de chambre, ses pantoufles raides de sang et, nue, descendit à la cave. Elle ouvrit le clapet de la chaudière et se débarrassa de ses effets. Elle appuya sur le bouton de mise en marche. Le brûleur émit un « woufff ». Elle attendit dix minutes, puis

109

contrôla qu'il ne restait plus que quelques cendres, et éteignit la chaudière.

Elle remonta dans la salle de bains et ouvrit les robinets de la douche. Gardant la tête baissée sous le jet brûlant, elle observa la rigole rouge chargée de grumeaux coagulés qui contournait ses pieds et filait par le trou d'évacuation. Quelque part dans sa tête malade ressurgit le souvenir d'une image semblable, vue dans un film...

Elle resta ainsi, immobile, pendant plus d'une heure.

Quand elle redescendit, elle avait revêtu un coupe-vent et un pantalon imperméable. Denis était immobile, la tête rejetée en arrière, profondément endormi.

Pendant toute la nuit, Julia s'affaira. À l'aide de sa brouette, et malgré les blessures de ses paumes, elle transporta le corps de l'épicier dans la petite serre et l'enterra sous un mètre de terre avec le Zippo, les cigarettes, l'automatique, les deux douilles récupérées dans le vestibule et celle trouvée dans le grenier. Elle planta un laurier-rose sur sa tombe. Elle détacha Denis, toujours inerte, retira la cordelette, refit ses liens avec une corde neuve, monta sur un escabeau et remit tranquillement la tringle et le rideau en place. Puis elle répara la porte du musée des Horreurs. Elle eut beaucoup de mal avec la serrure, et l'opération lui demanda plus d'une heure. Mais elle restait étonnamment calme et, à aucun moment, son visage ne refléta le moindre signe de fatigue.

Elle se rendit dans le garage. Là, elle dissimula la camionnette de l'épicier à l'aide des grands panneaux en plastique qu'elle utilisait d'habitude pour ses serres. S'éclairant d'une lampe de poche, elle ratissa l'allée pour en effacer les traces de pneus.

Elle retourna dans la maison, quitta ses chaussures et enfila une paire de souliers plats. Le nettoyage méticuleux du sang dans le salon, le vestibule, le laboratoire, la remise et le bureau lui prit quatre heures pleines. Elle frotta bien dans les coins. Puis elle astiqua consciencieusement les boutons des portes, la poignée du réfrigérateur, la télécommande et les boîtes de bière vides. Elle déversa dans l'incinérateur les ordures de la cuisine, les souliers qu'elle venait de quitter, la serpillière, une poignée de torchons, le cageot de l'épicier, sa calculette et son carnet

110

de factures, le papier kraft, le drap troué qui recouvrait le mannequin du grenier et les vêtements que Denis avait empruntés
à Georges. Pour finir, elle repassa toute la maison à l'eau de
Javel.

Enfin, elle s'occupa de son prisonnier.

Lorsqu'elle en eut terminé avec lui, elle nettoya la brouette
au jet d'eau et la rangea. Puis elle quitta ses vêtements, les roula
en boule, les jeta dans l'incinérateur et y mit le feu. Elle revint
dans la maison, remonta l'horloge et la régla. Il ne lui restait
plus qu'à s'occuper des provisions apportées par Maurice, arracher les étiquettes et les emballages qui permettaient d'en identifier l'origine...

Maintenant, personne n'aurait pu deviner le drame qui venait
de se jouer dans cette maison laide, isolée au fond d'un parc.
Tout était lisse, propre, aseptisé. Normal.

Julia Deschamps monta dans sa chambre, prit une douche en
s'apergeant de désinfectant, se coucha dans son lit et s'endormit
en moins de trente secondes. Il était six heures du matin.

13

Il y avait des années de cela (c'était au début des années quatre-vingt), Julia s'était rendue avec Georges à un barbecue chez des amis.

C'était une belle journée de printemps. Ils se glissaient entre les groupes d'invités, dispensant amabilités mondaines et compliments futiles de rigueur. Quelques sourires et courbettes plus loin, ils engagèrent la conversation avec une petite brune boulotte, sautillante et dynamique. La jeune femme tenait dans une main un verre de vin blanc, et dans l'autre une énorme platée de saumon mayonnaise couronnée d'une tranche de pain de régime. Elle était informaticienne. Inévitablement, la discussion avait roulé sur les mérites comparés des cerveaux électroniques et des cerveaux humains.

– Ne vous laissez pas berner par toutes ces déclarations à la fois pleines de bons sentiments, bourrelées de remords et émaillées de contradictions ! attaqua-t-elle avec vivacité. Contrairement à ce que racontent les médias et quelques scientifiques faux derches et rétrogrades – ou qui feignent de l'être pour qu'on leur fiche la paix –, l'intelligence artificielle est aujourd'hui infiniment plus performante dans bien des domaines que le machin caoutchouteux et recroquevillé que nous trimballons sous notre calotte crânienne ! À ce jour, il n'y a eu aucun dérapage, et il n'y en aura jamais, tout simplement parce que l'homme est le seul animal de la création qui, en toute chose, veut *garder le contrôle* !

Elle marqua un temps d'arrêt pour piquer dans son assiette.

– C'est pourquoi, lorsqu'on me parle d'asservissement à la machine, de démission de l'intelligence devant l'abondance des données brutes, de loisirs et de cultures populaires pilotés par la puce électronique omniprésente, de Big Brother et tout le saint-frusquin, je me dis que tout cela n'a pas plus de réalité que le Grand Méchant Loup ! L'ordinateur sait faire des choses que nous comprenons, mais que nous sommes incapables de faire aussi bien et aussi vite que lui. C'est tout. Tenez, prenez par exemple une centrale nucléaire : c'est un agrégat monstrueux de centaines de milliers d'éléments différents et de millions de connexions. À priori, son cerveau central devrait être bien moins performant que les cerveaux humains qui l'ont conçu. Et pourtant, il offre, par rapport à ces derniers, des avantages écrasants et qui n'ont rien à voir avec l'intelligence telle que nous, humains, l'entendons... Je parle d'avantages *dynamiques.* Vous voulez savoir lesquels ?

Georges sourit devant ce débordement de passion. La jeune femme déposa son verre et son assiette sur une chaise, et se pencha en avant, comme si elle allait leur faire une confidence d'importance cosmique.

– Eh bien, qu'une panne survienne à l'intérieur d'une structure aussi complexe qu'une centrale nucléaire, le cerveau de celle-ci sera capable de la détecter et, souvent, de la réparer, de la contourner – de la *ponter,* si vous préférez – en se rabattant sur un système de secours. En même temps, elle avertira les techniciens chargés de sa maintenance en faisant clignoter quelques voyants sur un tableau de contrôle ; et tout cela, à la vitesse de la lumière. Si une telle défaillance frappe un cerveau humain, il ne se passe rien, absolument rien ! Les yeux du malade ne clignotent pas pour avertir son entourage, et la panne reste impossible à déceler ! À moins, bien sûr, que ledit malade ne révèle son état en se livrant à quelque incongruité...

Joignant le geste à la parole, elle se vrilla l'index sur la tempe en faisant une grimace comique. Julia trouva le ton un peu véhément. Mais elle fut emballée par l'expression « quelque incongruité ».

La jeune femme enchaîna :

– Voyez-vous, grâce au cerveau électronique, un machin aussi bête qu'une centrale nucléaire peut prendre des initiatives pour assurer sa propre sauvegarde et celle de son environnement. Le cerveau électronique est plus fiable parce qu'il est capable d'introspection, capable de se juger et de se jauger, de s'évaluer et de s'améliorer en permanence... Alors que notre petit cerveau d'humain, dont nous sommes si fiers, peut cuire de l'intérieur, se liquéfier, jamais il ne fera quoi que ce soit pour y remédier, car il ignore l'autodiagnostic... Quelqu'un a dit un jour : « Un système expert prépare l'avenir en analysant le présent ; alors que le cerveau humain est un expert du système, qui exploite le présent pour en foutre encore moins à l'avenir ! » Il avait mille fois raison : nous, les humains, nous vivons pour jouir, pas pour devenir meilleurs. C'est cela, la grande différence !

Julia et Georges avaient ri de cette définition vaguement cynique, inquiétante même, mais – ils durent le reconnaître – plutôt juste.

– Ce n'est pas tout, continua-t-elle. Nous oublions les numéros de téléphone, l'anniversaire de nos enfants, nos rendez-vous chez le dentiste... L'ordinateur, lui, est capable de tout emmagasiner et de nous le restituer dans son intégralité sur simple demande. Si l'un de ses composants venait à rendre l'âme, il garderait en mémoire la trace de l'incident, la date, l'heure et la nature de la défectuosité. En revanche, si un jour une cellule ou une connexion court-circuite sous votre chapeau, ne comptez pas sur votre cerveau pour vous le rappeler dans cinq ans : à moins que votre entourage n'en soit le dépositaire, *l'historique de votre panne* aura disparu ! En d'autres termes, vous et moi pouvons aujourd'hui être fous à lier, nous l'ignorerons pendant le restant de nos jours si personne ne prend l'initiative d'en obtenir la confirmation auprès d'un médecin qui nous fera interner dans un asile !

Julia ouvrit les yeux. Elle ne savait pourquoi, mais cette scène était remontée à sa mémoire comme un geyser, avec une acuité terrorisante qui l'avait arrachée au sommeil. Pouvait-on vraiment être dément sans le savoir ? Était-il possible qu'elle, Julia Deschamps, soit *folle* ? Son grand dessein scientifique – *dialoguer, communier avec les végétaux* – était-il fou ? Et tous ces chercheurs qui renversent les barrières avec l'unique préoccu-

115

pation de repousser encore et toujours les limites de la connaissance, sont-ils fous ? Un médecin est-il fou de s'administrer un vaccin pour en mesurer les effets avant de le mettre au service de l'humanité ? Est-ce de la folie que de tester un nouveau médicament sur des cobayes, d'oser enfoncer l'aiguille d'une seringue dans un malade au nom du progrès scientifique ? Non, ce n'est pas de la folie : c'est bel et bien du courage !

Midi sonna à l'horloge. Julia prit conscience de l'état de délabrement de son corps. Elle en fut d'abord épouvantée, puis elle réalisa qu'elle n'était pas attachée sur son lit. Des larmes de bonheur coulèrent de ses yeux gonflés et irrités.

Le visage de la jeune informaticienne s'imposa à nouveau dans son esprit, et Julia enfouit son visage dans l'oreiller. « Par le passé, on m'a traitée de folle. Même Georges m'a traitée de folle... Je ne le supporte plus ! Je ne veux plus qu'on me dise que je suis cinglée ! »

— JE NE *VUIS* PAS FOLLE !

Elle avait hurlé et frappait les draps de ses poings fermés. Son corps se tendit comme s'il voulait rejeter un greffon parasite, puis elle retomba, les tempes constellées de perles de sueur. Avec une grimace de souffrance, elle se traîna jusqu'à la fenêtre, repoussa les volets et ouvrit grand les deux battants. Elle inspira une délicieuse goulée d'air pur, lavé par la pluie et parfumé par la terre détrempée. Elle ne connaissait rien au monde de meilleur. Il lui sembla que l'oxygène filait directement dans ses veines et prenait la place de son sang corrompu. Elle oublia ses membres perclus, sa tête dodelinante et ses entrailles endolories, pour se sentir soudain extraordinairement légère et soulagée.

Malgré leur horreur, les jours de cauchemar qu'elle venait de vivre avaient eu au moins un mérite : celui de révéler et d'extirper d'elle ce doute noir et immonde qui lui rongeait l'âme. Son œuvre n'était pas achevée. Et même si cette œuvre était monstrueuse, elle continuerait... Car, maintenant, *elle pouvait le faire*.

Sur la gauche du parc, du côté des serres, un cri s'éleva :

— Au secours ! Au secours !

La voix était presque inaudible.

— Iap ! murmura-t-elle. Toi, tu peux crier tant que tu veux, ordure, personne ne t'entendra.

14

Lorsque Denis se réveilla, le soleil était déjà à son zénith.

Un mal atroce le transperça immédiatement. Il ouvrit les yeux. Ses pouces étaient bleu-noir et ressemblaient à deux petits boudins ; ils étaient si enflés que l'on n'y distinguait plus les attaches des articulations. Chaque battement de cœur y envoyait une onde de souffrance intolérable qui arrachait à Denis un chapelet de jurons entrecoupés de gémissements. Sa bouche conservait un goût médicamenteux, d'une amertume fielleuse et astringente, dont il ne s'expliquait pas l'origine.

Vêtu de son seul slip, le garçon était assis sur un fauteuil de jardin en métal, posé sur une bâche en plastique. La chaleur et l'humidité de l'endroit étaient abominables, et il était en nage.

Denis tourna la tête. Autour de sa chaise, des mousses épaisses, d'un vert sombre, couvraient un sol spongieux et gorgé d'eau ; plus loin, un faisceau de lianes montait à l'assaut d'arbres trapus aux formes étranges, puis disparaissait dans un inextricable amas de feuilles gigantesques et ruisselantes. Ces dernières formaient un écran impénétrable, qui bornait son champ de vision à six mètres de là. Le paysage ressemblait aux décors d'*Indiana Jones*.

Son pouce droit avait été immobilisé à l'aide d'une bande autocollante qui le maintenait fermement sur l'accoudoir. Les quatre autres doigts étaient réunis par une cordelette fixée, elle aussi, autour de l'accoudoir. Quant à son poignet gauche, il était cerclé d'une chaînette métallique, fermée par un cadenas, rattachée à une corde qui passait sous l'assise du fauteuil, lui rabat-

117

tant la main vers le sol. Elle lui donnait juste assez de mou pour qu'il puisse se redresser légèrement, mais pas suffisamment pour lui permettre de se tenir debout. L'extrémité de cette corde était nouée, quelques mètres plus loin, autour d'un tronc d'arbre. Ainsi ligoté, il lui était impossible d'esquisser le moindre geste pour se libérer.

À travers les larmes qui embuaient ses yeux, Denis remarqua que deux autres chaînettes, pareilles à la première, entravaient ses chevilles. Des câbles électriques y étaient fixés. Ils se rejoignaient et se terminaient par une fiche, fermement maintenue par une fourche plantée dans le sol jusqu'à la garde. À supposer que ses deux mains fussent détachées, il lui eût été tout à fait impossible de la ramener à lui, même en tirant sur les câbles de toutes ses forces. À vingt centimètres de la fiche, prête à être branchée, se trouvait une grosse rallonge noire qui serpentait et s'évanouissait dans la végétation.

Devant tout ce fourbi, un peu sur la gauche, là où s'arrêtait la bâche, un trou avait été fraîchement creusé. Il pensa immédiatement à une tombe. La sienne. Mais il se rassura en constatant qu'elle n'était ni assez large, ni assez profonde.

Arbres et plantes étaient figés comme pris dans un bloc de gélatine. Il fut étonné de ne sentir aucun souffle de vent et de ne pas entendre le moindre bruit, hormis celui des minuscules gouttelettes d'eau qui lui tombaient sur la tête et sur les épaules. Il leva les yeux vers une voûte opalescente tachée par endroits d'un film de moisissures verdâtres, et comprit enfin qu'il se trouvait dans la grande serre.

Des moustiques attaquèrent son dos, ses épaules et ses mollets. Denis se tortilla. Ses pouces le forcèrent à l'immobilité, et il ferma les yeux. Il resta ainsi un long moment, la tête vide. À quelques mètres, un papillon bleu vint se poser sur une coupelle garnie de morceaux de banane, agitant mollement ses ailes, avant de s'élancer à nouveau d'un vol erratique et saccadé.

Un petit chuintement se fit entendre, et un nuage de bruine flotta, puis descendit, enveloppant la végétation d'un halo laiteux et moite. Immédiatement, la température grimpa encore de quelques degrés, et le cœur de Denis cogna plus fort dans sa poitrine. Il céda à la panique et appela au secours. Faiblement d'abord, puis de plus en plus fort. Le son de sa voix était étouffé, sourd, comme s'il criait à travers un oreiller. Chaque fois qu'il expulsait l'air de ses poumons, des tenailles saisissaient ses pouces et les trempaient dans de la lave en fusion. Il s'acharna, jusqu'à l'épuisement.

Enfin, il y eut un bruissement, et une main écarta le rideau végétal.

— Alors, Denis, que dis-tu de ton nouveau palave ? Il te plaît ? Un peu chaud, peut-être ? Remarque, v'il ne te plaît pas, v'est vans importanve, car v'est là que tu vas vivre dévormais. J'evpère que tu t'habitueras à dormir avvis vur ta chaive, car tu n'auras pas de lit... Et j'evpère auvvi que tu garderas ton équilibre, car vi tu glivves en dormant, tes pouves en prendront un vacré coup !

Il regarda la femme. Son visage était effrayant, gonflé, bleuâtre, marqué. Elle souriait, et il lui manquait une dent sur le devant. Dans sa main, elle tenait une lampe à abat-jour et une boîte en plastique beige, percée de deux trous.

Soudain, Denis eut très peur d'elle.

— Pourquoi qu'vous m'avez attaché ? demanda-t-il d'une voix incertaine, mais où subsistait encore un soupçon de crânerie.

— « Madame ».

— Quoi ?

— Pourquoi m'avez-vous attaché, *madame* ?

— Pourquoi qu'vous m'avez attaché, madame ? répéta-t-il docilement.

— Pas « qu'vous m'avez » mais « m'avez-vous »...

— Pourquoi m'avez-vous attaché, madame ?

Ses paupières battaient comme s'il allait se mettre à pleurer.

Julia ne répondit pas. Elle se baissa et brancha le boîtier sur la rallonge qui traînait à ses pieds. Puis elle se redressa et se tourna vers le garçon :

— Écoute-moi bien, Denis. Tu peux hurler tant que tu veux, pervonne ne t'entendra. Toutefois, je ne peux empêcher que vertains viviteurs ne viennent ivi à l'improvivte. Je les laivverai donc entrer dans la maivon... Mais auparavant, j'aurai branché tes chevilles vur l'ingénieux vyvtème que voivi. V'est d'ailleurs toi qui m'en as donné l'idée. Je vais te montrer... Ne fais aucun bruit.

Elle connecta la lampe sur le boîtier. Rien ne se passa, l'ampoule resta éteinte. Julia leva le doigt pour attirer l'attention de Denis. Puis elle fit :

— Bouh !

L'ampoule s'alluma.

— Tu as compris ?

Elle s'efforça à bien articuler afin que le garçon la comprenne clairement, car sa vie dépendrait de ce qu'elle allait lui dire.

— Ce boîtier réagit au bruit : il laisse alors passer le courant. Si tu éternues, tu es mort ! C'est une variante de la chaise électrique, bien plus amusante, je trouve, que la baignoire électrique ! Toi qui as travaillé chez un électricien, tu devrais apprécier ! Alors, qu'en dis-tu ?

Denis la regardait avec des yeux ronds. Elle poursuivit :

— Ah, j'oubliais. Je laisserai ma voiture au fond du parc, pour ne pas déclencher le système de façon intempestive en démarrant. Car chaque fois que je m'absenterai de la maison, je brancherai la prise, bien sûr ! Tu as compris ce que j'essaie de te dire ?

Denis secoua la tête.

— Si tu te tiens tranquille, tu seras comme un coq en pâte. Mais si tu me rends la vie difficile, alors je te percerai les yeux avec une aiguille à tricoter. Rappelle-toi, j'avais juré de te crever les yeux, et je n'hésiterai pas... Maintenant, parlons un peu de ton confort. Deux fois par jour, je t'apporterai tes repas sur un plateau que je poserai sur tes genoux. Puis je relâcherai légèrement la corde afin que tu puisses t'alimenter ; mais pas suffisamment pour permettre à ta main gauche d'atteindre ton pouce droit et de le détacher du fauteuil. Pour faire tes besoins, tu n'auras qu'à glisser hors du fauteuil, en position accroupie, jusqu'à la fosse sur ta gauche. Un conseil : recouvre tes excréments de terre si tu ne veux pas être dévoré par les moustiques !

« La vioque avait pensé à tout. » Se sentant perdu, Denis fut pris d'un accès de rage. Il voulut se lever, mais retomba avec une grimace.

— Salope ! T'es qu'une salope ! Une cinglée !

Sous l'insulte, Julia avait blêmi.

— NE ME DIS PLUS JAMAIS QUE JE *V*UIS FOLLE ! *V*E N'EST PAS VRAI ! JE NE *V*UIS PAS *V*INGLÉE !

120

Interloqué, le garçon la vit faire demi-tour en courant et disparaître derrière l'écran de verdure. Elle revint, tirant un gros tuyau d'arrosage. Elle le dirigea vers lui et tourna la molette.

– Tu as besoin de te rafraîchir les idées, petite ordure !

Un puissant jet percuta Denis en pleine figure et lui arracha le pansement qu'il portait sous l'œil. Suffoquant sous le déluge, il se débattit et hurla de douleur lorsqu'il se tordit le pouce droit. Sa bouche se remplit d'eau. Il baissa la tête pour essayer de se protéger.

Elle coupa le jet.

– J'espère que tu en as bien profité ! Car, aujourd'hui, tu n'en auras plus une goutte ! Bon courage !

Elle lâcha le tuyau, tourna les talons et disparut.

Denis s'ébroua. Sa plaie refoula un filet de sang qui coula sur son visage, se mêlant à l'eau qui dégoulinait sur son thorax. Bientôt, tout son corps fut recouvert d'une nuée de moustiques vrombissants. Un minuscule insecte jaune vint se poser sur son genou et, de sa trompe, suçota une gouttelette d'eau.

« Pffffff ! » Les brumisateurs crachèrent un nuage de brouillard chaud, et la température grimpa encore de cinq degrés.

Denis n'était pas encore sec, et il mourait déjà de soif.

Pendant ce temps, de retour dans sa maison, Julia Deschamps, le regard mort, passait une fois de plus son mobilier à la chiffonnette imprégnée d'encaustique, comme un automate.

Denis

15

Denis Bellache était le troisième enfant d'une famille de quatre. Les Bellache logeaient dans un HLM pisseux à la périphérie de la ville, dans une banlieue enfumée. De quoi susciter chez les habitants, dans le meilleur des cas, des accès de déprime soudaine, et au pire, des cas de neurasthénie durable.

Ahmed, le père, était ajusteur dans l'usine toute proche. Cette usine, qui fabriquait des pièces pour l'industrie automobile, employait également le fils aîné, Serge, tourneur, ainsi que Nadia, la seconde, qui y occupait un poste d'aide-comptable. Le cadet de la famille, Béchir, onze ans, allait entrer en sixième.

À la maison, Ahmed Bellache exerçait le contrôle absolu dans trois domaines avec lesquels il valait mieux ne pas plaisanter : la réussite scolaire, le respect des bonnes mœurs et le tiercé du dimanche. Chaque fois que cela était nécessaire, il marquait son autorité de juge et de conseil en distribuant claques et coups de pied au derrière. À force de frotter leurs joues et leurs fesses endolories, les gosses avaient compris qu'il valait mieux filer droit.

Tout le reste était du ressort de son épouse, Simone, une Lilloise à la poigne de fer et au caractère trempé. Un mariage mixte demande des sacrifices et des concessions. Aussi, avant de se marier, Simone avait-elle réglé le problème une fois pour toutes, à sa manière : elle avait rédigé une charte familiale qui stipulait que le choix du prénom des enfants appartiendrait alternativement à elle et Ahmed, que chaque match de foot ou film de guerre regardé par son mari lui vaudrait, à elle, le droit de suivre deux films d'amour, que l'achat d'un lave-vaisselle devait précéder le passage devant monsieur le maire. Pour éviter tout conflit, elle s'arrogeait le droit de prendre les décisions importantes n'ayant pas été prévues par ces dispositions. À cet arrangement léonin, Ahmed ne trouva rien à redire. Il lui convenait parfaitement.

Simone Bellache s'occupait de son monde avec l'efficacité d'une matrone sarde. Personne ne se serait avisé de laisser traîner ses chaussettes, de vider son cendrier dans les toilettes ou de pisser sans relever la lunette. Ahmed lui-même, avant de prendre place dans le grand fauteuil en cuir jaune du salon, déployait docilement une serviette et l'étendait à l'endroit où reposerait sa nuque, de crainte de marquer le dossier d'une auréole indélébile.

À la maison, toute grossièreté était bannie, et chaque mot était filtré par un van mystérieux propre à Simone, qui le sacralisait en le laissant filer, ou au contraire le bloquait au vol, ce qui valait immédiatement à son auteur une claque sur le sommet du crâne. On ne savait pas au juste comment, mais un mot avait réussi à passer au travers des mailles du filet maternel : « crotte ». Elle l'utilisait indifféremment pour souligner une bonne nouvelle, pour traduire son irritation ou pour marquer sa désapprobation. Lorsque Béchir relevait le nez de ses devoirs et lorgnait sur le téléviseur, Simone, d'une voix aiguë, lançait : « Ahmed, crotte !... Béchir regarde la télé ! Fais quelque chose, crotte !... » Alors, comme dans une scène mille fois répétée, Ahmed se levait, roulait son journal hippique en tube et en assenait un coup sur la nuque du gamin. Puis il allait se rasseoir.

À l'instar de toutes les fortes personnalités, Simone savait aussi faire montre, à l'occasion, d'une grande fragilité affective : quand son fils aîné Serge s'était marié et avait quitté l'appartement pour s'installer sur le palier d'en face, son désarroi fut total. Elle pleura pendant quatre jours.

De tous ses enfants, c'était Nadia, dix-huit ans, qui lui donnait le plus de joies, mais aussi le plus de soucis. Nadia était très belle, de cette beauté piquante qui – hélas ! – tourneboulait la tête des garçons friands d'exotisme. Simone détestait la voir entourée en permanence d'une cour de soupirants à l'œil brillant.

Mais le véritable calvaire de Simone, sa honte, c'était Denis.

Jusqu'à dix ans, Denis avait été un enfant sans histoire, qui ne récoltait ni plus ni moins de taloches que les autres. Il voulait devenir champion de skateboard et s'était lui-même rebaptisé Jimmy Fulguro... Ses notes scolaires étaient moyennes, mais au moins ne chahutait-il pas et ne se faisait-il pas remarquer en classe. Malheureusement, cela ne dura pas.

Denis se laissa entraîner par des gamins plus âgés, et devint un petit délinquant : vols à l'étalage, larcins dans les hypermarchés, vols à la tire, vols d'autoradios. Lorsque à l'usine Ahmed Bellache faisait partie de l'équipe de nuit, Denis pouvait se glisser hors de l'appartement sans éveiller les soupçons de sa mère, et se livrer à des rodéos endiablés au volant de véhicules dont il avait vite appris à forcer les portières... Pour finir, sa bande attaqua un chauffeur puis un pompiste ; et dans les deux cas, ce fut le jeune Bellache qui déroba la recette. Il avait treize ans et demi mais en paraissait seize.

Un an plus tard, il eut pour la première fois maille à partir avec la police. En compagnie de deux autres adolescents, il fut arrêté en flagrant délit alors qu'il crochetait la serrure d'une villa inoccupée. En l'apprenant, son père avait failli lui décoller la tête, et si Simone ne s'était pas interposée en le menaçant avec un couteau, Ahmed aurait envoyé son fils à l'hôpital. Denis jura de ne plus recommencer. L'affaire fut vite expédiée et, en échange de la promesse de suivre régulièrement ses cours et de se tenir tranquille, il put retourner vivre avec sa famille.

Le père Bellache décida de confier Denis pendant les mois d'été à son frère Karim qui le ferait travailler dans son garage.

L'expérience, espérait Ahmed, remettrait les idées en place à son fils. Il puisa dans ses économies pour lui payer un billet aller-retour au pays.

Durant les quelques semaines qui précédèrent son départ, Jimmy Fulguro roula des mécaniques, et se vanta auprès de ses copains : il avait décidé *seul* d'aller visiter son oncle ; et c'est *seul* qu'il allait prendre l'avion. En fait, ce voyage suscitait en lui des sentiments mitigés. En évoquant ses souvenirs de jeunesse, son père lui avait brossé un tableau apocalyptique de son village natal. C'était un cul-de-basse-fosse où il fallait encore aller chercher l'eau au puits avant de l'amener au gourbi à dos

127

d'âne ; où l'on prenait ses repas accroupi sur de la terre battue. Cependant, Denis se rassurait en pensant que, puisque l'oncle Karim tenait un garage, il existait forcément des automobiles dans le patelin. Et qui dit bagnoles dit civilisation... Après tout, son père avait quitté le village depuis une éternité ; les choses avaient sans doute changé depuis. Peut-être n'y trouvait-on même plus de chameaux...

Denis débarqua de l'avion d'Air France en compagnie de l'hôtesse chargée de veiller sur lui, puis il récupéra sa valise.

L'oncle Karim l'attendait dans le hall. Denis, qui ne l'avait jamais vu qu'en photo, savait qu'il ne ressemblait pas à son père. Il ne le reconnut donc pas, mais il se dirigea spontanément vers cet homme qui portait une salopette tachée de cambouis et avait les ongles en deuil.

Karim était un costaud, pas expansif pour un sou. On lui avait donné comme instruction de mater son loubard de neveu, et il le materait... Il le cueillit assez sèchement par le bras et le poussa vers la sortie où les attendait un pick-up Toyota. Le siège du passager était occupé par Ali, le cousin de Denis, un garçon âgé d'une vingtaine d'années. Après des salutations réduites à leur plus simple expression, l'oncle Karim fit monter son visiteur sur la plate-forme arrière.

En cahotant, le véhicule s'engagea sur une route défoncée bordée de palmiers poudreux et faméliques, puis sur des tronçons où le macadam avait presque disparu. Ils roulèrent ainsi pendant deux heures. Denis étouffait de chaleur ; sa bouche était sèche comme un fourneau de pipe. Puis Karim délaissa la plaine et mit le cap sur un massif montagneux dont les crêtes se découpaient sur l'horizon. Une interminable piste en lacets les amena jusqu'au sommet d'une colline, où la Toyota marqua un temps d'arrêt. Le conducteur enclencha la première et lança le véhicule dans la descente. Poursuivi par des volutes de poussière brune, il tanguait comme un navire fou. Denis se cramponnait, luttant contre l'envie de vomir.

Le bourg présentait un patchwork de maisons et de jardins maraîchers qui s'imbriquaient les uns dans les autres. Entre les bâtisses blanches à toits plats, où poussaient des antennes de télévision paraboliques dernier cri (ce qui étonna beaucoup Denis), quelques cyprès ondulaient lentement sous le vent. À l'ouest, descendant en pente douce vers une rivière au maigre débit, il y avait une vaste oliveraie. Son scintillement était troué par un bosquet ombragé où quelques femmes voilées étaient en train de palabrer. À l'opposé, sur une colline caillouteuse, se dressait un ancien mausolée, dont la coupole en céramique bleu et blanc accrochait le soleil. Enfin, loin au nord, l'azur était grignoté par la masse surchauffée et tremblotante d'une chaîne de montagnes arides. Rien de faux sur cette terre qui façonnait le caractère des hommes jusqu'à les faire ressembler aux racines d'olivier noueuses, compliquées, dures comme l'airain, dont les radicelles se cramponnent d'autant plus fortement dans le sol qu'on déploie d'efforts pour les en déloger. Instinctivement, Denis sentit que ses vacances ne seraient pas de tout repos.

Le pick-up freina sur la place du village, à l'ombre d'un platane.

– Voilà où que tu vivras ces deux prochains mois, lâcha sobrement Karim en se penchant par la portière. C'est ici que ton père il est né.

Sous le coup du dépaysement, Denis ouvrait de grands yeux. Le bourg offrait un étrange spectacle où se mêlaient l'Orient et l'Occident, la Peugeot et l'âne, la télévision et les palabres, le juke-box et le muezzin... En un ballet infernal, des dizaines de motocyclettes se croisaient en pétaradant, les silencieux de leurs pots d'échappement consciencieusement démontés. Sur la place, flottait une odeur un peu écœurante d'aromates et de vapeur d'essence mal brûlée.

Ce n'était pas du tout ce qu'il avait imaginé. Mais alors, pas du tout ! *Des péquenots...* Avant même de poser le pied par terre, Denis avait déjà décidé qu'il s'enfuirait et rentrerait en France à la première occasion.

L'appartement de l'oncle se trouvait au-dessus du garage. Ils montèrent. La tante, une grosse femme geignarde sculptée dans un bloc de cellulite, se précipita sur lui. Elle l'étouffa sous les baisers, le noya sous les larmes, lui caressa les cheveux en hoquetant. « Pauvre agneau meurtri ! rosée de miel ! lumière de mes yeux ! » Autant Karim Bellache était froid et dur, autant son épouse avait l'affection démonstrative. Le visage écrasé sur l'opulente poitrine de tante Aïcha, Denis se laissa faire. Après avoir avalé un grand verre de jus d'orange allongé d'eau fraîche, et dévoré un demi-poulet froid, il eut droit à la visite guidée du garage. Il jugea l'endroit déprimant et décida qu'il n'avait rien de commun avec ces gens. Sa détermination s'en trouva confortée : il devait au plus vite trouver le moyen de mettre un maximum de kilomètres entre eux et lui... Cette nuit-là, couché sur un lit de toile, Denis eut beaucoup de mal à trouver le sommeil. Les grillons et les crapauds rivalisaient d'ardeur, et un invraisemblable hourvari entrait par la fenêtre ouverte. Il n'était pas habitué à une telle débauche de sons. Quand Karim vint le chercher, il eut l'impression qu'il venait juste de s'endormir.

Une heure plus tard, revêtu d'un bleu de travail trop grand pour lui, Denis décrassait des pièces métalliques à l'aide d'un pinceau, les oreilles torturées par une interminable chanson d'Oum Kalsoum diffusée par un poste de radio poussé à sa puissance maximale. Il tira une cigarette de sa poche et l'alluma. Il inspira une bouffée et fut projeté en l'air par un magistral coup de pied aux fesses.

– *N'adinn'* ! Non mais, regardez ce petit crétin... il fume au-dessus d'une bassine d'essence !

Karim se tenait derrière lui, les mains sur les hanches.

– Éteins ça ou je te mets une claque sur le museau !

Denis s'exécuta. Il avait les yeux brillants de haine et d'humiliation. Il passa le restant de la journée à ruminer sa rancœur et à jeter par en dessous des regards noirs à son oncle. Il pensait à ses copains restés en France : Nénesse, Abdul, Paulo, Saute au Rab, Guillou, José et les autres... S'ils avaient été là, ils auraient su comment lui fermer sa gueule, à ce gros porc. « Un pour tous, tous pour un », c'était la devise de la bande. Une super devise dont Denis avait trouvé l'idée dans un livre, le seul qu'il ait jamais lu jusqu'au bout ; il l'avait piqué au Centre Leclerc.

Pendant le dîner, la famille regarda les informations françaises diffusées par satellite, puis Karim zappa sur la chaîne nationale. Denis ne parvint pas à se concentrer sur ces *programmes de ploucs* où des types aux yeux charbonneux miaulaient des mots d'amour à des créatures replètes et trop maquillées. Il décida d'aller se coucher. Il parcourut les grandes

130

ondes sur le transistor d'Ali et écouta Europe 1 jusqu'à deux heures du matin.

Le lendemain, il retrouva le garage. La matinée était déjà bien entamée lorsqu'une jolie fille s'arrêta devant l'atelier et lui sourit. Denis était en train de plonger les pièces d'un carburateur dans la bassine. Il s'essuya les mains avec un torchon, les sécha en les frottant contre les jambes de son pantalon, puis sortit son paquet de cigarettes. Il allait saisir son briquet, quand le cousin Ali lui expédia un superbe coup de pied dans le derrière. Denis battit l'air de ses bras et se retint de justesse à la portière d'une 504. La fille éclata de rire.

Mortifié, Denis pivota et fit face à son agresseur. Celui-ci ne lui laissa pas le temps de réagir. Il doubla le coup de pied d'une gifle retentissante.

— Tu comprends donc rien ? Hier, mon père t'a dit qu'il faut pas fumer près du bidon d'essence, et aujourd'hui, tu recommences ! Tu sais ce que je crois ? Je crois que tu es un véritable idiot... Donne-moi tes cigarettes et ton briquet. Tout de suite !

Denis hésita. L'autre le saisit par le col de sa salopette et les lui arracha. Puis il le repoussa. Denis manqua de tomber à la renverse. En frottant sa joue endolorie, il regarda Ali qui s'éloignait après avoir glissé le paquet et le briquet dans sa poche-poitrine.

Pendant le déjeuner, et malgré les efforts de sa tante Aïcha, il s'enferma dans un mutisme entêté. Elle n'insista pas. Les autres haussèrent les épaules. Denis alla se réfugier dans sa chambre. À une heure, Ali vint le chercher et lui remit une gourde d'eau.

— En attendant que le garage ouvre, tu vas donner un coup de main au voisin. Amène-toi.

Denis se retrouva en compagnie d'une douzaine de jeunes de son âge, une pelle à la main, à déblayer un tas de terre destinée à stabiliser et à raffermir les remblais d'un petit canal d'irrigation. La chaleur était accablante, mais il préférait ça à l'atmosphère empuantie et bruyante de l'atelier de mécanique. Les jeunes l'observaient à la dérobée et lui coulaient parfois des regards dans lesquels on pouvait lire bien plus de haine que de curiosité. Il les ignora et poursuivit son travail.

Vers quatre heures, un garçon d'une quinzaine d'années

s'approcha en s'essuyant le front. Il avait un visage en lame de couteau et des dents proéminentes qui dépassaient d'une bouche sans lèvres. D'un ton narquois, il demanda :

– Alors c'est toi, le touriste ?

L'autre cherchait la bagarre. Denis planta sa pelle dans le sol, le regarda et resta sur le qui-vive.

– Tu ne veux pas répondre ou tu ne connais pas l'arabe ? insista le garçon.

– Je connais l'arabe, répondit Denis. Qu'est-ce que tu veux ?

L'autre éclata de rire et répéta plusieurs fois la réponse de Denis en le singeant. Sans le quitter des yeux, il prit ses camarades à témoin :

– Vous avez entendu, vous autres ? Le touriste prétend que c'est de l'arabe !... Ton arabe, il sent la trouille, la traîtrise et la lâcheté ; et ton accent, c'est l'accent des harkis qui ont sucé les Français !

Denis avança d'un mètre, mais une main se posa sur son épaule. C'était Karim.

– Fais pas d'histoires... Et méfie-toi de ce type : c'est Houari, le chef de cette bande de casseurs. Sur un signe de lui, les autres te mettraient en pièces.

– Oui, mais avant, j'lui foutais les tripes à l'air à c'branleur ! répondit Denis en français.

Karim le ramena au garage. La sueur le piquait.

– On t'a pas dit qu'il fallait mettre un chapeau ? C'est pas la France, ici. Tu es tout rouge.

Arrivé sur le seuil du garage, Denis changea de couleur. De cramoisi, il vira au crayeux et se mit à vomir.

– Tiens, qu'est-ce que je disais ? Tu as un début d'insolation. Monte et dis à Aïcha de s'occuper de toi.

Denis se sentait vraiment malade ; son estomac était secoué de spasmes et la tête lui tournait. Il se coucha sur son lit. Sa tante passa l'après-midi à lui tamponner le front avec du vinaigre, en geignant comme s'il avait été à l'article de la mort. Le jour suivant, il ne retourna pas à l'atelier et garda la chambre. Il commença à se sentir mieux en fin de journée et eut envie de se dégourdir les jambes. Karim lui permit de sortir pour prendre l'air. Denis se promena sur la place, puis ses pas le conduisirent vers la sortie du bourg. Il s'assit sur la margelle d'un puits et regarda le soleil se coucher en embrasant la coupole du mausolée.

L'air devint immobile. Autour de lui, tout s'apaisait. Les grillons ne chantaient pas encore. C'était comme si la nature reprenait son souffle après l'agression des rayons du soleil et avant la sarabande de la nuit. Puis un souffle tiède se leva, chargé de mystérieux parfums de fleurs, de cumin et de cuir. Il était assez évocateur pour faire rêver un garçon de quinze ans autant qu'un livre d'images grand ouvert. Mais Denis décida qu'il puait.

« Qu'est-ce que j'fous ici ? Y m'emmerdent, tous ces cons ! Faut que j'fiche le camp ou j'vais devenir dingue dans ce trou à rats et dans ce garage pourri... »

Dans une succession de jappements suraigus, une motocyclette jaillit du village et se dirigea vers lui. Elle ralentit et freina à sa hauteur. Denis reconnut Houari. D'un bond, il fut sur ses pieds. Le garçon était plus grand que lui, mais Denis estima que si celui-ci le cherchait, il pouvait l'avoir sans trop de difficultés. Il se savait rompu aux batailles de rues ; dans le domaine de la castagne, il était bien plus expérimenté que le jeune paysan.

– Tiens, le touriste ! commença l'autre. Quand est-ce que tu retournes dans ton pays de merde ?

Denis ricana pour lui montrer qu'il n'avait pas peur.

– Chez moi c'est peut-être un pays de merde, mais c'est ici qu'on la sent le mieux... Surtout depuis que tu es arrivé !

– Tu sais que tu as un accent impayable ? Répète donc, que je rigole !

Houari descendit et cala sa machine sur sa béquille. Il s'approcha de Denis, un couteau à cran d'arrêt à la main.

– Tu t'appelles comment déjà ? Jean-Pierre ? Christian ? ou (il tortilla des fesses) Caroline ?

Denis fit mine d'avoir peur. Il recula en traînant la patte, comme s'il était blessé. Un vieux truc de bagarreur... Brusquement, il lança son pied en avant et atteignit Houari à l'entrejambe. L'adolescent lâcha son couteau et tomba à genoux, le souffle coupé. Posément, Denis descella une lourde pierre de la margelle du puits et la jeta sur la motocyclette. Il y eut un fracas de tôles froissées.

Houari se releva en grimaçant. Dans l'obscurité, ses yeux

luisaient de fureur contenue. Denis attendit qu'il fût presque parvenu à sa hauteur, esquiva son attaque et lui écrasa le visage d'un violent coup de tête.

Le jeune paysan chancela, le nez éclaté. Puis Denis le contourna, le saisit à bras-le-corps et le jeta dans le puits.

Houari poussa un hurlement. On entendit son corps rebondir contre la paroi et plonger dans l'eau.

L'altercation avait duré moins de trente secondes. Denis tendit l'oreille, mais le silence n'était rompu que par quelques clapotis venus du trou noir. Il remit la pierre en place sur la margelle et tira la motocyclette derrière un rocher où il la dissimula du mieux qu'il put. Ensuite, il retourna au village et rejoignit la famille Bellache. « Je me sens beaucoup mieux, tante Aïcha, merci. » Debout, dans un coin de la salle à manger, il fit mine de s'intéresser à un western dans lequel John Wayne sellait son cheval et s'adressait en arabe à un personnage invisible.

Puis il annonça qu'il allait se coucher.

Trois heures plus tard, lorsque tout fut redevenu silencieux dans la maison, Denis se faufila dans le garage de son oncle.

Il tourna autour des huit motos alignées contre le mur et jeta son dévolu sur une 125 Yamaha. Avec précaution, il ouvrit la porte de l'atelier et, arc-bouté sur le guidon, poussa silencieusement la machine dans une ruelle adjacente. Puis il l'enfourcha et se laissa glisser dans la descente avant de lancer le moteur et de prendre le chemin de la colline. Pour tout bagage, il avait emporté deux cent soixante-quinze francs français, son billet d'avion et son passeport.

Dans l'obscurité, le phare de la Yamaha dansait de façon frénétique. Transi de froid et les avant-bras douloureux, Denis contournait les nids-de-poule et la caillasse coupante qui menaçaient à tout moment de le faire chuter. Au petit matin, harassé, il reconnut enfin la nationale que Karim avait empruntée quatre jours auparavant. C'est le moment que choisit sa motocyclette pour tomber en panne d'essence. Denis l'abandonna sur place et marcha en direction du nord. Moins d'une demi-heure plus tard, un routier freina à sa hauteur. L'homme, un maraîcher qui transportait un chargement de tomates et d'aubergines, accepta de le laisser monter dans la cabine qui sentait le chou pourri.

Denis marmonna quelques mensonges pour expliquer sa présence dans cet endroit désert à sept heures du matin puis, fourbu, s'endormit, bercé par le grondement sourd et les vibrations du bahut.

Lorsqu'il ouvrit les yeux, le chauffeur était en train de le secouer par l'épaule.

— Réveille-toi, on est dans les faubourgs. Moi, je tourne à droite, et toi, tu vas tout droit... Pour l'aéroport, il faut encore compter une bonne heure de marche. Salut !

Il remercia le routier et mit pied à terre, non sans avoir subtilisé un paquet de chewing-gums qui traînait. Dans un souffle strident d'air décompressé et un tumulte d'engrenages et d'essieux récalcitrants, le poids lourd s'éloigna en grondant.

Les mains dans les poches, Denis regarda autour de lui. À grands coups d'avertisseur, une nuée de voitures se frayait un passage entre les charrettes à bras et les cyclistes. Avisant une pompe à eau, il se désaltéra, puis se remit en route.

Il arriva à l'aéroport à quatorze heures, affamé et mourant de soif. Il acheta un sandwich, un Coke, et s'enquit des horaires de vol. Un préposé examina son billet et lui proposa de le valider pour le vol Air France de 19 h 15 arrivant à Orly à 21 h 15. Denis ne remarqua pas le petit signe que l'homme fit à destination de deux policiers qui arpentaient le hall de l'aérogare.

Il fut prestement entouré et sommé de présenter ses papiers. Il s'exécuta et sortit son passeport.

— Tu es Français ?

— Ben oui, répondit-il d'une voix hésitante.

— Tu es seul ?

— Mon oncle vient juste de me déposer. Il avait un rendez-vous et n'a pas pu attendre. Je rentre en France ce soir.

— Sans bagages ?

— Ben... oui.

— Bon. Tu vas nous accompagner, on va vérifier tout ça.

Denis sentit un yoyo monter et descendre au fond de sa gorge. La tête vide, il suivit les deux policiers. Au fur et à mesure qu'il avançait dans l'enfilade des couloirs, il lui semblait percevoir cette odeur particulière faite de tabac froid, de sueur, de graisse à fusil et d'uniformes humides qui, dans tous les pays du monde, est celle des commissariats de police. Ils arrivèrent dans un bureau crasseux et encombré de papiers. Dans un angle, un pot contenait une plante depuis longtemps desséchée que personne n'avait songé à jeter. Une vieille machine à écrire trônait sur une petite table, surmontée d'un gobelet de café à moitié vide dans lequel infusaient une douzaine de mégots. Debout, près de la fenêtre, un homme leur tournait le dos. Tiré de ses songes par le grincement de la porte, il leur fit face.

— Qu'est-ce que c'est ? demanda-t-il d'un ton rogue.

— Un mineur de nationalité française, non accompagné. Il a un billet retour pour le 25 août, mais il cherchait à partir par le vol de ce soir. Pas de bagages...

— Ça sent la fugue. Encore un !

L'homme se tourna vers Denis. Il avait des yeux las, des traces de transpiration marquaient sa chemise.

— Comment tu t'appelles ?

— Denis Bellache.

— Pourquoi es-tu seul ?

Denis lui servit le même mensonge qu'aux deux policiers.

— Ton oncle, il a le téléphone ?

— Non... enfin, je ne crois pas.

— Comment ça, « tu ne crois pas » ?

— C'est que... je ne suis resté que quatre jours. J'ai pas fait attention.

L'homme ferma les yeux et prit une profonde inspiration. Sur son visage se lisait toute la fatigue du monde.

— Me raconte pas de conneries, tu t'es enfui. Ton père a le téléphone ?

— Oui.

— Alors inscris son numéro sur ce morceau de papier. Bon, maintenant vide tes poches et pose tout sur le bureau.

Denis obéit. L'homme prit l'argent et le fit disparaître dans un tiroir. À l'adresse des deux policiers, il ordonna :

— Emmenez-le et faites vérifier son histoire.

Denis fut confié à deux autres flics. Il se retrouva dans une Jeep qui démarra en direction du centre-ville. Ils entrèrent dans un immeuble lépreux où il dut à nouveau décliner son identité. Puis on l'abandonna dans un local sordide muni de barreaux, déjà occupé par deux autres hommes que son arrivée tira du sommeil. Ils avaient un air absent et résigné qui témoignait qu'ils étaient là depuis belle lurette. La pièce sentait l'urine. Autour de lui, le bruit était infernal : cris, pleurs, claquements de portes...

Il se laissa tomber sur un bat-flanc et, lorsque les battements de son cœur se furent calmés, il s'enfonça dans une somnolence à la fois soyeuse et malsaine. Soudain, il fut tiré de sa torpeur par des hurlements et des rires déments qui se répercutaient de couloir en couloir. Le cœur au bord des lèvres, il s'élança vers les barreaux, mais ne put deviner qui poussait ces cris effrayants, des cris qui le glaçaient jusqu'à la moelle des os. Les deux autres détenus ricanèrent de sa panique.

Par l'étroit vasistas de la cellule, Denis vit le soleil se fondre dans un ciel étamé. Il s'allongea pour la nuit, résigné.

Le lendemain matin, un gardien vint le chercher et le mena dans une salle souterraine chichement éclairée, aux murs suintants d'humidité. On lui indiqua un banc. « Mets-toi là et attends. » Des gens entraient, d'autres sortaient. De lourdes portes métalliques claquaient avec violence. Chaque fois, Denis se tassait davantage.

Enfin un homme fit irruption et se dirigea vers lui. Âgé d'environ trente-cinq ans, il portait une tenue militaire raide de saleté qui lui donnait un air d'officier clochardisé. Il pointa son index et aboya :

— Suis-moi !

Denis s'exécuta. L'homme le conduisit dans un bureau et lui intima l'ordre de s'asseoir. Puis il tira un pistolet de sa ceinture et le lui appliqua contre la tempe.

— Nous avons appelé ton père qui nous a donné l'adresse de ton oncle Karim Bellache. Et tu sais ce que ton oncle Karim Bellache nous a raconté ?

— ...

— Que tu avais balancé un type nommé Houari Larmadi dans un puits. Que dis-tu de ça ?

Denis ouvrait de grands yeux paniqués. Sa tête tentait d'échapper à la pression du pistolet, mais l'autre le maintenait fermement en place. Il se rappela les terribles hurlements qu'il avait entendus le soir précédent et frissonna.

— Alors ? Je t'écoute, insista l'homme.

— Il m'avait attaqué, gémit Denis.

— Il t'avait attaqué ? Tu sais ce que ça coûte quand un Français (Denis crut lire sur son visage une grimace de dégoût) s'amuse à ce genre de choses chez nous ?

— Qu'allez-vous me faire ? hoqueta Denis.

L'homme ricana.

— Tu ne crois tout de même pas qu'on va engager un procès, non ? Tu es une petite merde, et les petites merdes, on les fout dans un trou. Puis on recouvre, pour pas qu'elles puent ! Voilà ce qu'on va faire.

Denis renifla bruyamment. Il tourna la tête et jeta sur l'homme un regard implorant.

— Vous ne pouvez pas me tuer !

L'homme haussa les sourcils, ce qui dessina sur son visage un air de fausse componction. Puis, à voix basse, comme s'il énonçait une évidence, il lâcha :

— Combien tu paries ?

Le garçon sentit son ventre se crisper et un liquide chaud dégouliner le long de ses jambes. L'autre, réalisant ce qui venait de se passer, éclata de rire.

Denis eut envie de le frapper à la gorge, pour transformer ce rire monstrueux en gargouillement... Puis quelque chose au fond de lui se brisa, le submergea, lavant sa terreur. Il se sentit soudain étonnamment calme, presque serein. Une chose était sûre : il n'éprouvait plus aucune peur, et grâce à une sorte d'éclipse de conscience, il se préparait à devenir l'observateur lucide de sa propre mort.

— Alors allez-y ! fit-il assez crânement.

L'homme fronça les sourcils, impressionné malgré lui. Ce gamin en avait, c'était un vrai petit dur, pas de doute là-dessus. Il rangea son pistolet et fit le tour du bureau. Il croisa ses mains, se pencha en avant et, d'une voix étrangement radoucie, demanda en français :

— Denis, que s'est-il passé au juste avec ce type, ce... Houari Larmadi ?

— Y m'a attaqué avec un couteau, et tout. C'était pas la première fois : plus tôt dans la journée, y m'avait déjà cherché des crosses... D'ailleurs, mon oncle, il est témoin.

138

– Eh bien, on va voir ça. Il est en route. On l'attend cet après-midi.

Ses habits mouillés sous le bras, Denis fut ramené dans sa cellule après avoir été nettoyé, nu et debout sur une grille, à l'aide d'un jet d'eau manié par un vieux gardien à l'œil éteint. On lui apporta à manger. Vers trois heures, on le reconduisit dans le bureau de l'officier.

Karim était là, les yeux couleur de silex. Il bondit sur Denis et le gifla à toute volée dès que celui-ci eut franchi le seuil de la porte.

– Ça, c'est pour le jeune Larmadi ! hurla-t-il. Il a les deux jambes brisées et un traumatisme crânien ! Heureusement pour toi, il n'y avait qu'un mètre d'eau dans le puits, et quelqu'un a entendu les cris, sinon le Houari, il se serait noyé...

Avant que Denis n'ait le temps de se protéger de ses avant-bras, Karim le gifla à nouveau.

– Et ça, c'est pour le vol de la moto ! Mais c'est rien en comparaison de ce que ton père il a promis de te passer à ton retour, petit morveux !

Malgré la brûlure de ses joues, le jeune voyou sentit une bouffée d'espoir envahir sa poitrine. Ainsi, ils n'allaient peut-être pas le garder !

Comme pour répondre à son interrogation muette, Karim poursuivit, la bouche tordue :

– Car bien sûr, pas question que tu restes chez moi ! Tu es de la graine de bandit, et je ne veux pas de ça à la maison ! Le vieux Larmadi est d'accord pour pas porter plainte, vu qu'on a retrouvé le cran d'arrêt de son fils devant le puits, et que Houari, c'est une petite crapule, tout le monde le sait. Tu as de la chance, car si tu l'avais ramassé, tu aurais été accusé de tentative de meurtre. Ça prouve qu'Allah protège même les idiots comme toi ! Monsieur le commissaire Ben Saïd, ici présent, il pense comme nous tous : plus tôt tu quitteras le pays, mieux ça vaudra. Tu prends l'avion dès ce soir. Et remercie les autorités, parce que tu mériterais six mois de prison ! Voilà ce que je pense.

Denis fut reconduit à l'aéroport entre deux policiers qui le gardèrent jusqu'au décollage.

Il atterrit à Orly à 21 h 15. Il passa le bureau de douane et le contrôle de police. Parmi la foule qui trépignait dans le hall d'arrivée, il reconnut immédiatement les silhouettes de son père et de son frère Serge.

– Ah, te voilà ! grinça Ahmed Bellache. Attends d'être à la maison. On va avoir une sérieuse explication, tous les deux !

Le garçon savait qu'il ne servirait à rien de protester. Il baissa la tête et les suivit sans rien dire. Ils quittèrent l'aérogare et montèrent dans le break familial. Pendant le trajet, seuls les « tss ! tss ! » de son père trouaient un silence épais comme de la glu et chargé de menaces. Denis n'ignorait pas ce qui l'attendait.

Arrivée à un feu rouge, la voiture ralentit et s'arrêta. Sans hésiter, l'adolescent ouvrit la portière et bondit. Il avait déjà parcouru une dizaine de mètres quand la voix de son père retentit dans son dos :

– Serge, vite, il se sauve ! Rattrape-le !

Mais Denis avait une belle avance sur son frère et il se perdit dans la foule. Serge revint bredouille.

Le fugitif s'engouffra dans une bouche de métro et sauta le tourniquet sous les yeux réprobateurs de quelques voyageurs attardés. Il monta dans une voiture au moment où la rame démarrait. Cinq stations plus loin, il jaillit des profondeurs et, à petites foulées, se mit à suivre son ombre dans les rues de la capitale.

Dans le quartier des Halles, Denis fit la connaissance de trois garçons et d'une fille, paumés comme lui. Les garçons, Momo, Abou et Yvon, étaient âgés respectivement de seize, dix-sept et dix-huit ans. Ils portaient sur leurs visages émaciés et trop tôt vieillis les stigmates de leur existence précaire, vouée à l'errance nocturne et aux expédients ; ils avaient l'air de rats sortis des égouts pour respirer un peu d'air frais. La fille s'appelait Christine. C'était une longue perche aux yeux noircis de khôl et aux cheveux orange, complètement désaxée. Denis ne fut pas long à comprendre qu'elle avait au sein du groupe une fonction purement hygiénique.

– C'est quoi ton nom ?

– Denis, mais tout le monde m'appelle Jimmy.

Bellache leur raconta son aventure. Le quatuor avoua qu'il

patrouillait à la recherche d'une opportunité : sac à main imprudemment laissé ouvert, portefeuille dépassant d'une poche-revolver, portière de voiture mal fermée. Yvon, qui était le chef, l'invita dans leur squat, une mansarde délabrée dans un vieil immeuble de la périphérie.

L'endroit était sordide. Pour y accéder, il fallait grimper un escalier qui semblait perclus d'arthrose en veillant bien à poser ses pieds le plus près possible du mur. Il menaçait ruine. La mansarde contenait quatre matelas pneumatiques, quatre duvets, une caisse vide supportant un camping-gaz et abritant une casserole, et un poêle douteux. Dans un coin, quatre valises en carton contenaient les misérables frusques du groupe. Un poster de Michael Jackson décorait la porte. C'était tout.

À peine arrivée, la fille se déshabilla et ouvrit un bidon de colle. La tête penchée, ses doigts dessinant des arabesques dans l'air, elle inspira profondément les vapeurs toxiques puis se laissa tomber en arrière dans une position que Denis jugea parfaitement impudique. Ses pupilles dilatées fixant le plafond, elle marmonnait un chapelet de mots inintelligibles. Abou attrapa le bidon et le reboucha précautionneusement, comme s'il avait contenu le génie d'Aladin.

— T'as bouffé, brother ? demanda-t-il. (Il avait prononcé « brozer ».)

Denis détourna les yeux du corps allongé.

— Non, pourquoi ? La bouffe est comprise dans le prix de la chambre ? répondit-il avec une pointe d'agacement, car il avait horreur de ces termes mis en vogue par les Blacks. Lui était *beur,* pas *moricaud.*

Abou haussa les épaules, lui tendit une boîte de biscuits, une banane, un morceau de chocolat et une bouteille de bière entamée. Puis il recouvrit délicatement le corps de la jeune fille avec son sac de couchage. Il la désigna d'un mouvement du menton.

— Regarde ça, elle est complètement HS ! Un jour, elle va crever à trop sniffer ce truc. Elle est barjot... Y a pas d'pucier pour toi, va falloir qu'tu trouves quelque chose pour dormir.

Denis arrangea des cartons vides sur le plancher, s'y étendit et s'endormit comme une masse.

Le lendemain, il prit les choses en main. Dans son jargon

particulier, il expliqua aux quatre autres qu'il était idiot de traîner dans les rues comme ils le faisaient, dans l'attente d'une hypothétique bonne fortune. Il valait bien mieux la provoquer. « Moins de boulot, meilleurs résultats... » Ils l'écoutaient avec attention.

— Vous perdez vot'temps et vous risquez d'vous faire coincer par les keufs. C'qu'y faut, c'est choisir la cible et attaquer quand on a un bon plan. Et pas faire n'importe quoi... Et puis, les Halles, ça craint : même le dernier des peigne-culs sait que c'est l'endroit idéal pour s'faire gauler son pognon. J'vais vous montrer comment faire.

Yvon regarda Denis comme s'il avait déféqué au milieu de la pièce.

— Attends, tu prétends nous donner des leçons ? De quoi j'me mêle ?

— T'excite pas, répondit Bellache, j'veux seulement vous faire une démonstration. Vous n'aurez rien d'autre à foutre que d'regarder.

Il poursuivit sur le ton de la confidence :

— Réfléchissez, à quel moment d'la journée y a-t-il le plus de fric en circulation, hein ? Réponse : le matin, quand les pétasses font leurs courses ! Faut donc traiter les pétasses !

Il avait un faible pour le mot « traiter » depuis que, dans un film, il avait entendu un officier d'artillerie ordonner à ses hommes de « traiter l'objectif ennemi »... Ça faisait sérieux et professionnel.

Le groupe descendit dans la rue. Les quatre garçons et la fille marchèrent pendant une demi-heure. Puis Denis demanda une cigarette. Il l'alluma, souffla sur l'extrémité incandescente et prévint les autres :

— Cassez-vous et observez de loin.

Il traversa la chaussée et s'approcha d'une mère de famille qui poussait un landau, un cabas accroché à son bras. Il lui glissa quelques mots. La femme regarda d'abord autour d'elle d'un air paniqué, puis elle farfouilla dans son sac et tendit à Denis deux billets de deux cents francs.

Il revint calmement sur ses pas. Les autres étaient estomaqués.

— Comment qu't'as fait ? demanda Momo.

— Facile, répondit Denis en se rengorgeant. Tu te pointes à côté d'une pétasse qui pousse un landau. Très important, faut qu'elle ait aussi un sac à provisions, ou un filet, quelque chose comme ça, car ça prouve qu'elle va faire ses courses. Si y a pas d'filet, c'est une bonniche ; et les bonniches ça n'a pas d'fric. Faut aussi qu'le filet, y soit vide. S'il est plein, c'est trop tard, elles rentrent chez elles après avoir tout dépensé.

— Ouais, commenta Yvon. Mais ça m'dit toujours pas comment t'as fait.

— Ça vient. Tu menaces de brûler la joue du gosse avec ta clope si elle allonge pas l'blé ! Ça marche à tous les coups. La pétasse, elle gueule pas, vu qu'elle a les j'tons ; elle s'barre pas, parce qu'elle peut pas laisser son lardon tout seul. C'est tout. Après, t'as plus qu'à changer de rue et recommencer ailleurs. Moi, comme ça, je m'suis déjà fait deux mille balles dans une matinée ! Ça s'appelle « la traite des pétasses » !

— Génial ! s'écria Christine en frappant des mains et en sautillant sur place. J'veux essayer ! Tout de suite !

— Calmos ! intervint Denis. Faut pas rêver, t'as pas la tronche qui fait peur, toi. Faut un mec pour qu'la pétasse elle ait vraiment les jetons.

— Et si elle refuse ? demanda Yvon.

— Alors, t'hésite pas, tu crames la joue du chiard ! Faut jamais hésiter. J'te jure qu'les bonnes femmes, ça les fait réagir vachement quand elles l'entendent brailler ! Après, elles t'offrent même leur montre, leurs bagues, leur culotte et tout, pour qu'tu fiches le camp !

Les quatre jeunes regardaient Denis avec une admiration non feinte. Il décida de pousser son avantage et ordonna :

— On va s'séparer, chacun d'son côté. Vous allez essayer mon truc. Mais pas près des grandes surfaces, parce que vous pouvez vous faire avoir par un mec qu'a la haine et qui court plus vite qu'vous sur l'parking. Choisissez des petites rues, pas des grandes ; faut pouvoir s'barrer au coin si ça chie. Toi, Christine, pas question d'jouer à ça, tu t'ferais niquer aussi sec. Et puis, j'ai besoin de toi pour préparer la leçon numéro deux.

— La leçon numéro deux ? Qu'est-ce que c'est ? demanda Momo, un air gourmand sur le visage.

— Ça s'appelle « le collage des blaireaux ». J'vous montrerai.

Rendez-vous à la piaule en début d'aprèm' pour compter la récolte.

Le ton péremptoire qu'il avait employé leur cloua le bec. Même Yvon n'y trouva rien à redire et ne songea pas à discuter. Ils se séparèrent et partirent en chasse.

Denis se tourna vers Christine :

— Toi, tu vas retourner à la piaule et enfiler des fringues qui s'voient moins que ces saloperies de couleurs qu'tu portes. T'as un bonnet ou un chapeau, quelque chose pour cacher tes tifs rouges ?

— Oui.

— Alors, vas-y. Et enlève ce maquillage à la con. Faut qu't'aies l'air chicos.

Elle éclata de rire.

— Moi, chicos ? T'es dingue ? Et d'abord, pourquoi que j'm'habillerais en dame, hein ?

— On va acheter de la colle.

La fille ouvrait des yeux ronds.

— De la colle ?

— Ouais. De la colle.

— Si c'est pour sniffer, j'en ai un plein bidon ! rigola-t-elle.

— C'est pas pour sniffer. Je t'expliquerai. Grouille.

Lorsque la fille revint, elle était presque belle. Sa frimousse aux grands yeux noisette était débarrassée de toute trace de maquillage. En équilibre sur des talons hauts, son corps mal remplumé semblait avoir été allongé de force, ce qui lui donnait une allure un peu godiche, fragile, mais pleine de charme. Elle portait une robe bleue à fleurs, un imperméable et un bonnet rouge tiré jusqu'aux sourcils. N'était son extrême pâleur, on eût pu la prendre pour une petite caissière ou une vendeuse de bonbons. « Elle ressemble à un écureuil », pensa soudain Denis.

— Bon, dit-il, on va aller jusqu'à un magasin de bricolage, et tu achèteras pour deux cents francs de tubes de Super Glue...

— Pour deux cents francs ? T'es pas un peu malade ?

Puis, sans raison, elle se mit à rire par salves hystériques et incontrôlées, de manière stridente, en roulant des yeux. Dans la rue, des messieurs sérieux se retournèrent en fronçant les sourcils. « Elle ressemble pas à un écureuil, elle ressemble à une folle ! » décida Denis.

– Ferme ton clapet et écoute. Moi, j'peux pas y aller. Avec ma tronche, je m'ferais repérer. Toi, non. T'as presque l'air d'une pécore de bureau. Tu vas faire plusieurs voyages, en passant à chaque fois par une autre caisse. Jamais plus de deux tubes à la fois. Tu m'les apportes et t'y retournes. Te fais pas remarquer, faut qu't'aies l'air d'une nana qui a des trucs à réparer, pas d'une meuf qui prépare un coup. C'est compris ? Puis on ira acheter deux mètres de tissu.

– Du tissu ?

– T'occupe. J'expliquerai quand les autres y seront là.

Denis lui tendit un billet de deux cents francs, et Christine fit ce qu'il lui avait ordonné de faire. Puis elle alla acheter une pièce de coton blanc. « C'est pour faire une nappe, madame... »

Lorsqu'ils revinrent à la mansarde, les autres étaient déjà arrivés. À voir leurs visages hilares, Denis comprit que ses leçons avaient porté leurs fruits.

– Combien ? demanda-t-il en s'avançant.

– Mille six cents francs ! annonça triomphalement Yvon. C'est du gâteau !

– Bon, dit Denis, aboulez l'fric !

– Quoi ? Tu rigoles, non ? Te filer le fric ? Et puis quoi encore ?

Yvon s'était dressé sur ses pieds, imité par les deux autres.

– Pas question qu'on lâche le pognon. Il est à nous ! ajouta Momo.

– Soyez pas cons, répliqua Denis. On en a besoin pour monter un coup bien plus fumant. Et puis, personne ne vous empêche de retourner traiter les pétasses dès demain. Mais aujourd'hui, y m'faut ce fric.

– Quel coup fumant ? demanda Abou.

Il jeta un coup d'œil à Christine, mais celle-ci haussa les épaules et eut une mimique qui traduisait sa totale ignorance des projets de Denis.

– Asseyez-vous, dit ce dernier, je vais vous expliquer. Y nous faut ces mille six cents balles pour acheter des fringues et pour faire teindre les cheveux de Christine dans une couleur qu'on remarque pas. Noir, par exemple.

– Quoi ? s'exclama cette dernière. Pas question !

– Toi, ferme-la. Et vous, écoutez bien : Christine va être

145

notre piège à cons. Elle ira se balader à Neuilly, dans le VIIIᵉ et dans le XVIᵉ. Elle notera les adresses des immeubles où qu'on peut entrer sans problème et où y a pas d'gardien. Mais faut qu'y ait un ascenseur.

— Un ascenseur ? Pour quoi faire ?

Denis ignora l'interruption.

— Nous, on attend peinard au sous-sol, dans l'ascenseur, habillés correct et tout, pour pas qu'les blaireaux, y s'doutent de quelque chose. Ils appellent l'ascenseur, l'ascenseur monte, et nous, on est dedans. On les laisse entrer et, s'ils ont l'air friqués, on arrête l'ascenseur entre deux étages, on leur saute dessus, on leur noue un morceau de tissu sur la gueule et, avec la Super Glue, on leur colle les mains sur la paroi de la cabine ! Y pourront plus bouger, ça prend en quelques secondes. Après, y a plus qu'à leur faire les poches et à s'barrer ! Ça rapporte vachement plus que la traite des pétasses, vous pouvez me croire ! Je l'ai déjà fait. Plus de cinq mille balles d'un coup, une fois. Qu'est-ce que vous en dites ?

Momo hochait la tête, déjà convaincu. Depuis la démonstration du matin, il avait une foi aveugle en tout ce que racontait Denis.

— Et si l'mec, y s'laisse pas faire ? demanda Yvon.

— Y s'laissent tous faire quand on leur colle un rasoir ou une serpette sous la gorge !

— Moi, je suis d'accord ! lança Abou avec enthousiasme.

— Attention, on prend pas d'cartes de crédit ou d'chéquiers, ni d'montres, même si elles sont en or, ajouta encore Denis. Seulement d'la fraîche.

Dès le lendemain, Christine se fit teindre les cheveux. Puis elle partit en reconnaissance, vêtue d'une petite robe BCBG rehaussée par un collier de fausses perles.

Denis était inquiet. Avec une telle cinglée, on ne pouvait jamais savoir... Mais il se rassura vite ; en trois jours, Christine leur rapporta huit adresses.

Pendant ce temps, grâce à la traite des pétasses, chacun avait gagné assez d'argent pour se composer un personnage. Yvon s'était fait couper les cheveux et avait acheté un complet et une cravate qui lui donnaient vaguement l'allure d'un aide-comptable. Abou avait opté pour un déguisement de livreur de pizzas (cartons de pizza compris). Momo s'était procuré une sacoche et un casque de coursier (il les avait volés). Et Denis ressemblait à un dandy : pantalon en flanelle et blazer avec pochette.

Une semaine plus tard, les quatre garçons étaient opérationnels. Ils décidèrent de procéder par roulement : trois sur le terrain, un au repos, chargé de protéger le pécule contre d'éventuels visiteurs indésirables.

Le premier jour, Denis, Yvon et Abou revinrent au squat avec mille cinq cents francs. Le deuxième jour, Denis, Yvon et Momo en rapportèrent deux mille trois cents. Le lendemain, Denis, Momo et Abou accusèrent une baisse de régime : mille seulement. La moyenne remonta le jour suivant : mille neuf cents francs furent mis à l'actif d'Yvon, de Momo et d'Abou. Lorsqu'elle n'était pas en reconnaissance, Christine tenait les comptes. L'argent était caché dans un mur creux.

À la fin du premier mois, la traite des pétasses et le collage des blaireaux leur avaient rapporté trente-sept mille francs, soit sept mille quatre cents francs chacun. L'association tournait comme une entreprise. Il n'y avait eu qu'un seul accroc : dans un immeuble de bureaux du VIII⁰ arrondissement, Momo s'était fait proprement cueillir à la pointe du menton par un gros bras qui n'avait pas été impressionné par son manège. Lorsque Yvon et lui avaient essayé de le bâillonner, l'homme s'était repris et avait arraché sa main droite de la paroi de l'ascenseur. Ils n'avaient eu que le temps de s'échapper avant que ses cris n'ameutent tout l'immeuble. Avant de quitter la cabine, Yvon lui avait quand même balafré la joue avec son rasoir.

Pour l'anniversaire de Christine, les quatre garçons accédèrent à son vœu le plus cher : à son tour, traiter une pétasse. Mais en prenant toutefois quelques précautions. Dix secondes avant que la pétasse ne sorte d'une épicerie, Abou enduisit la poignée de sa poussette de Super Glue. La pétasse resta collée, et Christine put fouiller son sac tout à loisir et lui dérober son porte-monnaie. Observant la scène depuis le square où ils se dissimulaient, Denis, Momo et Yvon se tinrent les côtes lorsque la pétasse, terrorisée, essaya de lâcher la voiture dans laquelle un bambin hurlait en s'agrippant de toutes ses forces aux barres latérales. Christine rejoignit les autres en titubant, prise par son fameux rire nerveux qui déferlait en cascade.

– Merde, Christine, ferme-la ! On va s'faire remarquer.

Yvon la gifla en disant « Joyeux anniversaire », et la fille éclata en sanglots. Puis il mit son bras autour de ses épaules et l'embrassa doucement dans le cou. Il lui fallut une demi-heure pour la calmer.

Durant cette période, Christine fit à plusieurs reprises des avances à Denis. « Tu sais pourquoi tu me plais, Jimmy ? Parce que tu as des yeux de chien battu, et que j'aime bien les chiens battus ! » Mais un incompréhensible fond de pruderie le fit la repousser. Et puis, sa mère ne l'avait-elle pas mis en garde ? « Mon fils, méfie-toi des mauvaises filles. Promets-moi de ne jamais fricoter avec des moins-que-rien. » À l'époque, il avait promis. Aujourd'hui, sa mère lui manquait. « Écoute, Christine, j't'aime bien. Mais quand t'es comme ça, tu m'pèles. » À la longue, la fille se résigna et n'insista plus.

Trois mois après le début de leur collaboration, les cinq jeunes gens quittèrent la mansarde et louèrent deux meublés contigus à Belleville. Il y avait une salle de bains à l'étage, et leur hôtesse n'était pas trop regardante sur l'incessant va-et-vient de ses locataires. Elle les faisait payer d'avance et conservait une confortable caution qui l'aidait à garder clos ses yeux et ses oreilles.

Au quatrième mois, le trésor de guerre du groupe, tous frais déduits, s'élevait à quatre-vingt-huit mille deux cents francs et trente centimes. Une fortune.

C'est le moment que Denis choisit pour leur annoncer son départ.

Il avait trois bonnes raisons pour cela. La première, c'est qu'on avait parlé des « Arsène Lupin de l'ascenseur » et des « détrousseurs de poussettes » à la radio, pendant le journal de midi : « D'après la police, avait précisé le journaliste, il s'agirait d'un seul et même gang de jeunes... » Denis comprit que les jours de l'association étaient comptés.

La deuxième raison, c'était l'état de délabrement physique de Christine. Elle perdait ses cheveux, ses joues étaient creuses, ses lèvres décharnées épousaient la forme de ses dents, lui faisant la tête d'une vieille portant râtelier. Et puis, il y avait ces minuscules marques rouges à la saignée du coude... Denis savait ce que cela signifiait. Christine allait se transformer en épave.

La troisième raison, c'était qu'il avait trouvé un nouvel acolyte : Boris, âgé de vingt-cinq ans, surnommé Gomina. « Il a la classe », pensait Denis. En réalité, bien que joli garçon, Gomina avait une de ces petites gueules de macs des faubourgs qui firent le succès des films noirs de l'entre-deux-guerres. Il s'habillait avec un soin ostentatoire, avait une prédilection pour les vestes à carreaux, les pochettes à pois, les cravates à rayures et les chaussures imitation croco...

Mais, surtout, ce qui séduisait Denis, c'était que Gomina trouvait au moins une idée d'arnaque par minute. Des arnaques incroyables et sans risque. « Faut jamais user de violence, mon pote ! lui avait-il lâché. Les meilleurs coups, ce sont ceux qui n'entraînent pas de plainte de la part de la victime. Donc, pas d'emmerdes avec la justice. »

Ils passèrent de la théorie à la pratique et exercèrent leurs talents dans les parkings souterrains des quartiers chics.

Ils repéraient les bourgeoises qui venaient garer là leur voiture. Dès qu'elles avaient le dos tourné − et à condition que leur véhicule fût dépourvu de système d'alarme −, Denis forçait le capot et tripotait le Delco. Puis il refermait. Parfois, lorsqu'il ne parvenait pas à l'ouvrir de l'extérieur, il crochetait la portière et débloquait le capot de l'intérieur. Mais jamais il ne vola le moindre objet traînant sur les sièges ou sur la tablette avant. Tout devait être fait dans les règles de l'art. Son acolyte avait bien insisté.

Lorsque les victimes revenaient et tentaient vainement de mettre leur moteur en marche, Gomina surgissait de nulle part, son attaché-case à la main.

− Que se passe-t-il, madame ? lançait-il avec son plus beau sourire.

− Je ne sais pas, répondait la femme d'une voix où perçait déjà une lueur d'espoir. Elle ne veut pas démarrer.

− Ah, vous pouvez dire que vous avez de la chance ! s'exclamait-il. Je suis garagiste !

Il regardait sa montre.

− Ça va, j'ai encore quelques minutes... Ouvrez votre capot !

« Tu comprends, Denis, le coup d'œil sur la montre lui fait

croire que tu es à la bourre. Elle n'en sera que plus reconnaissante par la suite... »

Il enlevait alors sa veste imprégnée d'une eau de toilette ruineuse et la tendait à son interlocutrice de manière qu'elle pût lire l'étiquette « Yves Saint Laurent » qu'il avait lui-même cousue sur la doublure. « Préparation psychologique ! » avait-il expliqué à Denis en dressant sentencieusement l'index. Le voyou ignorait la signification du mot « psychologique » et il n'en avait été que plus impressionné.

Ensuite, Gomina relevait les manches de sa chemise blanche. « Indispensable : la chemise doit toujours être blanche, Denis, jamais d'une autre couleur. Rappelle-toi ça ! » Puis il plongeait dans le moteur. Il s'échinait parfois pendant une demi-heure. « Tout dépend de l'épaisseur du cuir de la bonne femme, expliquait-il. Certaines craquent plus facilement que d'autres. Avec un peu d'expérience, on le devine rien qu'à leur coiffure ! » Enfin, il remettait le cache du Delco en place et émergeait de sous le capot.

— Allez-y, mettez en marche. Je crois que c'est réparé.

Et, effectivement, le moteur tournait comme au premier jour.

— Un instant ! ajoutait-il avant de replonger.

« Il faut peaufiner, leur faire croire qu'on en fait plus que ce qu'elles attendent de toi. » Alors, il actionnait le câble de l'accélérateur, prouvant ainsi à sa victime qu'il avait une influence directe et quasi surnaturelle sur la machine.

— Voilà, tout est en ordre ! lâchait-il, la prunelle pétillante, les lèvres étirées sur une rangée de dents à l'émail étincelant. Mais permettez-moi de vous donner un petit conseil, chère madème : faites au plus vite vérifier le racleur magnétique du carburateur à synthèse inversée, ainsi que le contacteur des relais du vilebrequin oblique de la came gauche du culbuteur différentiel ! Votre sécurité en dépend.

— Comptez sur moi. Mais... mon Dieu ! s'exclamait la dame, vous êtes plein de cambouis !

Gomina faisait alors semblant de découvrir les dégâts sur sa chemise. « Là, Denis, attention : du doigté, du doigté et encore du doigté, mon ami ! Si tu en fais trop, elle sera horriblement gênée et ne pensera qu'à s'excuser. Si tu n'en fais pas assez, elle te croira plein aux as et indigne d'un dédommagement. »

– Ah... c'est vrai, euh... je n'ai pas fait très attention !

« Il faut minauder, prendre la tête du gamin incorrigible qui sait qu'il va se faire gronder. Titiller leur instinct maternel, ça les fait craquer... Puis un coup d'œil sur la montre, pour lui rappeler que tu as un rancard avec le Premier ministre. Faut qu'elle culpabilise. Pas à cause de la chemise, mais à cause de ton retard ! Les nanas, c'est comme ça : elles seront reconnaissantes pour le temps que tu leur consacres, pas parce que tu t'es dégueulassé une liquette : elles s'en foutent que tu ailles à Matignon avec des taches de cambouis sur ton plastron ! »

– Permettez au moins que je vous dédommage, cher monsieur. Vous avez été si aimable !

– Oh non, madame, cela me gênerait horriblement !

« Ici, Denis, il faut prendre la voix du type qui dit ça parce qu'il est bien élevé, et non parce qu'il le pense vraiment. Tu vois, faut pas mettre la main sur le cœur et l'autre devant toi en remuant vigoureusement l'index ! Non, faut le murmurer, un peu comme si tu disais à un passant : "J'ai rien mangé depuis trois jours, je suis au chômage. Je fais appel à votre bon cœur." »

– Si, j'insiste. Dites-moi combien je vous dois...

« Moment important, là aussi. Tu comprends, les femmes, bien qu'elles sachent vaguement que c'est cher, ne connaissent pas le prix des réparations. En d'autres termes, elles te tendent la perche pour que tu les sortes de la merde ! »

– Alors, chère madame, bien que n'étant pas habitué à me faire rémunérer pour avoir rendu service, je vous propose tout simplement d'appliquer le tarif normal de mes mécaniciens, ça réglera le problème. Attendez, je crois que j'ai un barème dans ma mallette... Ah oui, voilà.

« Là, mon pote, elles sont cuites ! D'une part, tu les rassures en précisant que tu leur appliques le tarif "normal" des garagistes, et d'autre part, elles sont charmées que toi, le propriétaire d'un garage, tu t'abaisses à demander le tarif d'un simple arpète ! »

– Quatre cents francs... Cela vous convient ?

– En voici cinq cents. Et je suis réellement désolée pour votre chemise. Merci encore, cher monsieur, pour votre obligeance. Ah, si tous les jeunes gens étaient comme vous !...

« Tu vois, Denis, si je me fais pincer, on ne pourra rien me reprocher, parce que je ne demande rien. Ce sont elles qui proposent de me payer. Nuance... Bien sûr, le moment critique, c'est quand toi, tu bricoles leur bagnole. Mais je sais que si tu te fais alpaguer par les flics, tu la boucleras. C'est pourquoi je te refile quarante pour cent de mes bénéfices, tu les mérites bien ! Dernière chose : il faut noter les modèles des bagnoles et les numéros des plaques d'immatriculation dans un carnet. L'année dernière, dans le VIIIe, j'ai failli faire le coup deux fois à la même greluche ! »

Denis était pantelant d'admiration. Il avait trouvé son maître.

Son admiration se transforma en éblouissement lorsqu'il toucha le fruit de sa première journée de travail : deux mille francs. Soit près de *dix fois plus* que ce qu'il empochait auparavant en traitant des pétasses et en collant des blaireaux contre les parois des ascenseurs !

Denis et son acolyte écrémèrent les parkings de tous les quartiers chics de Paris. Pendant la période des soldes, il leur arrivait de faire jusqu'à vingt dépannages entre neuf heures et dix-neuf heures. « Si ça continue, rigola Gomina, je vais me ruiner en chemises blanches ! » La garde-robe de Gomina était en pleine expansion quantitative et qualitative. Il ne se contentait plus de coudre des étiquettes de grands faiseurs sur des vestes achetées chez Tati, mais il s'habillait chez Kenzo, Louis Féraud et Lanvin. Malheureusement, son goût, lui, n'avait pas évolué, et ses compositions vestimentaires hardies lui donnaient l'air d'un arlequin.

Un matin, ils prirent le TGV. C'était une lubie de Gomina qui voulait aller à Lyon pour retrouver une vieille copine, « le meilleur coup au sud de la frontière belge, mon pote ! » Ils passèrent trois jours à saboter et à réparer les voitures des Lyonnaises, la fille faisant le guet pendant que les deux garçons travaillaient. Le soir, ils dépensaient tous leurs gains de la journée dans un bouchon où ils faisaient la fête.

Denis était devenu expert dans l'ouverture des capots. Muni d'un matériel rudimentaire, il parvenait à ses fins en quelques secondes. Parce que Gomina et lui étaient parfaitement organisés, jamais il n'y eut la moindre anicroche. En huit mois de collaboration, à raison de quatre jours d'activité par semaine, Denis gagna près de deux cent mille francs.

Il sous-loua un petit studio à Montmartre. L'endroit était habituellement occupé par le fils d'un haut fonctionnaire algérien, un étudiant qui avait préféré s'installer chez sa petite amie. Denis restait d'une discrétion absolue et il n'y invitait jamais personne, hormis Gomina.

Le premier jour de juillet, les deux associés prirent place dans la Mercedes flambant neuve de Gomina et partirent pour Cannes, avec l'espoir d'y exercer leurs talents. Mais, très vite, ils trouvèrent les estivantes radines et revinrent à Paris.

En rentrant chez lui, Denis découvrit dans sa boîte un mot d'Abou. Il lui apprenait qu'après son départ la bande avait connu deux alertes chaudes et que, pendant deux ou trois semaines, les flics les avaient collés de près. D'un commun accord, le trio des garçons avait décidé d'abandonner la traite des pétasses et le coup de l'ascenseur. Ils avaient un instant songé à prostituer Christine (*hommes mariés, hôtel, la porte qui s'ouvre, l'éclair d'un flash, le chantage*), mais l'état physique de la jeune fille ne le permettait plus. C'était trop tard. Christine avait le sida et venait d'être hospitalisée. Momo et Yvon ne valaient guère mieux : leurs tests médicaux révélaient qu'ils étaient séropositifs.

Finalement, seul Abou s'en sortait indemne. L'Africain terminait sa lettre en racontant qu'il avait quitté les autres depuis plusieurs mois et qu'il avait trouvé « pour de vré ! » un emploi de... livreur de pizzas. Ses activités le menaient parfois, ajoutait-il, dans des immeubles de bureaux de Neuilly et du VIIIᵉ, « où qu'y a pas de conssèrje mais un asenseur, si tu voit ce que je veut dire ».

Cette nuit-là, Denis pensa un peu à Christine et beaucoup à sa mère. Elle lui avait demandé de ne jamais fricoter avec une moins-que-rien, et il avait eu sacrément raison de suivre son conseil... Le lendemain, il entra dans une cabine téléphonique et composa le numéro de la maison, prêt à raccrocher s'il entendait la voix du père. À la troisième sonnerie, quelqu'un décrocha et dit :

– Allô ?...

– Qui... qui c'est ? demanda Denis d'une voix blanche.

Un silence. Puis son interlocuteur comprit :

– Denis ?... C'est toi ?

Déformée par le combiné, la voix aux intonations graves était celle d'un homme qu'il ne reconnut pas. En tout cas, ce n'était ni son père ni son frère Serge.

– Oui... mais...

– C'est Béchir !

– Béchir ?

« Bon sang ! pensa-t-il en sentant monter les larmes à ses yeux. Béchir ! Le microbe ! Déjà trois ans qu'il n'avait plus eu de contact avec sa famille. Trois longues années. Et Béchir avait mué. Le microbe avait maintenant une voix d'homme ! »

– Béchir, j'vais bien. J'peux pas t'parler maint'nant... La mère est là ?

– Non, elle fait les commissions. Je suis seul. Où es-tu ?

– J'peux pas t'le dire, le vieux, y m'ferait foutre en taule. Tout va bien ?

– Oui. Mais écoute, Denis... Viens pas, il te ferait la peau. Il nous a même interdit de prononcer ton nom.

– Ça fait rien. Et toi ?... L'école ?

– Ça gaze. Je vais entrer en seconde.

Un silence.

– Et Nadia ?

– Eh bien, figure-toi qu'elle va se marier avec un copain de Serge ! Ça t'en bouche un coin, hein ? Denis, merde ! On va pas se raconter notre vie au téléphone ! Où es-tu ? Je saute sur ma mob et j'arrive.

Pendant quelques secondes, Denis fut tenté d'accepter. Mais il savait que son père serait capable de faire parler Béchir, même s'il devait pour cela l'assommer de ses propres poings.

– Non. J'peux pas t'le dire. Faut comprendre... Embrasse la mère pour moi, dis-lui qu'tout va bien et qu'elle a pas d'souci à s'faire. J'manque de rien.

Denis raccrocha précipitamment et renifla à deux ou trois reprises.

Il rentra chez lui à Montmartre. Malgré la canicule, son studio lui parut ce jour-là aussi accueillant que les catacombes.

Depuis quelque temps, l'imagination féconde de Gomina était à la recherche d'une nouvelle idée pour « élargir le champ de nos activités, Denis ». Fidèle à ses principes, il voulait qu'elle fût aussi dépourvue de risques que l'était la mécanique salvatrice exercée aux dépens d'inconnues en détresse. Un beau matin, il trouva ce qu'il cherchait en lisant son journal : cette nouvelle activité devait se révéler hautement lucrative, et infiniment moins salissante que l'autre. Ils étaient déjà les bons génies des parkings souterrains, ils devinrent, en plus, marchands de vins : « Bourgeoises en carafe et pinard ! Tu vois, Denis, toi et moi on était prédestinés ; le liquide, il n'y a que ça de vrai ! »

Dans les magazines culinaires et dans les guides touristiques, Denis découpait les publicités des viticulteurs et négociants qui vendaient leur production en direct. Gomina remplissait des bons de commande au nom du docteur Thierry Villapablo de Monségur. Il avait inventé ce patronyme de toutes pièces (ainsi que quelques autres, aussi ronflants). Il indiquait de fausses adresses, celles d'immeubles sans gardienne.

Avant de refermer les enveloppes et de les poster, Gomina y glissait un petit mot gribouillé sur un faux papier à en-tête (réalisé sur un traitement de texte) au nom du même Villapablo de Monségur, chirurgien-dentiste, mais portant une adresse différente, située dans un quartier huppé, là où l'homme était censé exercer sa profession.

Ce mot disait ceci : « Merci de livrer les deux caisses *à mon domicile* (voir adresse sur le bon de commande), mais de me faire parvenir la facture *à mon cabinet*. Cordiales salutations. »

Par sa forme concise, le message était bien dans le style d'un praticien surchargé de travail. Il suggérait en outre que ledit praticien était affligé d'une épouse réprouvant les dépenses inconsidérées, épouse qu'il valait donc mieux tenir dans l'ignorance du montant exact de la commande.

Une fois de plus, Gomina fit mouche. Les viticulteurs et les négociants en vins ne se méfiaient pas (mais qui se serait méfié du *docteur Villapablo de Monségur* ?) et expédiaient les caisses à l'adresse indiquée. Les livreurs, constatant qu'il n'existait pas de sonnette au nom de Villapablo de Monségur, déposaient un avis de passage sur les boîtes aux lettres. Denis le récupérait et le remettait à son acolyte.

Muni de cet avis – et arborant des tempes grisonnantes, une barbe parfaitement taillée et une alliance à l'annulaire –,

Gomina se présentait au siège de l'entreprise de livraison. Il tendait la feuille au préposé et, d'une voix où perçait une pointe de contrariété, lâchait :

– Bonjour, je suis le docteur Villapablo. J'ai trouvé ça dans ma boîte. Je suppose que vos livreurs sont passés pendant que mon épouse et moi étions sortis...

On lui remettait alors les deux caisses, qu'il chargeait dans le coffre de la Mercedes.

– Ni vu ni connu, je t'embrouille ! rigolait-il en démarrant.

Le système marchait comme sur des roulettes. Les rares fois où on lui avait demandé de justifier de son identité, Gomina avait répondu d'un ton ennuyé : « Ah, zut ! J'ai oublié mes papiers. Tant pis, je repasserai tout à l'heure. » L'après-midi même, un autre employé, moins scrupuleux ou moins zélé que le premier, lui remettait la marchandise sans effectuer la moindre vérification. Lorsque le bonhomme était vraiment intraitable (c'était arrivé deux fois), Gomina lui abandonnait tout simplement les caisses et ne reparaissait pas.

« Jamais de risques ! »

Le vin détourné finissait généralement sous forme de « carafe du patron », sur les tables de bistrots pas trop regardants sur sa provenance et disposés à payer la prestation de Gomina à son juste prix, et en liquide. Tout le monde y trouvait son compte : les deux complices et le restaurateur, bien sûr, mais surtout les consommateurs qui, avec leurs sandwichs aux rillettes, dégustaient sans le savoir un graves AOC qu'ils prenaient pour un corbières élevé par un sorcier génial et philanthrope. « C'est un ami de mon beau-père qui le produit en toutes petites quantités. En fait, je lui achète presque toute sa production... » Quant aux viticulteurs lésés, après avoir contrôlé qu'il n'existait pas de docteur Villapablo de Monségur à l'adresse indiquée (ce qui prenait parfois deux longs mois), ils se retournaient contre le livreur qui, à son tour, faisait jouer son assurance. Ou alors, plus simplement, les victimes passaient les caisses par profits et pertes, ignorant encore qu'entre-temps ils avaient bêtement honoré les commandes du professeur Osmond de Viers, cardiologue, de Pierre-Emmanuel Vittori, architecte, d'Henri Lamortaise, avocat, et de Reginald Ward, correspondant du *Times* à

Paris... lesquels n'avaient qu'un seul et même visage : celui, illuminé par la fierté du devoir accompli, de Gomina !

Hormis découper les publicités munies d'un bon de commande, le rôle de Denis était de repérer, jusque dans les lointaines banlieues chic, les immeubles d'habitation sans concierge, et de récolter les avis de passage trois fois par semaine.

Pour sa peine, Gomina lui abandonnait cinquante pour cent du chiffre d'affaires. Ajouté au produit des dépannages dans les parkings (qu'ils n'exerçaient plus que le mercredi), il arrivait à Denis d'empocher jusqu'à quarante mille francs par mois.

Jamais, même dans ses rêves les plus fous, il n'aurait imaginé disposer un jour d'autant d'argent. Cachés dans son studio, il y avait cent vingt mille francs en liquide. Il pensa à son père, qui s'échinait pour neuf mille francs par mois, le con.

Denis n'eut pas le temps de profiter de sa richesse. En mission de collecte, il traversait Vaucresson en scooter, quand un minibus, qu'il n'avait pas vu arriver sur sa droite, le percuta de plein fouet. Le choc lui arracha son casque (dont il n'avait pas fixé la mentonnière) et le projeta en l'air. Il décrivit un arc de cercle et se fracassa sur la chaussée, les roues du véhicule le loupant d'un cheveu.

Inconscient, enveloppé dans une couverture métallisée d'où émergeait une multitude de sondes, il fut transporté à l'hôpital par une ambulance du Samu, admis en salle de déchoquage et placé sous assistance respiratoire. Denis était pâle, son pouls était filant et sa tension artérielle effondrée.

Il avait d'importantes lésions au thorax et une fracture du fémur gauche. Mais les dégâts les plus importants se situaient au niveau de la tête. Le scanner révéla de sérieuses contusions des lobes frontaux, et un hématome extra-dural qui dut être drainé sur-le-champ. On le plaça en réanimation, et il reçut des soins intensifs. Le pronostic des médecins était d'autant plus réservé que Denis ne réagissait pas aux stimuli.

Son état initial imposait des perfusions continues de drogues sédatives destinées à limiter l'œdème cérébral, ce qui empêchait de connaître la véritable profondeur de son coma. Lorsque l'on cessa de lui administrer ces anesthésiques, les réanimateurs constatèrent, contre toute attente, un rapide retour à la conscience. Mais tout son côté gauche était lourd, presque inerte, et traversé d'incessants fourmillements. Assez rapidement pourtant – et à la surprise des praticiens –, son état s'améliora. Il était tiré d'affaire et put quitter la réanimation pour le service de rééducation fonctionnelle.

Denis avait tout oublié de son passé. Il ne savait ni qui il était, ni où il se trouvait, ni pour quelle raison il se trouvait là. Cet état perdura pendant plus de trois mois. C'est à cette époque que sa mère – dont on avait réussi à retrouver la trace – vint lui rendre visite en compagnie de Nadia et de Béchir. Simone fondit en larmes lorsqu'elle constata que le regard de son fils la traversait comme si elle n'existait pas. Denis gardait un visage fermé, et ne prêtait aucune attention à ses visiteurs. À un moment, Simone lui prit doucement la main, mais il se dégagea avec un grognement. Elle se tourna vers l'infirmière :

– Mais qu'est-ce que vous lui avez fait ?... Crotte alors, il ne reconnaît même plus sa propre mère !

Ce que Simone ignorait, c'est qu'en prévision de sa visite les médecins avaient bourré Denis de tranquillisants. Car le spectacle qu'il offrait en temps normal n'aurait rien eu de réjouissant pour elle, Nadia et Béchir. En effet – surtout avec le personnel médical féminin – Denis avait un comportement totalement désinhibé qui se traduisait par une logorrhée graveleuse et un exhibitionnisme de singe ; si elle l'avait vu dans cet état, Simone en aurait déduit qu'elle avait mis au monde un monstre totalement pervers. En compagnie de ses deux enfants, elle quitta la chambre sur la pointe des pieds, en se tamponnant les yeux avec un minuscule Kleenex détrempé et roulé en boule.

Les différents scanners avaient montré des lésions irréversibles. Le pronostic des médecins fut sans appel : il garderait des séquelles graves qui se traduiraient par une altération définitive de sa personnalité.

Denis avait oublié jusqu'aux visages des membres de sa famille. Gomina était oublié, Christine, Abou, Yvon et Momo étaient oubliés ; son studio de Montmartre – qui regorgeait de billets de banque – était oublié... Le temps passa encore. Doucement, par petites saccades, comme un immeuble dont les fenêtres trahissent le réveil des locataires en s'illuminant les unes après les autres, son état s'améliora. Mais bien des fenêtres demeureraient à jamais obscures. Denis fêta ses dix-huit ans à l'hôpital, devant la télévision, cherchant à comprendre ce qu'il voyait sur l'écran, mais l'action se déroulait bien trop vite pour lui.

Un soir, il se rappela son nom : « J' m'appelle Jimmy Fulg... Fulguro... Non, *Denis Bellache* ! » « Bravooooo ! » lui dit l'infirmière. Après ce compliment, il se sentit étonnamment bien. D'autres souvenirs lui revinrent par bribes, stimulés par ce qu'il voyait ou entendait autour de lui. Un jour, alors qu'il se promenait dans le hall de l'hôpital, son attention fut attirée par un homme qui maniait une cireuse électrique avec d'amples mouvements de faucheur. Derrière lui, sur le mur, Denis remarqua une affiche montrant un paysage sablonneux et quelques palmiers. Il se souvint alors d'un voyage qu'il avait fait dans un village lointain, où il faisait très chaud. Mais ça flottait dans sa mémoire, et il était incapable d'ancrer ce souvenir à quelque chose de précis, de tangible. Il n'y avait pas de chronologie, rien avant, rien après. Ça flottait, c'est tout.

Progressivement, Denis perdit de sa salacité et de sa loquacité, mais commença à souffrir d'épouvantables migraines. Des papillons rouges voletaient devant ses yeux et il avait l'impression qu'on lui serrait la tête dans un étau. Denis avait alors des crises d'une rare violence. Il fallait l'attacher, car il se débattait et fracassait le mobilier. Lorsque ces éruptions s'apaisaient enfin, elles le laissaient hébété. « C'est étrange que ça le prenne maintenant, si longtemps après son accident... », commenta un jour un médecin. Pendant les jours suivants, il refusait toute visite, et Simone dut à plusieurs reprises faire demi-tour devant la porte verte du couloir qui menait à sa chambre. La présence de Simone, d'ailleurs, pesait de plus en plus à Denis. Il *savait* qu'elle était sa mère parce qu'*on le lui avait dit,* mais cette femme ne réveillait en lui aucun souvenir, aucune image. Pour lui, ce n'était qu'une étrangère pleurnicharde et sans grand intérêt, qui le gavait de pâtisseries sucrées.

Puis ses migraines, sans baisser d'intensité, se firent plus rares. Mais cela ne changea en rien sa détermination. Il ne voulait plus recevoir de visiteur.

À sa sortie de l'hôpital, Denis fut accueilli dans un foyer spécialisé. Son quotient intellectuel était redevenu celui d'un enfant de treize ans. Même son apparence physique s'était modifiée : l'inclinaison de son front semblait plus accentuée, et ses sourcils avaient poussé en broussaille au-dessus des yeux qui semblaient plus rapprochés et plus petits qu'avant. En même temps, tel un pli de sommeil, une masse graisseuse était apparue à la hauteur du sinus frontal, lui donnant la physionomie un peu obtuse d'un bébé gorille, aspect que complétait encore le semblant de moustache clairsemée qui ornait sa lèvre supérieure. À le regarder, un seul mot venait aux lèvres : *inquiétant*.

Il devint évident pour les rééducateurs que Denis souffrait de graves problèmes psychologiques. Tancé et menacé de punition, il pouvait éclater en sanglots comme un enfant, et tout son corps était alors secoué de hoquets violents. La peur le rongeait. Il avait peur de tout. Peur d'être attaché sur son lit, peur d'être privé de sortie, peur des infirmiers et des SERINGUES qui peuplaient ses cauchemars, peur d'être transféré dans un asile psychiatrique. « Là-bas, mon pote, c'est pas comme ici : on te rosse pour un oui ou pour un non, on te met une lampe dans la bouche et on te fait passer du courant par le cul jusqu'à ce qu'elle s'allume, et si tu mouftes, on te tape dessus à coups de bâton... » À d'autres moments, bizarrement, sa peur disparaissait. C'était comme si le vent dispersait des haillons de brume pour révéler plus haut de lourds nuages saturés d'électricité. Denis entrait dans d'effrayantes colères. Elles éclataient quand il se trouvait confronté à des choses qu'il était incapable d'assimiler : le bla-bla des répétiteurs, les phrases trop longues et trop compliquées, les concepts trop abstraits ; ou lorsqu'on lui demandait d'empiler dans le bon ordre des cubes colorés... Sa frustration se transformait alors en crise de démence qui pouvait atteindre un paroxysme si on insistait ou lui résistait.

Avant son accident, Denis était déjà un être violent, sans vergogne, fruste, amoral et dépourvu d'états d'âme ; mais capable, à l'occasion, d'un certain courage physique. Son accident avait amplifié ce qu'il y avait en lui de plus mauvais, et effacé le reste. Il devint à la fois lâche et d'une brutalité féroce, n'hésitant pas à mettre cette brutalité au service de ses pulsions criminelles. Denis avait un esprit d'enfant pervers dans un corps d'homme ; le pire cocktail qui se puisse imaginer, le cauchemar des policiers et le rêve des médias qui, en un raccourci simpliste, appellent cela « le profil du psychopathe ».

Un matin, il quitta le centre, sachant que personne ne pouvait l'en empêcher puisqu'il était majeur. De sa démarche lourde et chaloupée, coudes arqués, il erra sans but dans les rues. Puis il se réfugia sous un pont et s'endormit sur un tas de vieux cartons, protégé par une couverture qui traînait là, raide de crasse.

– Qu'est-ce que vous foutez dans mon paddock, monseigneur ?

Une voix avinée l'avait tiré du sommeil. Denis ouvrit les yeux et regarda le vieux clochard scrofuleux et éructant qui se tenait devant lui, défiant les lois de l'équilibre.

Furieux d'avoir été réveillé en sursaut, « Pour qui y s'prend, çui-là ? Même au centre, ils n'oseraient pas m'faire un coup pareil, putain ! », il se redressa, l'attrapa par le col de sa veste et, après un infime moment d'hésitation, le balança dans le fleuve. La gerbe d'eau n'était pas retombée que Denis avait déjà repris sa place et se roulait en boule sur le côté. Pendant un instant, il se creusa les méninges, se demandant ce qui avait bien pu le faire hésiter ; pourquoi, au moment de se débarrasser du clodo, il avait ressenti comme une vague impression de déjà-vu... Mais il ne trouva aucune explication satisfaisante et se rendormit.

Quelques jours plus tard, Denis révéla l'autre facette de son caractère. Dans un terrain vague, où il avait eu l'imprudence de s'aventurer, il fut pris à partie par deux skinheads. En les voyant – et surtout en voyant les stylets effilés qu'ils brandissaient –, il étouffa littéralement de terreur et s'évanouit. Lorsqu'il reprit connaissance, il était ruisselant de l'urine de ses agresseurs, mais indemne... Sans doute l'avaient-ils cru victime d'une crise cardiaque et jugé indigne de plus d'attentions.

Les premiers temps, Denis dormit dans une usine désaffectée, puis dans le sous-sol d'une vieille école. Son seul souci était d'éviter les patrouilles de police. Il trouva un petit emploi chichement rémunéré et non déclaré chez un artisan électricien auprès de qui il s'initia aux branchements électriques simples. Il sembla s'intéresser à son travail pendant quelques semaines, puis il se lassa, espaça ses visites et finalement ne revint plus.

Il avait trouvé un moyen infaillible de se procurer de l'argent, et qui lui donnait entière satisfaction. Le soir, il repérait un passant esseulé ou une passante attardée dans la rue. Parvenu à sa hauteur, il lui fracassait le visage d'un coup de gourdin, puis il lui faisait les poches. Cela lui suffisait pour s'offrir un hamburger quand il avait faim, et pour aller au cinéma quand il s'ennuyait... S'il était vraiment à court, il choisissait un commerce habituellement peu fréquenté – un encadreur ou une modiste, par exemple –, passait la porte, sortait son gourdin de sous son blouson et assommait le boutiquier ou la commerçante d'un coup sur la tempe. Il ne fut jamais pris, ni même inquiété.

Denis fit la connaissance d'Ernest, un loubard dépravé, sans âge, aux cheveux filasse, perpétuellement habillé d'un pantalon de treillis et d'un Perfecto. Il passa avec lui le plus clair de son temps. Pour sept cents francs, Ernest lui procura un automatique Sauer & Sohn, calibre 7,65. Des heures durant, Denis le faisait pivoter autour de son index, s'entraînant devant la glace à le dégainer et à le rengainer comme à la télé. C'était le plus beau jouet qu'il ait jamais eu, et il ne se lassait pas de caresser le métal bleu, laissant courir ses doigts sur le galbe du pontet et faisant crisser ses ongles sur les striures de la crosse. L'objet dégageait une odeur chaude, presque vivante. Le seul regret de Denis était de ne disposer que de sept cartouches ; savoir qu'il lui faudrait les économiser ternissait un peu sa joie.

Ernest lui fit franchir le cap qui sépare « voies de fait » et « attaque à main armée ». Denis était bon élève et ne se posait jamais de questions. À cinq reprises, il braqua des commerçants avec le même détachement qu'il mettait à lacer ses souliers. Ernest était fasciné par son attitude « cool », qu'il prenait pour du cran... Les objets de valeur qu'ils parvenaient à dérober étaient fourgués chez Rémy, un jeune mécanicien qui vivait dans une sorte de caverne d'Ali Baba regorgeant de lecteurs laser, de magnétoscopes, d'ordinateurs et de caméras vidéo. Denis et Ernest passaient chez lui des soirées entières, à jouer au simulateur de vol et à vider des bouteilles de bière en regardant la télévision.

Un jour, Rémy fut abasourdi d'entendre Denis maugréer « Moi, j'leur foutrais sur la gueule, à ces petits merdeux, tu peux m'croire ! » en voyant sur l'écran de jeunes Palestiniens lancer des cailloux sur les troupes israéliennes.

– ... Toi, moitié arabe, tu prends la défense des Juifs ? s'étonna-t-il. Ça alors, c'est nouveau !

– Ouais, bon... fit Denis d'une voix mal assurée, ces trucs-là, j'y pige que dalle.

Rémy entreprit de faire son éducation. Cette nuit-là, lorsque Denis retourna dans son sous-sol sordide, il détestait les Juifs plus que tout au monde, compensant le caractère récent de son engagement moral à la cause palestinienne par une détermination farouche à « casser du youpin ». L'occasion lui en fut fournie par Ernest trois jours plus tard.

– Tu vois cette bijouterie ! Lis le nom du propriétaire.

Sur la porte du magasin, Denis déchiffra péniblement :

– Fle... Fleur... Fleurmont.

– Fleurmont ! répéta Ernest.

– Ben oui...

– Fleurmont, ça t'dit rien ?

– Non.

– Ce type s'appelle en réalité Blumberg...

– Ouais. Et alors ?

Ernest leva les yeux au ciel et soupira.

– Mais Denis, merde, t'es bouché à l'émeri, ou quoi ? Blumberg, c'est un nom juif !

– Ah bon ?

Denis considéra la devanture avec un intérêt nouveau. « Ça serait bien de le niquer deux fois, ce Fleurmont ! Lui piquer sa camelote, puis lui péter la gueule à coups de crosse ! » Le magasin était petit, il ne devait pas y avoir trop de trafic ; il suffirait de faire le guet pour repérer le moment propice.

Le lendemain, Denis se plaça en faction de l'autre côté de la rue et ne quitta plus la boutique des yeux. De temps à autre, une passante ou un couple marquait un temps d'arrêt devant la vitrine, mais rares étaient ceux qui franchissaient le seuil. Cela ne fit que renforcer la détermination haineuse de Denis. « Avec le peu d'clients qu'il a, c'fumier, c'est sûr qu'y doit leur pomper un max ! »

Il décida d'attaquer le surlendemain, vers seize heures.

Denis était gonflé à bloc. Quand il trimballait son pistolet, comme ça, dans la poche de son blouson, il se sentait encore plus fort. De savoir que les autres tremblaient devant lui le mettait dans des états pas possibles. C'était comme le jour où, avec Ernest, ils avaient terrorisé cette bonne femme en dansant autour d'elle, poussant des hurlements et faisant d'horribles grimaces. Ils l'avaient suivie jusque dans son jardin. Là, elle avait glissé et était tombée sur le dos, ses cheveux dans le bol du chien... Elle les avait pris pour les réincarnations de Jack l'Éventreur et du Vampire de Düsseldorf. La vieille vache en avait presque claqué de frousse ! Inspirer à quelqu'un une pareille épouvante, ah oui ! ça, c'était le pied d'enfer !

Lorsque Denis entra dans le magasin, le bijoutier fit un pas en avant, souriant, bras tendu à l'horizontale comme s'il voulait contourner son visiteur et refermer la porte dans son dos. Denis se déplaça légèrement, faisant face à la lumière. Alors seulement le commerçant découvrit la physionomie de son « client ». Il hésita. Puis, avec une souplesse dont on ne l'aurait pas cru capable compte tenu de sa taille, il bondit derrière le meuble-vitrine qui lui servait de comptoir. Denis avait déjà sorti son arme de sa poche.

— Ton fric !

— Je le savais ! s'exclama le bijoutier. Je le savais ! L'autre jour, tu es venu à ma porte pour lire ma plaque ! Je t'ai vu et j'ai tout de suite compris que tu reviendrais...

— Ta gueule ! J'ai pas le temps. Ouvre ta caisse et ce truc vitré, ou j'te plombe les tripes... *Blumberg !*

Le bijoutier était un échalas d'une cinquantaine d'années, très grand et maigre. Son crâne, chauve à son sommet, était garni d'une couronne de cheveux au-dessus des oreilles. Il écarta les bras et eut un geste d'apaisement.

— Ça va, ça va. Pas besoin de s'exciter, je vais te les ouvrir... Mais tu vas être déçu : il n'y a rien dans la caisse, tous mes clients paient par chèque.

Il plongea les mains dans ses poches, à la recherche de son trousseau de clés. Il tapota son veston et la poche arrière de son pantalon. Puis il sembla se souvenir de là où elles se trouvaient et se pencha sous le comptoir. Sa main droite réapparut, armée d'un automatique.

Instantanément, Denis fit feu. Quatre fois et presque à bout portant. L'homme voltigea contre le mur, arrachant le téléphone et entraînant dans sa chute une balance ancienne en cuivre. Puis il s'affaissa sur la moquette rouge, la main toujours crispée sur son arme, et ne bougea plus.

Denis poussa une succession de petits jappements étouffés, chevrotants et hystériques, et sautilla de plaisir sur place. Il avait l'air d'un paroissien qui, pendant la grand-messe, découvrirait le montant de ses gains au Loto... Enfin, réalisant qu'à tout instant on pouvait le surprendre, il renonça à forcer la caisse et les vitrines, et se rua dehors.

À cent mètres de là, un Renault Express était en train de manœuvrer pour se dégager du trottoir. Denis se précipita, ouvrit la portière et bondit sur le siège du passager.

— Toi, tu fermes ta gueule et tu démarres, ou j'te fais péter les dents. Vite ! Si tu t'tiens peinard, y aura pas d'haine...

La femme qui se trouvait au volant sursauta violemment. Denis sentit qu'elle allait se mettre à hurler. Pour l'en dissuader, il lui secoua son automatique sous le nez.

— Et fais gaffe, gueule pas, j'peux pas supporter... Vas-y, on s'tire

Elle démarra sans faire d'histoires.

Il la regarda. C'était une espèce de bonne femme blondasse, les cheveux tirés en arrière. Sèche et assez grande, mais pas moche. Des yeux comme une Chinoise, un nez relevé, et des taches de rousseur, comme une jeune... Mais elle avait au moins quarante ou cinquante ans ! Peut-être même soixante ! Elle était habillée comme un mec. Ou comme ces greluches qui se croient tellement belles ou tellement intelligentes qu'elles enfilent n'importe quoi pour montrer qu'elles n'en ont rien à péter. Des connes, voilà ce qu'elles sont. Et celle-là, c'était la reine des connes : depuis qu'elle avait démarré, elle faisait semblant de ne pas avoir peur. Ha, ha !

« J'supporte pas. Merde, j'supporte pas les crâneuses. Quand on sera loin d'cette putain de ville, elle crèvera d'peur devant moi. Pour d'vrai. Comme n'importe qui. »

Le basculement

16

Après avoir tout briqué dans la maison, Julia rangea son attirail de ménage et prit une douche brûlante. Puis elle enduisit son corps d'une crème apaisante et se glissa entre ses draps.

Rien ne lui plaisait plus que ces courtes siestes de fin d'après-midi. C'était une jouissance épicurienne que de rêvasser ainsi, fenêtres grandes ouvertes pour laisser entrer le chant des oiseaux et les fragrances subtiles du parc. La sieste ne lui gâchait pas sa nuit, au contraire. Une fois terminée, et jusqu'au moment où Julia se recouchait, elle la faisait flotter dans cet état second qui sépare le premier sommeil de l'endormissement profond. État ténu et fragile, en équilibre instable, qu'elle veillait à ne pas rompre. Le soir, lorsqu'elle retrouvait son lit, elle sombrait presque aussitôt. Tel un apéritif qui ouvre l'appétit, les siestes de Julia lui ouvraient le sommeil.

Cette fois, pourtant, elle ne se réveilla pas vers 19 h 30 comme à son habitude. Son corps brisé était déprogrammé et exigeait davantage de repos. Elle émergea à dix heures le lendemain matin, avec le sentiment d'avoir été annihilée, se demandant ce qu'elle faisait là. Ses courbatures et un creux à l'estomac se chargèrent de le lui rappeler ; elle descendit se préparer un petit déjeuner pantagruélique. Puis elle regarda la télévision. Chaque fois que le compresseur des brumisateurs se mettait en route dans les serres, l'image du téléviseur se brouillait pendant une fraction de seconde. Elle en eut vite assez, et glissa une cassette dans le magnétoscope. Pour la centième fois, elle se laissa emporter par la fougue et le pouvoir évocateur de la musique, par la grâce et la fluidité éthérée des danseurs. Elle ne se lasserait jamais de *La Flûte enchantée*. C'était l'une des créations majeures du génie humain, et Dieu y avait sûrement mis la main.

Vers dix-sept heures, elle fit un tour dans son laboratoire, vérifia l'état de ses mini-serres et régla les lampes à ultraviolets. Elle prit quelques notes et retourna devant la télévision. C'est ainsi qu'elle termina la soirée, un plateau-repas sur les genoux, à suivre les acrobaties de Jean-Paul Belmondo. Puis elle alla se coucher.

Le lendemain, elle examina son reflet dans la glace. L'hématome sur sa cuisse avait pris une couleur moutarde qui prouvait qu'il était en voie de résorption. Ses seins, bien que douloureux, avaient désenflé, et ses yeux pochés retrouvaient peu à peu leur aspect normal. Restaient ses lèvres fendues et l'espace vide entre ses dents. Elle se promit d'attendre quelques jours, puis de prendre rendez-vous chez un dentiste. S'il posait des questions, elle prétendrait être tombée dans l'escalier.

Denis !

Cela faisait près de quarante-six heures qu'elle l'avait abandonné sur sa chaise, au milieu de la serre tropicale. L'Ordure devait être dans un drôle d'état ! Mais au moins n'oserait-il plus la traiter de cinglée !

Elle prit son petit déjeuner et en prépara un deuxième, qu'elle disposa sur un plateau et recouvrit d'un film plastique. Puis elle sortit de la maison et se dirigea vers la serre aux papillons.

Le garçon était effondré, le corps penché en avant, inerte. « Zut, pourvu qu'il ne soit pas mort ! Ce serait vraiment trop bête... Oui, vraiment trop bête. » Julia posa le plateau sur le sol spongieux.

– Ho, ho ! Denis !

Il tourna lentement la tête vers elle, sans la relever. Le visage était rouge, bouffi et dévasté par les piqûres de moustiques ; ses yeux étaient gonflés comme des balles de ping-pong, les insectes s'étant particulièrement acharnés sur les paupières. Tout son corps était couvert de cloques d'une belle couleur tomate.

Ses lèvres s'entrouvrirent :

– À boire...

La voix du loubard était cassée. Les cris qu'il avait poussés pendant un jour et deux nuits – forts au début, puis de plus en plus faibles – l'avaient rendu aphone.

Julia ramassa le tuyau d'arrosage et tourna la molette d'un quart de tour. Elle dirigea le jet, de la grosseur d'un doigt, vers le visage boursouflé qui lui faisait face. Denis ouvrit avidement la bouche, aspirant le liquide à s'en étouffer, pendant qu'un nuage de moustiques s'envolait sous l'ondée. Julia reposa la lance.

– Encore... Encore... S'il vous plaît ! croassa-t-il.

– Non, c'est trop dangereux. Tu boiras à nouveau tout à l'heure.

Malgré la chaleur, Denis frissonna violemment. « Il doit avoir de la fièvre », conclut Julia. Elle attendit dix minutes avant de céder à ses supplications. Ce n'est que lorsqu'il détourna la tête du jet, qu'elle tourna la molette en position fermée.

Denis s'était redressé sur son fauteuil métallique. Julia prit le plateau et le posa sur ses genoux. Elle retira le film plastique, s'écarta et relâcha la corde qui maintenait la main gauche de son prisonnier.

– Mange.

Denis baissa la tête sur la nourriture. Comme à contrecœur, il saisit une tartine, la coinçant entre la paume et ses quatre doigts valides, et la porta à ses lèvres. À la première bouchée, il avala avec difficulté, mais, au fur et à mesure qu'il mangeait, son appétit revint. Il dévora la banane en dernier, et en lécha même l'intérieur de la peau.

Julia tira sur la corde et ramena son bras gauche dans sa position initiale. Puis elle souleva le plateau et tourna les talons.

– À tout à l'heure, petite ordure ! l'entendit-il ricaner.

Elle revint une heure plus tard, portant une paire d'écouteurs et un appareil que Denis identifia : un magnétophone à cassettes. Elle se pencha et enfonça la prise dans la rallonge. Puis elle se tourna vers son prisonnier :

– Il est temps que je m'occupe de ton éducation, mon garçon.

Denis eut un mouvement de recul quand elle le coiffa des écouteurs.

– Ne t'inquiète donc pas ! Cela va te faire le plus grand bien !

Elle appuya sur la touche « play » et, après avoir vérifié que la bande défilait correctement, disparut par là où elle était venue.

Denis entendit le tac-tac-tac-tac doum de l'amorce qui passait devant la tête de lecture. Puis la voix de Julia, vaguement déformée, emplit ses oreilles :

« La feuille se compose du limbe, des nervures et du pétiole. Parfois aussi de folioles. Les feuilles dites simples, comme celles du tilleul, n'ont qu'un limbe. Les feuilles dites composées ont plusieurs folioles, comme celles du robinier, par exemple. Quant aux formes des feuilles simples, elles peuvent être linéaires, arrondies, ovales, spatulées, lancéolées, palmées, lobées ou avoir la forme d'un cœur. Les feuilles composées peuvent être – hum-hum – palmées ou pennées. Le limbe des feuilles palmées se divise en plusieurs folioles. Les feuilles pennées, quant à elles, ont des folioles opposées, visibles de chaque côté du rachis. Il faut différencier les feuilles imparipennées, comme celles du frêne ou du robinier, qui ont – comme le nom l'indique – un nombre impair de folioles, et les feuilles paripennées, comme celles du caragan, qui ont – hum-hum – un nombre pair de folioles... »

Denis fronça les sourcils. Il ne comprenait rien. Dans sa tête, les mots s'entrechoquaient et formaient un magma sonore comparable à celui qu'on entend dans les toilettes d'un train lancé à grande vitesse. Ce genre de vacarme avait le don de le mettre hors de lui. Il grogna, mais dut supporter la suite. Cela dura cinq minutes. Puis il y eut un silence à peine troublé par un faible grésillement. Enfin, il entendit : « Tac-tac-tac-tac doum... La feuille se compose du limbe, des nervures et du pétiole. Parfois aussi de folioles. Les feuilles dites simples, comme celles du tilleul, n'ont qu'un limbe... »

La bande, en boucle, repassait une seconde fois. Denis poussa un cri rauque. D'un mouvement de tête, il se débarrassa des écouteurs. Ils tombèrent et se coincèrent entre ses omoplates et le dossier du fauteuil. Une voix faible et nasillarde lui parvenait encore : « Quant aux formes des feuilles simples, elles peuvent être linéaires, arrondies, ovales, spatulées, lancéolées, palmées, lobées ou avoir la forme d'un cœur... » Il essaya d'écraser les écouteurs pour les faire taire, mais ne réussit qu'à s'écorcher le dos.

« Pfffffft ! » Des brumisateurs jaillit un nuage torride, et Denis se retrouva dans un hammam. Comme s'ils n'avaient attendu que cela, les moustiques revinrent à la curée.

Depuis deux jours, les brumisateurs étaient son cauchemar. Il les maudissait, car chaque jaillissement de vapeur chaude était pour lui la promesse de souffrances supplémentaires. Le cœur qui cognait dans la poitrine, les moustiques, la soif... Une soif qui brûlait ses yeux, rongeait son ventre, ses poumons, et qui transformait l'intérieur de sa gorge en fournaise. La nuit dernière, avant de s'évanouir pour de bon, il s'était vu en rêve. Bouche grande ouverte, il vomissait des torrents d'eau fraîche et claire. Puis l'eau se tarissait, et il rejetait du fil de fer barbelé dont les piquants s'accrochaient à son palais et à sa langue. Il était obligé de les extraire de son gosier en tirant dessus avec ses mains ; sous la traction, les chairs cédaient avec un bruit de carton qu'on déchire. Après le fil de fer barbelé, il recrachait des arêtes de poisson. Denis comprenait alors que la vie s'échappait de son corps...

– NOOOON ! Bordel ! J'en ai marre, salope ! Détache-moi, ou je te jure que j't'étranglerai avec tes propres tripes ! AU SECOOOOURS !!!

Sa voix ne portait pas plus loin que le bout de ses pieds. Il s'en rendit compte, et cela ajouta encore à son exaspération. Denis sentit monter en lui le bouillonnement bien connu. Il le submergea. Avec une force décuplée par la rage, il se débattit, oubliant ses pouces martyrisés et les bracelets qui lui entaillaient les chevilles. Le fauteuil vacilla à plusieurs reprises, mais la corde qui bloquait sa main l'empêcha de basculer. Insensible à la douleur, Denis remuait frénétiquement tout le haut de son corps et tapait le sol de ses pieds. Mais il ne put se lever. Sa tête fut la dernière partie de lui qui s'immobilisa. Il se tassa, à bout de forces. Un filet de salive coulait de sa bouche, ses yeux cessèrent de rouler dans leurs orbites.

Trois heures et cinq horribles « pfffffft » brumisants plus tard, Julia reparut.

Dans une main, elle tenait un vaporisateur à pompe, dans l'autre, un flacon en plastique blanc et un bâton dont l'extrémité était recouverte d'un manchon en coton hydrophile.

173

– Hé, hé... ! On dirait qu'on ne contrôle plus rien, pas même ses entrailles ! ricana-t-elle.

Les litres d'eau froide que Denis avait ingurgités avaient manifestement déplu à ses intestins ; le garçon baignait dans des déjections liquides. À force de reptations, il avait réussi à faire glisser son slip souillé jusqu'à mi-cuisses, et les moustiques s'en donnaient à cœur joie.

Julia tira les écouteurs et le magnétophone à l'écart, puis saisit le tuyau et l'ouvrit en grand. Lorsque tout fut dispersé, elle tourna la molette et dit :

– Je vais relâcher un peu la corde, pour que tu puisses te rajuster... Mais si tu veux rester le cul nu, sache que ça ne m'empêchera pas de dormir !

Denis parvint à remonter son slip en soulevant ses reins et en s'aidant de sa main gauche. Julia attendit qu'il eût terminé, et arrima à nouveau la corde.

– Maintenant passons aux choses sérieuses, mon garçon...

L'expression de son visage était annonciatrice de mauvaises nouvelles.

– J'espère que tu as appris ta leçon ? Tu as eu le temps d'écouter trente-six fois la bande, c'est amplement suffisant pour que tu puisses me la réciter par cœur...

Denis cracha dans sa direction, mais la manqua.

– Ho, ho ! Je vois que ta bouche n'est plus aussi sèche que ce matin !... Puisque les écouteurs ne se trouvaient plus sur ta tête, j'en déduis que tu es prêt pour la récitation. Alors voilà : si je juge que tu mérites une bonne note, je pulvériserai ceci sur ton corps (elle leva la main qui tenait le vaporisateur), et les moustiques te laisseront tranquille...

Ses traits devinrent soudain durs et déformés, comme s'ils sortaient d'une coulée de fonte mal ébarbée.

– Mais si ta leçon a été mal apprise, mon cher ami, alors tu feras connaissance avec ceci ! (Elle leva le flacon et le bâton.) Je t'en mettrai sur les épaules et sur les mollets, et ce sera pour toi comme une petite excursion en enfer ! Ce flacon contient un mélange d'extraits de bois-joli, de sumac vénéneux, de sèves de diffenbachia, de liane-serpent et de feuilles d'ancolie. Je ne te souhaite pas d'en faire l'expérience, c'est... hum... étonnant et détonant !

Denis la regarda. Il n'avait pas tout compris, mais ce qu'il lut dans ses yeux fut suffisant pour injecter la peur dans ses veines. La même peur que l'avant-veille, quand il l'avait vue arriver avec sa lampe et son boîtier... Il eut envie de lui crier qu'elle était siphonnée, rétamée, barjot, à la masse, chtarbée, branque, plus un tas d'autres synonymes approximatifs qui lui venaient à l'esprit, mais quelque chose au fond de lui le persuada de se taire.

— Alors ? Je t'écoute.

Elle avait les mains sur ses hanches, et le bâton terminé par la boule de coton lui faisait comme une queue de mouton qui dépassait dans son dos. Denis demeura silencieux. Il soutint son regard avec hostilité, une expression obtuse sur le visage.

— Bon... Je vois. Je vais compter jusqu'à trois. Si à trois tu n'as pas commencé ta récitation, tu auras droit au badigeon. Je commence : un... deux... trois !

Denis n'avait pas desserré les dents. Elle enfila une paire de gants en caoutchouc, dévissa le flacon en plastique et introduisit l'extrémité cotonneuse du bâton dans le goulot. Puis elle s'approcha du garçon.

— Voyons, par où vais-je commencer ?

Denis recula autant qu'il put. Toute sa physionomie exprimait une absolue terreur.

— Non, s'il vous plaît ! couina-t-il de sa voix enrouée.

Mais Julia ne l'entendit pas. Elle appliqua le bâton sur ses épaules, insistant bien sur les piqûres, et derrière ses genoux. Puis elle recula, reboucha le flacon – et fit demi-tour.

— Entre nous, Denis, tu vas passer quelques moments... comment dirais-je... euh... *sportifs* ! Oui, c'est le mot, vraiment, *sportifs* !

17

« Pfffffft ! »

Une nouvelle nuée ardente descendit de la voûte, enveloppant Denis comme une couverture chauffante trempée.

Mais il s'en fichait. Complètement. Comme il se fichait d'ailleurs des moustiques, de ses pouces, du reste du monde et même de l'univers tout entier. Seule comptait l'intensité croissante de ce qui n'avait d'abord été qu'une simple démangeaison au niveau des omoplates et dans les plis de ses genoux.

Les dents serrées, le corps secoué de frémissements, Denis luttait.

En fait, cela avait commencé par un simple picotement, un peu comme lorsqu'on verse de l'alcool sur une écorchure. Puis il avait éprouvé une sensation de fraîcheur, à chaque seconde plus vive, *chatouillante*, et qui donnait plutôt envie de se gratter... Mais bientôt, les endroits badigeonnés étaient devenus franchement glacés.

Denis était en train de se dire qu'après tout c'était supportable, quand il réalisa soudain ce qu'il ressentait : ce n'était pas une sensation de froid mais de brûlure. Il ignorait quand exactement, mais il y avait eu un basculement instantané de l'un à l'autre, du froid au chaud : sur ses épaules et derrière ses genoux, la banquise s'était soudain transformée en lave. En tournant légèrement ses pieds vers l'intérieur, il pouvait voir d'horribles cloques apparaître en haut de ses mollets. Rouges et gorgées, elles semblaient avoir leur vie propre et palpitaient comme une vieille couche de peinture exposée à la flamme d'un chalumeau.

Il se tordit, essayant de frotter ses épaules contre le dossier métallique, cherchant à éteindre l'incendie dantesque qui consumait ses omoplates. Il fit de même avec ses genoux, les passant alternativement l'un sous l'autre. Ce fut peine perdue. Tout ce qu'il récolta, ce fut une brûlure supplémentaire aux chevilles, là où les bracelets avaient mis la peau à vif.

La douleur était atroce, elle le vrillait de mille épingles incandescentes qui creusaient leur trou en direction du cœur, dévorant lentement ses chairs comme un régiment de fourmis rouges. Denis sentit la peau de son crâne se contracter sous l'assaut de vagues ininterrompues de frissons qui remontaient le long de son échine. Il hurla. Mais le son qui sortit de ses lèvres ressemblait au cri d'une souris prise au piège : « Kriiiiik !... » Son esprit chercha une parade à la souffrance, n'importe laquelle. Se souvenant qu'il avait plus tôt confondu froid et chaud, il essaya l'autosuggestion : « Ça ne brûle pas, c'est glacé, glacé, glacé... »

Pendant un instant, Denis put croire que cela allait marcher.

Mais une autre partie de son cerveau (une partie vicieuse et qui ne se laissait pas duper) hurla mille fois plus fort : « NON, CE N'EST PAS VRAI !!! TES ÉPAULES ET TES JAMBES SONT EN FEU ! » Hélas, c'est cette voix-là que ses nerfs préférèrent écouter.

Même aux pires moments de sa rééducation, à l'hôpital, alors que les larmes montaient à ses yeux et qu'il défaillait de douleur, jamais il n'eût pu imaginer que son organisme fût capable d'endurer pareille souffrance sans exploser, sans se disséminer dans l'espace en une multitude de particules en fusion...

Il avait maintenant l'impression qu'on lui plongeait les jambes dans de l'huile bouillante et qu'on lui versait du plomb fondu dans le dos. Il se débattit avec frénésie, de tout son désespoir, boxant le vide de son poing gauche ; la corde vibrait et faseyait comme si elle allait se rompre sous les mouvements de piston qu'il lui imprimait pour se libérer.

Malgré la brume de souffrance qui obscurcissait son cerveau, des images jaillirent. Des images qu'il avait oubliées depuis son accident et qui surgissaient maintenant du tréfonds de sa mémoire avec une étrange netteté. Il avait huit ans. L'une de ses molaires, cariée, lui faisait atrocement mal, et lorsque le dentiste l'avait arrachée, il avait tendu la main pour qu'il la lui donne. Plus tard, dans une cage d'escalier sombre, armé d'un marteau, il s'était vengé de ses tourments en écrabouillant la dent sur la première marche de l'immeuble. Ce marteau, comme il aurait aimé l'avoir en ce moment ! Sans une once d'hésitation, il se serait lui-même défoncé le crâne pour soustraire son cerveau à la révolte cauchemardesque de ses nerfs chauffés au rouge.

Mais Denis n'eut pas le loisir d'évoquer d'autres souvenirs. Il tomba en syncope.

Un million d'années plus tard, il reprit conscience, émergeant de plus en plus rapidement au fur et à mesure que la douleur se réveillait. La tête lui tournait, et il avait envie de vomir.

Vêtue d'un survêtement rouge sang, Julia se tenait devant lui.

– Tu sais que tu es vraiment une mauviette, Denis ? Je croyais que les Beurs étaient des durs à cuire ! Tu me déçois beaucoup, beaucoup... De la façon dont tu maniais ton pistolet automatique, l'autre jour, je te prenais pour Rambo ! En fait, tu n'es qu'un infâme parasite. Un cloporte. Un lâche et un assassin !

Il fallut au pauvre garçon quelques secondes pour mettre ses idées en place. La douleur était toujours présente, mais moins violente qu'avant son évanouissement. Elle n'augmentait plus crescendo, elle semblait stabilisée à un palier inférieur.

Il regarda sa tortionnaire. Elle tenait un objet ressemblant à un stylo plat, dont une extrémité était recouverte d'un capuchon. Dans son autre main, il y avait une paire de pincettes et un morceau de coton sur lequel elle était en train de verser un liquide visqueux et blanc.

Julia s'approcha. Elle retira le capuchon de plastique qui couvrait l'objet ; une lame courte et effroyablement effilée accrocha la lumière, lançant un petit éclair menaçant.

Denis se raidit, puis commença à se débattre. Julia recula d'un mètre, la lame pointée vers le ciel.

– Ne bouge pas, idiot. Tu ne sentiras rien... Ne bouge pas,

je te dis ! Cesse de gigoter, bon sang ! TIENS-TOI TRANQUILLE, DENIS, OU JE T'ENFONCE LE SCALPEL DANS L'ÉPAULE !

Il se figea.

Julia lui appliqua le coton sur l'omoplate gauche et frotta pour faire pénétrer le produit. Presque immédiatement, Denis ressentit un soulagement. À cet endroit, la douleur s'estompa et disparut rapidement, remplacée par une délicieuse impression de fraîcheur. Puis la fraîcheur elle-même se dissipa, et il ne subsista plus aucune sensation, sinon un léger engourdissement là où elle avait appliqué le coton. Elle s'avança, la lame fermement tenue entre le pouce et l'index.

Denis se pencha docilement lorsqu'elle lui poussa la tête vers l'avant. Il y eut une légère pression à hauteur de son omoplate gauche. Cela dura une minute. Puis Julia se redressa, et Denis vit qu'elle serrait entre les mâchoires de sa pincette un carré de peau rosâtre d'environ cinq centimètres.

— Et voilà ! dit-elle en dévissant un flacon rempli d'un liquide transparent comme de l'eau. Elle y glissa le lambeau de peau, reboucha le flacon et le secoua.

— Pourquoi qu'vous faites ça ? demanda Denis dans un souffle.

— J'en ai besoin pour mes expériences. Tu vois, après tout, ton existence de crapule sur cette terre n'aura pas été totalement inutile, tu vas enfin servir à quelque chose ! À ta place je serais fière de savoir que ma peau fera progresser la science !

Elle enfouit le flacon dans une poche de son survêtement. Denis geignit :

— Je veux qu'vous m'détachiez. J'veux partir. J'ai mal... S'il vous plaît, madame...

Sa voix chevrotait. Mais ses yeux étaient rivés dans ceux de Julia, et elle put y distinguer un éclair meurtrier qui contredisait son ton humble et suppliant. Elle eut un rire sardonique.

— Comme te voilà soudain poli, mon bon Denis ! « S'il vous plaît... S'il vous plaît... » Justement, il me *plaît* de te garder ici ! Et puis, je n'ai pas encore payé toutes les dettes que j'ai envers toi. Le badigeon de ce matin, c'était juste pour m'avoir kidnappée.

Denis ne put s'empêcher de frissonner. L'éclat meurtrier disparut de ses yeux, comme s'il avait été éteint par un interrupteur. Julia poursuivit :

— Je te dois encore la monnaie pour les coups sur ma cuisse, pour m'avoir frappée puis brûlée avec ta cigarette dans la voiture, pour le coup de pied dans le ventre et la raclée quand nous sommes arrivés à la maison, pour m'avoir attachée sur mon lit, pour m'avoir assommée et roulée dans le tapis, pour la séance de la baignoire – *ça, nous en reparlerons, je te le promets !* – et enfin, pour m'avoir tabassée et cassé une dent lorsque j'étais attachée sur le fauteuil !... Tu vois, je ne peux pas te laisser tirer ta révérence avant de t'avoir intégralement remboursé !

Denis eut un nouveau frisson, provoqué à la fois par la fièvre et par la crainte. L'expression « tirer ta révérence » lui était inconnue, et il en voulut à cette femme de l'avoir utilisée. Mais il en avait parfaitement deviné le sens.

Il regarda à nouveau Julia et lâcha avec hargne :

— Vous m'prenez pour un con ! Le truc du magnétophone, vous saviez bien que j'pouvais pas l'apprendre. C'était juste pour faire semblant ! Sinon, pourquoi qu'vous venez de dire que...

Elle l'interrompit :

— Que je vais te rembourser, c'est ça ?

— Ouais. Vous vouliez m'torturer de toute façon, même si j'aurais récité les conneries du magnéto. C'était juste pour faire semblant !

— Tu vois bien que ça t'a fait du bien : tu es déjà moins idiot qu'hier !

Un petit sourire traînait sur le visage de Julia. Mais il s'effaça lorsqu'elle ajouta :

— Je pourrais te tuer sans ciller, il faut que tu le saches ! Si tu étais mort, le soleil continuerait à briller ; il y aurait autant d'oiseaux dans le ciel, et autant d'enfants jouant à la marelle dans les cours des écoles. Cela ne changerait rien. La vie continuerait, c'est tout. Comme avant... Bref, tu vas rester là, assis bien sagement sur ton fauteuil. Vois-tu, j'ai toujours rêvé d'avoir un *cobaye humain*. Tu feras parfaitement l'affaire, car ce n'est pas ton cerveau de stupide canaille qui m'intéresse, mais ton corps...

Elle changea d'intonation. De menaçante, sa voix devint

vaguement distante et désincarnée, comme si elle s'adressait à un parterre d'étudiants :

— Savais-tu qu'à l'origine de la vie sur terre il n'y avait qu'une unique cellule, et que nous descendons tous de cette cellule ?

Levant sa main à hauteur du visage, elle compta sur ses doigts.

— Les hommes, les animaux et les plantes... Eh bien, il est temps de réunir les deux extrémités de l'évolution.

L'index s'abaissa, et seuls le pouce et le majeur restèrent dressés, dessinant comme une paire de cornes lucifériennes.

— C'est-à-dire l'homme et les plantes ! Je veux te faire communier avec les végétaux, Denis !... *Communier avec les végétaux !*

Il fronça ses sourcils broussailleux, cherchant à comprendre. Elle ne lui en laissa pas le temps :

— Voici ton dîner. Ce liquide opaque, dans le verre, bois-le à la fin du repas. Cela te fera dormir, et tu ne sentiras plus les brûlures. *Je le sais. C'est moi, la cinglée, qui l'ai mis au point !*

— Vous voulez m'empoisonner !

Ce n'était pas une question mais une affirmation. La femme haussa les épaules :

— À ta guise. Tu souffriras le martyre pendant toute la nuit. Et les jours suivants...

— Ouais, mais qu'est-ce qu'y a dans l'verre, hein ? J'veux savoir.

Elle eut un autre haussement d'épaules et répondit avec détachement :

— C'est un jus de fruits mélangé à un narcotique dérivé de la chérophylline. Il contient aussi trois ou quatre autres substances végétales qui contrôlent les effets des alcaloïdes entrant dans sa composition, comme la conicine et la cynapine. Es-tu plus avancé, maintenant ?

Elle marqua un temps d'arrêt, puis reprit avec humeur :

— Mais après tout, si tu refuses de l'avaler, c'est toi que ça regarde, n'est-ce pas ? Je reviendrai chercher le plateau dans une heure.

Elle s'éloigna après avoir posé le repas sur les genoux de Denis et relâché ses liens.

Le garçon porta le verre à ses narines. Ça sentait vaguement la pâte d'amandes. Il le reposa et, malgré la douleur qui faisait trembler ses jambes sous le plateau, attaqua son dîner. La viande était coupée en petits morceaux, qu'il put facilement saisir entre son index et son majeur. Pour la purée, ce fut plus compliqué. Elle était trop liquide. Il dut réunir ses doigts en coupelle pour en venir à bout. Il maudit le monstre femelle ; elle l'avait fait exprès, c'est sûr.

Les brûlures et les démangeaisons ramenèrent ses yeux sur le verre. Il hésita. *Après tout, dormir... Pourquoi pas ?* Il le porta à ses lèvres, fit une grimace et le vida d'un trait. C'était sucré et amer.

Tout d'abord, rien ne se passa. Puis il sentit une lourdeur dans ses paupières, et son cœur se mit à battre plus lentement, toujours plus lentement, en cognant comme une pompe qui s'engorge et va tomber en panne. Il s'en rendit compte, et une décharge d'adrénaline le secoua. *La chienne ! C'est du poison ! Elle veut m'tuer !*

Mais il ne pouvait plus lutter. Sa tête dodelina, et il sentit un grand froid envahir son corps. Le plateau glissa et tomba avec fracas.

Denis suivit le mouvement et plongea du nez.

18

Il se réveilla le lendemain matin.

Malgré la chaleur qui régnait dans la serre, il grelottait de froid. Un goût horrible emplissait sa bouche, son haleine était pestilentielle et ses pupilles étaient opacifiées par la fièvre.

Cependant il ne souffrait plus de ses brûlures ; ses épaules et l'arrière de ses jambes étaient recouverts d'une crème pâteuse qui formait une croûte blanche et craquelée.

Il regarda sa main droite : elle reposait sur un coussin de tissu, recouverte d'une serviette pliée en quatre et protégée par une feuille de plastique souple. Son pouce était redressé et bandé. La cordelette passant autour de son poignet et de l'accoudoir était gainée d'un morceau de gaze et nouée de façon assez lâche pour ne pas contrarier la circulation sanguine, mais assez serrée pour lui interdire de glisser la main par en dessous.

Il tourna les yeux vers l'autre main. Son pouce gauche avait subi le même traitement et était enveloppé d'un bandage. Il était traversé d'un élancement douloureux, et Denis avait l'impression qu'il triplait de volume chaque fois qu'un afflux de sang engorgeait ses tissus tuméfiés. C'est-à-dire une fois par seconde...

Autour de lui, tout était silencieux. Il remarqua que la crème éloignait les moustiques. Ils tournoyaient autour de lui, mais ne s'approchaient pas. Pour la première fois depuis qu'il se trouvait dans cette putain de serre, et malgré ce goût de vide-ordures sur la langue – comme s'il avait sucé la queue d'un rat – il se sentit presque bien.

« Pffffft ! » Pour la première fois, également, l'augmentation de température fut la bienvenue.

Les brumisateurs crachèrent leur nuage, et Denis ferma les yeux, se laissant envahir par une douce chaleur. Lorsqu'il les rouvrit, son regard fut encore attiré par sa main droite fixée à l'accoudoir. C'était comme si elle l'appelait, disant : « Regarde bien, regarde cette cordelette et cette stupide bande de gaze... Ça ne te donne pas une idée, ça ? » Mais oui, bien sûr ! Vachement évident, et tout ! La prochaine fois que la poufiasse relâcherait la corde pour lui permettre d'avaler son repas, il attendrait qu'elle soit partie, puis il enverrait valser le plateau. Il aurait alors assez de mou pour se pencher sur son poignet droit, et pour ronger la bande de gaze et la cordelette avec ses dents ! Pas de problème, elles étaient assez solides pour décapsuler des canettes de bière ! Pour couper et arracher cette saloperie de ficelle, ça ne prendrait qu'une dizaine de minutes. *Et alors...*

« Et alors, j'libérerai ma main gauche... Puis j'arracherai les fils électriques d'mes chevilles. Ensuite, j'me glisserai comme un tigre jusqu'à la maison. La poufiasse aura un sacré choc en m'voyant ! Ha, ha ! Même avec mes deux pouces bandés, j'lui plongerai les mains dans l'ventre, et j'lui arracherai les tripes et tout, pour lui faire un collier avec !... Ah oui, putain ! c'est un vache de bon plan. »

Les veines battaient dans ses tempes. Denis se laissa aller en arrière dans son fauteuil, rectifiant sa position pour atténuer les picotements de ses fesses ankylosées. Il n'y avait plus qu'à attendre.

Julia Deschamps apparut alors que le soleil était au zénith, droit au-dessus de la serre, écrasant les ombres. Denis, qui s'était assoupi, tête rejetée en arrière et bouche grande ouverte, sursauta violemment. Il cracha, et deux moustiques amalgamés à sa salive s'écrasèrent à ses pieds.

Julia Deschamps éclata de rire.

– Je ne pouvais tout de même pas t'enduire l'intérieur de la bouche, hein !... J'espère que tes brûlures ont disparu. Tu devrais me dire merci !

Denis constata qu'elle ne portait pas son repas, mais une petite tablette métallique, de celles dont se servent les infirmières. Sur cette tablette, il y avait un minuscule flacon, du coton, de l'alcool... ET UNE SERINGUE !

Ses yeux s'agrandirent de terreur.

Julia saisit la seringue, leva le petit flacon et piqua l'aiguille à travers le bouchon.

Denis hurla. Sa voix avait retrouvé toute sa puissance. La femme secoua la tête.

– Tss, tss ! Quel gamin tu fais, Denis ! Tu as une fièvre de cheval, et tu refuses que je te soigne ! Ce n'est pas sérieux, ça !

Doucement, elle actionna le piston de la seringue qui se remplit de liquide. Puis elle dégagea l'aiguille et la leva à la hauteur de ses yeux. Une petite goutte perla à son sommet.

Elle se tourna vers Denis qui hurlait toujours en remuant frénétiquement sur sa chaise.

– Allons, ne bouge plus !

– Non, s'il vous plaît, pas ça ! Non, pas ça ! J'veux pas ! Pas la piqûre ! NOOOOooooon.

Il s'évanouit.

Julia eut un « Mmm-mmm-mmm » plein de réprobation. Elle désinfecta le haut du bras et y enfonça l'aiguille. Avec lenteur, elle injecta le contenu de la seringue dans le muscle, puis la retira. Elle alla la poser sur la tablette plus loin et revint vers son captif.

– Ho, ho ! Denis !

Elle le gifla à plusieurs reprises.

– Réveille-toi !

Il ouvrit doucement les yeux. Puis l'horrible image de la folle et de sa monstrueuse seringue revint à son esprit. Il eut un violent hoquet. Julia sourit avec indulgence :

– Calme-toi, voyons, c'est fini ! Tu ne vas pas tourner de l'œil comme ça, pour un oui ou pour un non ! Ce n'était qu'un médicament pour faire tomber la fièvre. Rien de plus ! Tu verras, c'est très efficace ; beaucoup plus efficace et plus rapide que les médicaments classiques. J'en sais quelque chose : *c'est moi, la cinglée, qui l'ai mis au point !* Tu m'en diras des nouvelles.

Elle ramassa la tablette, fit quelques pas, puis se ravisa :

– Ah, j'oubliais ! Dans le cas où tu aurais l'idée de trancher les liens de ta main droite avec les dents, voilà ce qui se passerait...

Elle regarda autour d'elle. Puis elle déposa son fardeau sur le sol, avança en position accroupie, et ramassa prestement quelque chose que Denis ne put distinguer. Elle s'approcha de lui. Entre son pouce et son index dépassaient deux minuscules paires de pattes qui s'agitaient mollement. Julia plaça un petit scarabée aux élytres vert et or sur la gaze qui entourait les liens.

— Ouvre bien tes yeux...

Quelques secondes passèrent. Puis l'insecte eut comme un spasme. Trois de ses pattes lâchèrent prise et il bascula, restant accroché aux fils du tissu par les minuscules griffes de sa quatrième patte. Mort.

Avec d'infinies précautions pour ne pas effleurer la gaze, Julia le décrocha, le posa ventre en l'air dans le creux de sa main et le présenta à Denis. Il recula avec une mimique de dégoût, louchant sur la bestiole qui se trouvait à moins de dix centimètres de son nez.

— Tu as vu ?

Elle jeta le scarabée au loin.

— Si tu t'avises de porter les lèvres sur cette gaze, il t'arrivera exactement la même chose qu'à ce coléoptère. Si j'avais touché ses pattes, j'aurais été malade pendant deux jours. C'est un poison végétal tellement foudroyant que tu n'en as même pas idée. Il y a quelques années, je l'ai fait renifler à ma chienne Esther... Sa truffe a effleuré le flacon : quinze secondes après, elle était morte ! N'essaie pas de glisser ta main par en dessous de la serviette qui la protège, car alors la gaze toucherait ton épiderme. Tu souffrirais un peu plus longtemps que ma chienne, c'est tout. Mais le résultat serait le même.

Elle ramassa la tablette métallique et ajouta :

— Même si la bande était exposée au jet d'eau pendant des heures, le poison garderait toute son efficacité. *Je le sais : c'est moi, la cinglée, qui l'ai mis au point !* Alors ne rêve pas... à moins que tu ne veuilles te suicider, bien sûr ! Dans une demi-heure, je t'apporterai ton repas. D'ici là, médite ce que je viens de te dire.

La rage au cœur, Denis la regarda partir. Il la maudit, elle et sa descendance jusqu'à la septième génération. C'était pourtant un vache de bon plan qu'il avait trouvé.

Il fit quelques mouvements circulaires de la tête pour décontracter ses cervicales. Ce que la folle lui avait injecté commençait à faire son effet. Elle n'avait pas menti : les frissons s'atténuaient, la chaleur revenait dans ses veines. C'était comme s'il se glissait dans un bain chaud. En quelques minutes, la fièvre tomba, et des gouttes de sueur réapparurent sur son front. Mais, cette fois, elles étaient dues à la chaleur qui régnait dans la serre et non pas à la fièvre. À nouveau, il mourait de soif. Il poussa un juron : il avait quitté un état de merde pour un autre état de merde ; à tout prendre, il préférait encore les frissons glacials qui le faisaient claquer des dents, plutôt que cette lente cuisson.

Comme promis, elle lui apporta son déjeuner. Une cuisse de poulet et des haricots blancs à la sauce tomate. Pas de couvert. Une boîte de bière glacée (*il la boirait à la fin, ça sera encore meilleur !*). Pour dessert, un pot de yaourt ouvert, trop liquide pour être mangé avec les doigts, trop épais pour être bu...

Denis grignota la cuisse de poulet en louchant sur la bière. Puis il retira la boîte du plateau et fit lentement glisser celui-ci le long de ses tibias couverts de sueur et le posa à ses pieds. Il banda ses muscles. D'une ruade, il l'expédia à trois mètres malgré les chaînettes qui entravaient ses chevilles. Le pot de yaourt décrivit une arabesque aspergeant l'écran de verdure comme de la fiente. Le plateau s'était écrasé contre un arbre. Une masse de haricots dégoulinait lentement sur le tronc, laissant un sillage roux et visqueux.

Denis ricana. Il coinça la boîte de bière entre ses genoux et frissonna de plaisir au contact du métal froid. Il tira sur l'anneau avec son index. La boîte s'ouvrit avec un « tchhhsss »... Mais quand il voulut la saisir, elle lui échappa et roula sur le sol.

— Bordel de merde ! Salope ! hurla-t-il, au comble de l'exaspération.

— Pfffffft ! répondirent les brumisateurs en écho.

19

— Eh bien ! Eh bien ! Eh bien !... fit Julia en découvrant les dégâts. C'est la deuxième assiette que tu me casses en deux jours ! Hier, c'était parce que tu t'étais endormi... Et aujourd'hui ?

— Pardon. C'était un accident... J'ai soif. S'il vous plaît.

Ignorant sa demande, elle leva des sourcils étonnés.

— Un *accident* ? Quel accident ? Comment se fait-il que le plateau se trouve là-bas, au pied de cet arbre ?

— J'sais pas... S'il vous plaît, j'voudrais boire !

— Qu'est-ce que ça veut dire, « j'sais pas » ? Il n'est pas arrivé là tout seul, non ?

— Je... c'est moi qui... Il a glissé et j'ai voulu... euh...

— Tu as voulu *quoi* ?

— Je... OH, ET PUIS MERDE, HEIN ! C'est pas important, comment qu'il est arrivé là-bas, c'putain d'con d'plateau d'mes deux ! Donnez-moi d'l'eau, j'meurs de soif ! J'en peux plus. J'ai rien bu depuis c'matin. (Il baissa le ton.) Donnez-moi à boire, et j'vous promets... euh... que j'resterai tranquille !

Julia pencha la tête sur le côté et le regarda comme s'il venait de lui proposser un concours de pets.

— Tu promets de « rester tranquille » ! ricana-t-elle, les yeux ronds et bouche bée de surprise. Ça, c'est la meilleure ! Mais où te crois-tu donc ? Tu n'as toujours pas compris. Tu *es tranquille,* parce que j'en ai décidé ainsi ! Tu ne peux rien me promettre, Denis, *parce que tu n'as pas le choix* !

Il s'excita :

— Bordel ! Vous allez m'donner à boire au lieu de parler, oui ou merde ? Ça m'prend la tête ! Taisez-vous ! Taisez-vous et DONNEZ-MOI DE L'EAU, NOM DE DIEU !

Comme si elle avait été piquée par un aiguillon, Julia leva la main et fit mine de le gifler.

— Arrête de hurler ! Tout de suite ! Pas de blasphèmes ! J'en ai assez de ta vulgarité de zonard, de tes mensonges d'hypocrite, de ton accent de loub...

— Mais ta gueule ! Ta gueule ! Quand c'est que tu vas t'taire, dis ? À boire ! Donne-moi d'l'eau ! J'ai la haine ! J'ai la haine ! Boucle-la et donne-moi à boire, tu m'entends ? À boire ! À boire ! À BOIRE, SALOPE !

Denis s'agitait, sautillant d'une fesse sur l'autre, et décochait – malgré la corde – des crochets du gauche à un adversaire invisible.

Julia s'approcha de lui, les yeux remplis de rage.

— Tu oses, encore une fois, me traiter de salope ?

Elle ramassa le tuyau d'arrosage, et Denis crut que c'était pour accéder à sa demande. Mais elle s'en servit comme d'un fouet, et sous la grêle de coups, le garçon fut forcé de rentrer la tête dans les épaules. L'embout en cuivre le frappa sur les côtes puis lui entailla l'arcade sourcilière. Le sang coula le long de son visage, jusqu'à la racine du nez.

De douleur, Denis se redressa sur son siège.

— Ça va pas, non ? Vous êtes cinglée, ou quoi ? Vous avez presque crevé mon œil !

Julia jeta le tuyau au loin. Elle tremblait de la tête aux pieds.

— Qu'est-ce que tu as dit ? Qu'est-ce que tu as dit ?

Déformé par la fureur, le visage de la femme était devenu repoussant. Ses traits ruisselants de sueur se gonflaient. Sous la peau, les muscles faciaux ondulaient, se creusaient hideusement comme s'ils étaient habités par un nid de vipères. Pendant un instant terrible, Denis crut voir des flammes fuser par ses narines et par le trou entre ses dents.

Elle lui planta ses griffes dans les épaules.

— Ne dis jamais que je suis cinglée ! Ce n'est pas vrai ! Pas vrai, tu m'entends ? PAS VRAI !

La végétation se reflétait dans ses prunelles. Elle ajoutait à son regard halluciné un inquiétant reflet glauque, couleur de

192

moisissure. Julia effectua un demi-tour fulgurant et, en martelant le sol de ses talons, marcha jusqu'au tuyau d'arrosage. Elle le ramassa et pivota vers Denis. Ses pas avaient arraché les mousses, laissant un sillon sombre dans la terre détrempée.

Elle dirigea l'embout sur lui et siffla :

— Tu as soif, petite ordure ? Eh bien, tu vas être satisfait : je vais ouvrir le jet à pleine puissance, et tu pourras boire autant que tu le voudras. Mais l'eau lavera ton corps du produit protecteur qui le recouvre, et dans dix minutes ton épiderme se mettra à rôtir !

— Non, non, attendez !

La voix de Denis trahissait sa panique. Julia eut un ricanement qui ressemblait à un grincement de dents. Puis elle reprit :

— Mais il y a une autre possibilité : tu résistes à la soif jusqu'à demain, et la crème continuera à te protéger contre les brûlures et les piqûres de moustiques ! À toi de choisir. Que décides-tu ? Crever de soif jusqu'à demain, ou boire maintenant et cuire sur ta chaise dès que j'aurai tourné le dos ? Vite, crapule, réponds avant que je ne change d'avis.

Denis se revit, dans son rêve, essayant d'extraire de sa gorge des mètres de barbelés... Mais cela n'avait été rien, vraiment rien, en comparaison de l'incendie qui avait ravagé ses épaules et ses jambes. Il n'hésita pas :

— J'préfère attendre... euh... jusqu'à demain pour boire.

Julia laissa retomber la lance à eau sur le sol. Elle s'approcha de lui, les traits convulsés par la haine.

— Traite-moi encore de cinglée, mon garçon et, avec une aiguille presque aussi épaisse qu'un stylo bille et longue comme ça (elle écarta les mains, et Denis eut un mouvement d'épouvante), je t'injecterai directement dans l'abdomen un produit en comparaison duquel mon badigeon était une véritable rigolade ! Et, pour que cette aiguille pénètre bien, je la ferai tourner ainsi : (des deux mains, elle mima un horrible mouvement circulaire et Denis ferma les yeux). Puis j'enfoncerai le piston en appuyant très fort, car le produit est épais comme du caramel. Cinq secondes plus tard, il commencera à te ronger de l'intérieur. Tu décolleras de ta chaise et tu monteras jusqu'à des altitudes où il n'y a plus d'oxygène ! Tu n'as pas idée ! Ça te rendra fou ! *Je le sais : c'est moi, la cinglée, qui l'ai mis au point !* Et il n'existe aucun antidote à ce produit, pas de crème pour stopper les souffrances. Tu as compris ?

Le pauvre garçon secoua la tête. Il passa sa langue sur ses lèvres, à la recherche de quelques atomes d'humidité.

Julia ramassa le plateau et les morceaux de faïence, puis s'en alla sans un regard pour son prisonnier.

Cinq minutes passèrent. Puis Denis entendit un « pfffffft », immédiatement suivi par deux autres. Les brumisateurs, actionnés à distance depuis le laboratoire, faisaient grimper la température dans la serre d'une dizaine de degrés d'un seul coup. La moiteur tropicale céda la place à une atmosphère d'étuve absolument irrespirable. Denis comprit.

– Non, pas ça ! Putain ! Sale putain ! hurla-t-il.

Des centaines de papillons paniqués quittèrent les hautes feuilles et descendirent en quête d'un peu de fraîcheur. Ils se posèrent, ailes écartées, incapables de trouver la force de lutter. Quelques-uns tombèrent sur le flanc et, après deux ou trois sursauts, ne bougèrent plus... Puis ce fut le tour d'autres insectes, suivis par les moustiques. Ils formaient des escadrilles virevoltantes qui rasaient le sol, cherchant un hypothétique abri sous la végétation rampante ou au creux d'une pierre.

Bientôt, la vapeur noya tout, et Denis se trouva isolé du paysage qui occupait jusque-là son champ de vision. « Elle veut m'faire cuire ! » pensa-t-il. Avec horreur, il vit que la croûte protectrice qui recouvrait son corps était en train de fondre sous l'action conjuguée de l'humidité ambiante et de sa transpiration. De larges traînées coulaient de ses épaules. Un magma blanchâtre s'agglutinait dans les plis de son abdomen et contre l'élastique de son slip, emplissant son nombril d'une petite mare laiteuse. Il rejeta la tête en arrière et ouvrit la bouche, essayant d'avaler le brouillard pour étancher sa soif. Il resta ainsi pendant de longues minutes, le cœur matraquant sa poitrine.

La brume s'éclaircit. De ses yeux exorbités et noyés de sueur, il fixa la voûte de la serre où se formaient des îlots de condensation qui dévalaient ensuite les parois en longues rigoles zigzagantes, hors de sa portée. Le visage toujours tourné vers le ciel, Denis pleura silencieusement.

Immobile et impuissant dans cet océan gluant et surchauffé,

il se mit à lécher la sueur qui sourdait de ses épaules et qui perlait sur ses genoux, les deux seules parties de son corps que sa langue pouvait atteindre. C'était terriblement amer, et il eut un haut-le-cœur. Mais il continua néanmoins, constatant que sa bouche, peu à peu, devenait insensible. Il perdit la notion du temps, uniquement concentré sur cette seule pensée : ne pas laisser évaporer la moindre goutte de liquide. Cela dura longtemps, très longtemps...

Puis un spasme tordit ses intestins. Denis se redressa et, genoux fléchis, se hissa hors du fauteuil. Il effectua un quart de tour et réussit à faire glisser son slip jusqu'à mi-cuisses, en s'aidant de sa main gauche. Le sang cognait dans ses tempes, et il avait le souffle court. En équilibre au-dessus de la fosse, il se soulagea puis, du bout du pied, recouvrit ses excréments. Lorsqu'il retomba dans son fauteuil, il était aussi exténué que s'il venait de courir trois marathons d'affilée.

C'est le moment que choisit son épiderme pour retrouver sa sensibilité. « Crever de soif jusqu'à demain, ou boire maintenant et cuire sur ta chaise dès que j'aurai tourné le dos ? Vite, réponds avant que je ne change d'avis... » Il n'avait pas bu ! Il l'avait crue et IL N'AVAIT PAS BU ! Et maintenant...

L'horrible picotement se réveilla d'abord entre ses omoplates, puis sur ses jambes.

20

Ce qui se passa pendant cet après-midi terrible et pendant les jours suivants, Denis n'en garda aucun souvenir.

Sous la couche de lénitif, la douleur était en sommeil, sournoisement tapie dans les cellules nerveuses anesthésiées, attendant son heure. Là, elle avait eu tout le temps de gonfler comme un fleuve contrarié par l'obstacle d'un barrage. Lorsque la substance protectrice s'était liquifiée sur la peau de Denis, les vannes du barrage s'étaient ouvertes en grand.

La souffrance, trop longtemps contenue, avait alors déferlé avec une violence démentielle. Tout fut instantanément balayé, y compris la soif atroce qui le taraudait. Pour Denis, l'univers se réduisit à l'onde sauvage qui ravageait son corps et l'enveloppait de ses voiles incandescents. Il s'y consuma... Dans son cerveau apparut un dôme rouge, strié de fulgurances métalliques, qui le recouvrit en un instant comme une titanesque ventouse, se tordant au rythme des battements de son cœur. La ventouse se contracta et se dilata jusqu'aux limites de sa conscience, vrillant ses tympans de stridences affolantes ; cherchant à aspirer tout son être dans la tourmente, pompant dans ses cellules l'ultime parcelle d'énergie qui les maintenait en vie... Pendant quelques instants de rémission, il retrouva un peu de lucidité et découvrit le spectacle cauchemardesque d'un magma de tissus blets qui dégoulinaient – plus qu'ils ne glissaient – le long de ses jambes, s'empilant en petits tas visqueux sur les chaînettes qui cerclaient ses chevilles. Il poussa un cri ininterrompu ; un cri qui abattit les portes de la géhenne, un cri sous lequel per-

çaient les hurlements de tous les damnés. Puis il s'évanouit...
Reprit conscience sous la morsure... S'évanouit à nouveau... Ressurgit... S'annihila dans la souffrance... Émergea encore... Se
fondit... S'extirpa, plongea, revint, disparut...

Quelque part dans ce fleuve de feu – *quand ?* – une femme
lui donna à boire. Sucré et amer.

21

Quand Denis reprit pied dans le monde des vivants, cinq jours s'étaient écoulés.

Ses yeux, profondément enfoncés dans les orbites, étaient cernés de bleu. Ses joues étaient creusées, avec par endroits de petites touffes de poils inégalement réparties. Les tendons de son cou saillaient. Il avait perdu une dizaine de kilos et ressemblait à un chien famélique et mouillé.

Julia le lavait au jet.

Les premières choses qu'il vit en émergeant de sa torpeur, ce furent ses jambes, ses bras maigres et la pâte blanche qu'emportait le jet d'eau. Quelque part au fond de lui, cette vision s'associa avec le mot « souffrance » ; il tressaillit violemment, regardant autour de lui d'un air paniqué.

Julia baissa le jet et dit :

– Calme-toi. C'était déjà la troisième couche de la semaine ! Lorsque je te les ai appliquées, tu ne t'es rendu compte de rien... Il était temps que tu te réveilles, vraiment, je commençais à m'ennuyer de toi ! Tu es guéri. Constate par toi-même.

Il se sentait anéanti, disloqué. Il avait l'impression que sa tête pesait le poids d'une enclume. Il s'ébroua et, doucement, ramena sa jambe gauche à portée de ses doigts. Effectivement, sur la peau de son mollet, de minuscules boursouflures formaient une croûte rugueuse et presque insensible.

– Ce n'est pas tout, même la blessure sous ton œil est presque cicatrisée... Bref, grâce à mes soins attentionnés, on peut dire que tu tiens une forme o-lym-pi-que !

Au travers d'un brouillard de fatigue et de vertiges, Denis regarda la folle. Elle portait une robe jaune citron sans manches, un chapeau de paille aux bords déchiquetés et une paire de bottes montantes, crottées de boue. Il vit que les traces qui marquaient son visage s'étaient estompées. En revanche le trou noir laissé par la dent manquante n'avait pas été comblé.

De la main gauche, Julia Deschamps s'éventait à l'aide d'une feuille de rhubarbe géante. Elle semblait d'excellente humeur et dans sa voix il y avait comme une alacrité nouvelle :

– Tu es resté... euh... indisponible pendant près d'une semaine ! Tu t'es réveillé à plusieurs reprises, mais tu t'endormais au bout de quelques minutes. Je t'ai parlé. Je t'ai nourri et hydraté d'aliments liquides que tu as absorbés à l'aide d'une paille. Et, pour que tu puisses dormir, je t'ai donné, chaque soir, de mon cocktail apaisant à base de plantes ! Je me suis occupée de toi comme une mère ! Tu te souviens ?

Le garçon secoua la tête. Elle poursuivit :

– Maintenant, voici les dernières nouvelles. J'ai voulu passer une commande chez l'épicier, son commis m'a dit que Maurice avait disparu depuis quelques jours ! Personne ne sait où il est allé, et la police le recherche. On a retrouvé sa camionnette dans une forêt, à une dizaine de kilomètres d'ici, paraît-il. Toutes les empreintes auraient été soigneusement – *très* soigneusement – effacées... C'est bizarre, tu ne trouves pas ?

Elle le regardait par en dessous, les traits empreints d'une complicité hypocrite. Elle s'approcha avec son flacon d'insecticide et lui en vaporisa sur tout le corps. Denis ferma les yeux. Elle enchaîna :

– Je me demande ce qui a bien pu lui arriver, à Maurice... Si tu veux mon avis, il y a sûrement une histoire de femme là-dessous. Certains hommes sont capables de tout pour un jupon. Surtout des hommes comme cet épicier. Tu penses, un célibataire ! C'est ce que j'ai dit au commis, et il est d'accord avec moi. Enfin, la police le retrouvera peut-être. Ou peut-être pas. Moi, je pense qu'elle ne le retrouvera jamais. Du reste, elle a sûrement d'autres chats à fouetter, comme rechercher les assassins de commerçants, par exemple. Il paraît qu'il y en a plein les rues. Drôle d'époque. Autre chose. Pendant ton... euh... sommeil, j'ai rendu visite deux fois à mon dentiste. Cet espace entre mes dents me gêne beaucoup. J'y mets tout le temps la langue. C'est énervant. Qu'est-ce qui a bien pu lui arriver à cette dent ? Tu n'aurais pas une petite idée, toi ?

Sous l'ironie perçait une vague menace. Mais Denis était trop fatigué pour la relever. La femme poursuivait son monologue :

– Quand je m'absentais, je n'avais même pas besoin de brancher ta chaise électrique. Tu dormais si profondément !... Enfin, dès demain, le problème sera réglé : une toute nouvelle incisive m'attend ! Tu ne dis rien. Serais-tu devenu muet, Denis ?

– Quand qu'vous allez m'relâcher ?

Sa voix était rauque et éteinte, comme celle d'un vieillard. La femme secoua la tête d'un air navré.

– Décidément, c'est une obsession, mon garçon ! N'es-tu pas bien ici ? Nourri, logé... et vacciné ! Que demander de plus ? Bientôt, *tu pourras peut-être communier avec les végétaux* ! Et tiens, pour te montrer combien je suis heureuse de te voir réveillé, je vais te préparer un couscous ! Malheureusement acheté tout prêt en boîte. Mais j'espère que tu aimeras.

Denis ne savait pas au juste pourquoi, mais une boule d'inquiétude, plus épaisse que sa lassitude, se formait à nouveau au creux de son estomac. Qu'est-ce que ça voulait dire « communier avec les végétaux » ? Il eut envie de lui poser la question, mais il n'osa pas. Il se sentait faible et était assailli de vertiges. Dans la serre, rien n'avait changé. La température était toujours torride, mais au moins n'était-elle plus étouffante. Déjà, la soif recommençait à le travailler. À ses pieds, une colonie de fourmis emportait un papillon mort.

La femme revint et posa un plateau sur ses genoux : de petits morceaux de poulet et d'agneau mélangés à de la semoule et à quelques légumes. Pour la première fois depuis qu'il était sorti de son hébétude, Denis se rendit compte qu'il mourait de faim.

– Pourquoi qu'vous m'donnez pas d'fourchette ?

– Simple prudence. Je n'aimerais pas que tu t'en serves pour te détacher ou pour me la planter dans le ventre !

– Et puis, vous avez oublié de m'apporter d'l'eau...

– Mon Dieu, où ai-je la tête !... Tu as raison, mon garçon. Mange, et je t'apporterai un grand verre de jus de fruits en revenant chercher le plateau.

201

Denis essaya de former des boulettes de semoule en la faisant rouler dans la paume de sa main gauche, mais il n'y parvint pas. Sa première tentative pour porter la nourriture à ses lèvres se solda par un échec presque total : il y avait davantage de semoule sur ses joues et sur sa poitrine que dans sa bouche. Mais cela suffit pour allumer le feu sur sa langue. « Merde, elle a foutu des tonnes de harissa là-dedans, cette conne ! » Il continua cependant, répandant le couscous autour de lui et mastiquant ce qu'il réussissait à enfourner. Son palais s'habituant peu à peu, la brûlure de l'épice s'estompa. Mais pas la soif. Il attendit avec impatience l'arrivée de la femme et le jus de fruits promis.

Enfin, Julia apparut. Elle tenait un grand verre embué de fraîcheur. Denis le lui arracha presque des mains.

Mais dès la première gorgée, il s'aperçut que quelque chose ne tournait pas rond. Vraiment pas. Une ombre passa sur son front. Il regarda alternativement le verre aux trois quarts plein et la femme. Le liquide avait un goût acre et vaguement ammoniacal sur sa langue, et acide au fond de son gosier. Ce fut comme si sa bouche s'était soudain emplie de glace pilée.

Julia Deschamps souriait d'une étrange façon.

— Désolée, Denis ; je n'avais pas le choix. Il me faut encore faire quelques expériences pour être vraiment sûre que tu pourras *communier avec les plantes*...

Elle s'approcha de son prisonnier et lui enleva doucement le verre des mains. Avec emphase, elle répéta :

— *Communier avec les plantes !* Non mais, tu te rends compte ? Ah, que j'aimerais être à ta place, Denis !

— Que... qu'est-ce qu'vous allez m'faire ?

Elle ne répondit pas et disparut pendant quelques secondes derrière le rideau végétal. Lorsqu'elle revint, elle portait sa tablette d'infirmière. Réverbéré par le métal chromé, un petit éclair dansait sous son menton.

Le pauvre garçon ouvrit des yeux horrifiés.

— Rassure-toi, Denis, il n'y aura pas de piqûre ! Ce n'est d'ailleurs pas nécessaire. Tu vas être bien sage et, quand tout sera terminé, tu pourras boire autant d'eau que tu en auras envie. Tu as ma parole. Mais si tu me fais des misères, gare au badigeon !

Il était blême. Elle eut un sourire d'apaisement et ajouta :

– Tu ne sentiras rien, tes muqueuses sont complètement insensibilisées à présent.

– M... mes muqueuses ?

L'anesthésique avait bloqué son réflexe de déglutition. Aux commissures de ses lèvres coulait un fin filet de salive.

Julia saisit deux pinces à linge et un morceau de ficelle.

– Allez, ouvre grand la bouche ! ordonna-t-elle.

Il s'exécuta.

– Mieux que ça !

Denis la vit s'incliner sur lui. Sa robe jaune lui donnait un teint maladif. Julia fixa la première pince sur la lèvre supérieure et y attacha la ficelle. Elle la tira vers le haut, et la lèvre se retroussa, découvrant les dents. Puis elle coinça la ficelle sous l'autre pince à linge, qu'elle positionna à cheval sur l'arête du nez. La gencive supérieure de Denis était parfaitement dégagée.

– Ne bouge plus.

Elle se dirigea vers sa tablette, saisit son scalpel et ses pincettes, et se pencha sur le garçon. Il perçut un faible crissement. Julia se redressa légèrement et plongea ses pincettes dans un flacon qu'elle avait sorti de la poche de sa robe.

– Un peu de patience, c'est presque fini...

Nouveau crissement. Denis, la tête penchée en arrière, ne voyait rien. Elle recommença son manège quatre fois encore.

– Voilà, c'est terminé !

Elle détacha la ficelle et recula. Puis elle lui tint le flacon devant les yeux. À l'intérieur nageaient une demi-douzaine de minuscules cubes de chair rose et brillante : des morceaux de gencive !

– Tu as mauvaise haleine, mon garçon. Une haleine de ruminant ! Tu devrais éviter les aliments trop épicés !

Denis passa anxieusement sa langue sur ses dents. Tout de suite, il sentit les six creux. Profonds. Jusqu'à l'os. Il eut envie de vomir et cracha un bol de salive rouge.

Julia lui mit le goulot d'un flacon entre les lèvres.

– Ne bois pas. Rince ta bouche et crache. Cela va arrêter les saignements.

Il obéit comme un automate.

— Bien, fit-elle. Chose promise, chose due ; dans quelques minutes, je te donnerai à boire.

La tête lui tourna. Cette fois, Denis sentit qu'il avait atteint le fin fond du cauchemar. Cette femme était réellement folle à crever. Folle et dangereuse... Depuis le moment où il était monté dans sa voiture, elle n'avait rien fait comme elle aurait dû, ni comme il l'avait espéré. Aucune bonne femme normale n'aurait réagi comme ça. Elle n'avait même pas eu vraiment la trouille, cette morue ! Elle s'était rebellée, lui avait sauté dessus, l'avait étranglé avec une corde à rideau. Elle le torturait depuis des jours dans cette serre de merde ! Elle lui avait découpé une lanière de peau dans le dos, et maintenant elle lui avait mis les gencives à nu ! Ça ne repoussera jamais, ces trucs-là. Ça laissera voir six gros trous dégueulasses et puants quand il sourira. Les gens penseront qu'il a chopé la lèpre dans la bouche, ou un machin comme ça... Et tout à l'heure, quand le produit cessera d'agir, il souffrira comme une bête. Bordel, pourquoi ? Mais qu'est-ce qu'elle lui voulait, à la fin ? Qu'est-ce qu'elle lui préparait encore comme saloperies ? Et cette histoire de... comment disait-elle... « communier avec les plantes » ? Communier, mon cul ! Elle allait lui découper d'autres parties du corps, c'est sûr. Le pénis, par exemple. C'est ça, le pénis. Toutes les bonnes femmes rêvent de faire ça. Surtout les vieilles, c'est bien connu. Ensuite elle lui couperait la langue, lui percerait les yeux et les tympans avec un tournevis, *non, avec une aiguille à tricoter, elle l'avait dit,* et le lâcherait tout seul dans la forêt. Si on le retrouvait, il ne pourrait même pas la dénoncer. Ou alors, elle lui injecterait ce truc qui brûle l'intérieur du ventre, et elle le filmerait pendant qu'il agoniserait sur sa chaise... pour pouvoir se repasser la scène, plus tard, sur son magnétoscope. Puis elle le laisserait là, attendant que ces putains de moustiques aient fini de le bouffer. Ou alors...

— Tu peux boire maintenant.

Julia tourna légèrement la molette du tuyau. Un fin jet vint le frapper au visage.

Il ferma les yeux et ouvrit la bouche. C'était super génial.

22

Ce soir-là, il eut droit au gargarisme analgésique. Mais la poufiasse lui apporta d'épaisses tranches de gruyère étalées sur du pain, et, lorsqu'il les mordit, ses gencives recommencèrent à saigner.

Malgré sa fatigue, il eut beaucoup de mal à trouver le sommeil. La serre était plongée dans une obscurité complète, et il entendait des bruits étranges, des craquements, des frémissements. La photosynthèse momentanément interrompue, les végétaux expulsaient dans l'atmosphère des masses de gaz carbonique. Denis avait la tête lourde et la bouche nauséeuse. Ses pouces lui faisaient mal, surtout celui de la main gauche qui était en permanence tirée vers le sol par la corde. De temps à autre, des gouttes d'eau se détachaient de la voûte et tombaient sur sa tête ou sur ses épaules, le faisant sursauter. Il enrageait, se rappelant combien ces quelques gouttelettes auraient été les bienvenues lorsqu'il mourait de soif, persuadé à chaque seconde qu'il ne survivrait pas à la suivante.

À plusieurs reprises, des bruissements de feuillage, venus du fond de la serre, lui firent croire que la poufiasse était là, qui l'épiait dans le noir. Mais à la longue, il comprit que ce n'était que le froissement des formidables ramures qui s'accrochaient les unes aux autres en se repliant, exsudant leur trop-plein d'humidité avec une sorte de halètement de bête.

Il eut un violent mouvement de recul lorsqu'une lueur fugace, projetée par la lune, révéla entre ses jambes une ombre mouvante. Les yeux dilatés de terreur, il crut qu'une liane rampait et cherchait à l'agripper par les pieds. À la faveur d'un nouveau halo de clarté, il vit que le végétal hostile n'était en réalité que le câble électrique fixé à ses chevilles qui ondulait au rythme de ses mouvements.

Quand le soleil pointa à l'horizon, baignant la serre d'une luminosité porphyrique, il s'endormit enfin, exténué. Avant de fermer les yeux, il eut l'impression qu'autour de lui les feuilles grandioses s'éveillaient, bâillaient et s'étiraient.

Julia Deschamps le tira de ses songes en lui posant son repas sur les genoux.

Il faisait à nouveau atrocement chaud. Denis était couvert de sueur et avait la bouche pâteuse et douloureuse. Il baissa les yeux sur son assiette : une tranche de lard épaisse comme un doigt, deux carottes crues et entières, une pomme, un grand verre de bière.

— Bien dormi, mon garçon ?

— Non. J'ai mal aux pouces et aux dents. Pourquoi qu'vous m'donnez des carottes et une pomme ? Et c'morceau de barbaque ? J'peux pas mordre dedans, ça m'fait saigner.

— Navrée, mais je manque de provisions et je n'ai pas eu le temps de cuisiner. J'irai faire des courses cet après-midi, en revenant du dentiste... Je t'ai versé ta bière dans un verre, tu remarqueras. Ne le laisse pas tomber. Avant de manger, rince ta bouche avec ça.

Elle lui tendit le flacon. Denis fit passer le produit d'une joue à l'autre et le recracha dans la fosse. Immédiatement, son palais gela, et la douleur disparut. Maintenant, ce qu'il mangerait aurait autant de goût qu'un morceau d'ouate.

— J'peux avoir une cigarette ? demanda-t-il.

— Non. On ne fume pas dans la serre, c'est mauvais pour les plantes. À tout à l'heure, ajouta-t-elle avant de s'éclipser.

Précautionneusement, Denis mordit dans la tranche de lard enroulée autour de son index et de son majeur. Lorsqu'il la retira de sa bouche, les nervures de gras étaient souillées de sang grumeleux et noir. Il but une gorgée de bière. Le liquide était insipide et ne lui procura qu'une sensation de froid à l'estomac. Serrant l'assiette entre ses quatre doigts repliés et utilisant son rebord comme tranchant, il débita la pomme en petits morceaux qu'il mastiqua au fond de la bouche, avec ses molaires. Puis il vida son verre et rota.

Julia revint chercher le plateau. Elle portait un tailleur parme à gros boutons dorés. Ses cheveux étaient soigneusement coiffés, et une épaisse couche de rouge masquait les écorchures presque cicatrisées de ses lèvres.

— Tu n'as presque rien mangé, dis donc ?...

— J'avais pas faim.

Elle posa le plateau sur le sol et aspergea Denis d'insecticide. Sa voix prit des intonations métalliques lorsqu'elle expliqua :

— Écoute-moi bien. J'ai rendez-vous chez le dentiste et je resterai absente pendant deux ou trois heures. Il va donc falloir que je... hum... branche tes chevilles sur le courant électrique. Je suis sûre que tout se passera bien. Comme tu le sais, il suffit de ne pas bouger, de ne pas tousser, de ne pas éternuer... et de ne pas hurler de douleur, bien sûr !

La terreur tordit les traits du pauvre garçon. Malgré la chaleur de plus en plus lourde, un frisson glacial lui parcourut l'échine. La femme balaya son angoisse d'un geste de la main :

— Rassure-toi ! Pour les hurlements de douleur, je plaisantais, les moustiques te laisseront tranquille... Mais rappelle-toi : tu ne dois pas bouger ni faire de bruit. Sinon, pfuiiit ! Plus de Denis !

Elle eut le même geste que lui, le jour où il l'avait abandonnée dans la baignoire, un geste qui évoquait une âme s'échappant d'un corps tétanisé et marqué par 220 volts.

— Si tu as besoin de... hum... d'aller à la fosse, il faut le faire maintenant. Alors ?

Denis secoua la tête.

— Donc tout est dit. Voici de quoi boire en mon absence.

Elle lui coinça entre les jambes une bouteille d'où émergeait une gigantesque paille. Pour se désaltérer, il n'aurait qu'à pencher la tête. Puis elle passa derrière le fauteuil.

Au moment de brancher le boîtier, elle commenta :

— Attention, à trois, je branche. Plus un bruit ! Un... deux... trois.

Le silence s'installa, à peine troublé par le glissement des pieds de Julia qui s'éloignait en emportant le plateau.

Denis, en prévision de cette petite expérience amusante

d'électricité appliquée, avait depuis longtemps décidé qu'il réglerait le problème à sa manière : il ferait la sieste, tout simplement. Et la vieille poufiasse en serait pour ses frais ! Elle voulait se venger du truc de la baignoire ? OK !... OK ! Elle en avait fait tout un plat, du truc de la baignoire... Mais tout ce qui était arrivé avait été sa faute, à elle. Il lui aurait suffi de se tenir peinarde. Au lieu de quoi, elle avait cherché à arracher le bouchon et elle s'était bloqué le dos ! Comme s'il avait pu être assez con pour oublier de le coincer, ce bouchon ! Bon sang, comment pouvait-on être aussi tarte ? Elle était tarte. Oui, tarte et vieille et conne. Si elle espérait le faire crever de peur avec une combine aussi minable, une combine *qu'elle avait copiée sur lui*, elle se gourait un max ! Bon, d'accord, le truc qui réagit au bruit, c'était pas mal trouvé, ouais... Mais, après tout, il n'y avait pas vraiment une grande différence avec son système *à lui*. Un système qu'il avait découvert dans un film et *fabriqué* de ses mains. Il avait bossé chez un vrai électricien, c'était pas du bidon. Le truc qui réagit au bruit, *pfft !* il aurait pu avoir la même idée ! On trouvait ça dans n'importe quelle grande surface. C'était pas sorcier.

Il n'y avait pas de raison d'avoir peur. Les moustiques lui ficheraient la paix et, attaché comme il l'était, il ne tomberait sûrement pas du fauteuil pendant son sommeil ! Il ne ronflerait pas... Ne pas faire de bruit et ne pas bouger ? Et alors ? Hormis les moments où elle l'avait supplicié, c'est très exactement ce qu'il faisait dans cette serre depuis le premier jour : rester immobile et silencieux, le cul vissé sur cette putain de chaise. D'ailleurs, quel bruit aurait-il fait, hein ? Chanter ? Ou réciter la table de multiplication par cinq, comme ces cons d'infirmiers l'avaient forcé à le faire à l'hôpital ? Tu parles ! Il s'installerait le plus confortablement possible, oui. Il fermerait les yeux et piquerait un roupillon ! Ce serait facile, crevé comme il l'était. Un bon petit roupillon... Et quand la poufiasse reviendrait, il lui montrerait qu'il n'avait pas eu peur, *lui*. Il avait peut-être un morceau de peau en moins dans le dos et six trous dans les gencives, mais ses nerfs étaient en parfait état. Des nerfs de tigre mangeur d'hommes. Oui, vraiment, la poufiasse l'avait sacrément mal jugé !!!

Étouffé par l'épaisse cloison de feuilles géantes et par le lacis de lianes, un lointain bruit de démarreur se fit entendre. Julia Deschamps quittait le parc. Maintenant, Denis Bellache était vraiment seul.

Toute la végétation était figée dans une immobilité minérale. Comme lui. Immobile et humide. Il faisait de plus en plus chaud. Ce n'était pas le soleil, car le ciel était gris, ni les brumisateurs, qui ne s'étaient pas mis en route depuis un bon moment... Il faisait chaud, tout simplement.

Des yeux, Denis chercha les papillons. Quelques-uns voletaient sur sa droite, au-dessus d'une grosse fleur bleue en forme de cloche sur laquelle ils se posaient de temps à autre. D'autres semblaient attirés par une sorte de potiron brun moucheté de jaune, hideux, qui ne ressemblait ni tout à fait à une fleur ni tout à fait à un fruit. Un champignon géant, sans doute... Des milliers de moustiques fendaient l'air en multiples flèches incertaines, grisâtres et virevoltantes, qui s'étiraient et se regroupaient sans cesse.

Denis s'inclina vers l'avant et aspira goulûment une longue gorgée d'eau fraîche. Lorsqu'il se redressa, l'assise de son fauteuil grinça. Il se figea à mi-chemin, les joues pleines, n'osant pas avaler.

Il resta ainsi pendant une minute entière, changé en statue de sel. Puis, en un mouvement coulé et presque imperceptible, il reprit sa position initiale et déglutit. *Putain de fauteuil, jamais il n'a grincé auparavant !* Ou bien, n'y avait-il jamais prêté attention ? Le garçon expira l'air retenu au fond de ses poumons.

L'alerte l'avait mis en nage. Plus question de dormir : la bouteille *pouvait tomber.*

Le silence qui l'entourait avait brusquement changé de texture : il était devenu *audible.* Les oreilles de Denis – maintenant à l'aguet – percevaient un étrange tumulte fait de milliards de frôlements, respirations, bruissements, gémissements, vrombissements ; des froissements, des frottements, des crissements, des murmures, des clapotis... La serre était remplie de BRUITS. Elle vivait, et cette vie produisait un vacarme *assourdissant.*

Denis entendait sa propre respiration, sifflante et haletante comme celle d'une chaudière de locomotive à vapeur. Une gouttelette d'eau tomba sur son avant-bras droit : une explosion. Un nuage de moustiques se découpa sur la voûte laiteuse, plongea vers lui, le frôla, puis repartit en rase-mottes : une escadrille de chasseurs à réaction, postcombustion enclenchée. *Boum-boum, boum-boum, boum-boum.* Le tam-tam de son cœur était aussi bruyant que les tambours du Bronx. Pourquoi le courant ne passait-il pas ?...

Il faisait de plus en plus chaud. Denis avait la gorge sèche. Il regarda la bouteille et, instinctivement, serra les jambes. Très vite, les muscles de ses cuisses furent traversés de crampes... L'attente. Attendre dans ce boucan indescriptible. Respirer lentement et attendre.

Les minutes succédèrent aux minutes et, pour Denis, chacune d'elles dura un siècle. Sa nuque devint raide et douloureuse. Il resta ainsi, crispé sur sa chaise, sans oser même bouger les yeux, pendant plus d'une heure.

Puis soudain, quelque part au fond de la serre, une branche craqua. Instinctivement, Denis rentra la tête dans les épaules et bloqua ses mâchoires avec une telle force que sa carcasse trembla comme si elle avait été exposée à une bourrasque. Rien ne se passa. À l'intérieur du boîtier, pendant une nanoseconde, quelques pièces électroniques s'étaient activées, mais pas toutes et pas suffisamment pour libérer le flux mortel. Les minuscules composants redevinrent inertes... attendant une autre occasion.

Denis inspirait et expirait, bouche grande ouverte. La ventilation de ses poumons était ainsi plus ample et surtout moins bruyante, mais sa gorge se desséchait. Il baissa les yeux sur le liquide tentateur. Puis, lentement, centimètre par centimètre, il approcha ses lèvres de la paille...

Au loin éclata un grondement sourd, et l'armature de la serre vibra sous une légère poussée de vent.

UN ORAGE ? UN ORAGE ! OH NON !!!

Denis se rejeta en arrière.

Son mouvement fut si rapide que le fauteuil *n'eut pas le temps* de grincer. À la place, il émit un couinement suraigu, situé dans les hautes fréquences. Heureusement, le boîtier n'avait pas été conçu pour capter ces sons-là.

L'orage se rapprochait. Aucun doute n'était possible. Le paysage végétal s'illuminait par intermittence, projetant à l'entour des ombres fugaces. Le délai entre les éclairs et les coups de tonnerre se réduisait irrémédiablement. L'atmosphère devenait lourde et menaçante, chargée d'électricité, et le chassé-croisé des moustiques s'effectuait maintenant au ras du sol.

Julia était partie depuis près de deux heures. Denis eut envie de crier son nom, d'implorer le Dieu de toutes les religions pour qu'il la fasse revenir maintenant. De sa vie, il n'avait jamais souhaité quelque chose aussi fortement... Au-dessus de lui, le ciel était presque noir. Il conjura la tempête de reculer, d'aller décharger sa fureur ailleurs, loin... mais pas ici. Pas ici ! Les éléments ne l'écoutèrent pas et poursuivirent leur course vers la serre.

La déflagration suivante fut *juste* un peu trop faible pour activer le boîtier. Un rien... La fréquence était correcte, mais il manquait un décibel. Un tout petit décibel. Vingt-neuf au lieu de trente, seuil fatal. La prochaine dépasserait soixante. Une petite languette de cuivre bougerait et, à la vitesse de la lumière, le courant électrique se ruerait à l'assaut... Le garçon serra les poings, insensible à la douleur de ses pouces. C'était la fin, la poufiasse avait gagné.

Maintenant.

Il y eut un éclair aveuglant. Il dura une seconde et disparut. Le contraste fut si violent que tout sembla l'instant d'après happé par le noir du néant.

À plus de mille kilomètres à l'heure, la monstrueuse vague sonore fondait sur la serre.

Un... deux... tr...

RRRAANG, BRAOUMMM !

23

— DENIS, TU ES MORT !

Le cri, dans son oreille droite, s'était confondu avec la déflagration, ne formant qu'une seule et monstrueuse gerbe de sons. Les yeux exorbités, il se leva avec une telle violence qu'il faillit s'arracher le bras. Il retomba dans le fauteuil et tourna vivement la tête.

Julia Deschamps se dressait derrière lui : la prise de courant se balançait lentement au bout de ses doigts.

— Eh bien, on dirait que je suis arrivée à temps, pas vrai ?

La femme souriait de *toutes* ses dents. Elle ajouta :

— Voyons, ne fais pas cette tête ! Je viens de te sauver la vie ! Heureusement que le dentiste a fait vite !

Le malheureux garçon avait le teint cireux, et ses oreilles résonnaient encore. Incapable de proférer le moindre son, il aspirait l'air par petites goulées, comme une carpe tirée de l'eau.

— Alors, insista-t-elle, as-tu apprécié le supplice de la chaise électrique ? Intéressant, non ? Je suis sûre que tu as mal partout et que tes muscles sont en compote !

Denis fut pris d'une quinte de toux, et le sang afflua à nouveau dans ses veines. D'une voix blanche, mal assurée, il hoqueta :

— Si vous m'voulez pour vos expériences, faudra plus m'faire ça, pass'que sinon j'me suiciderai. J'en ai rien à foutre. Vous ferez vos expériences avec un cadavre.

Un éclair zébra le ciel. Julia ricana.

— Tu veux te suicider ? Rien de plus facile. Il me suffit de

213

rebrancher cette prise. L'affaire sera réglée en moins de temps qu'il n'en faut à un épicier normalement constitué pour agoniser !

Le coup de tonnerre ébranla la serre, et la pluie se mit à tomber. Sans oser lever les yeux, Denis rétorqua :

— Euh... j'croyais qu'vous vouliez... euh... m'faire « communier avec les plantes » ?

— Tu as raison, mais à ta place, je prierais le ciel pour que *mes tissus soient compatibles*. Sinon, eh bien... voyons...

Elle fit mine de réfléchir. Puis, comme si elle venait de prendre une décision, elle ajouta très vite :

— ... sinon j'utiliserai tes restes comme fertilisants !

Denis comprit enfin que la folle ne plaisantait pas et qu'il ne sortirait sans doute pas vivant de la grande serre aux papillons.

24

Ainsi qu'il avait l'habitude de le faire avant de recevoir des visiteurs, le commissaire Chambier tourna légèrement le portrait de ses enfants afin qu'il soit bien visible depuis l'entrée de son bureau, dans l'espoir – toujours déçu – que quelqu'un le complimenterait sur la bonne mine de ses rejetons. Peine perdue, personne ne se serait avisé de faire le moindre commentaire, car on savait le commissaire intarissable sur ce sujet. Ses hommes s'étaient passé le mot, et il n'y avait guère que les nouveaux pour s'y laisser prendre. Les autres évitaient même de regarder la photographie.

L'enquête sur le meurtre du bijoutier piétinait. Chambier avait confié l'affaire aux lieutenants Geller et Sanchez. Tous deux étaient âgés de trente-deux ans. Le premier était aussi maigrichon et nonchalant que l'autre était musculeux et exubérant. Les deux hommes s'appréciaient mutuellement mais ne se fréquentaient guère en dehors du service. Geller, front dégarni et lunettes d'intellectuel, consacrait ses loisirs à chiner avec sa fiancée, à la recherche de coqs de montres anciennes ; Sanchez, moustachu à la chevelure hirsute, partageait son temps entre ses petites amies, la salle de musculation, sa collection de vieux romans de San Antonio et sa panoplie de poignards et de dagues. En dépit de ce qui les séparait, les deux inspecteurs avaient à leur actif une impressionnante série de succès dans leurs enquêtes. Ils se complétaient bien.

Sanchez et Geller s'installèrent devant le bureau encombré de dossiers, de biais pour ne pas voir la photo. Chambier en fut contrarié, mais ne le montra pas. Il avait l'habitude... Il leur demanda de faire le point sur l'enquête. Sanchez eut une grimace expressive.

— Je récapitule, mais ça n'ira pas très loin, je le crains. Vous savez que la porte de la bijouterie était poisseuse d'empreintes des deux côtés. Les premiers arrivants sur les lieux n'avaient pris aucune précaution, et pas une de ces empreintes n'était exploitable. En revanche, il y en avait une, de toute splendeur, sur la vitre de la porte, à l'intérieur. L'assassin, pris de panique, a probablement tenté de pousser la porte du plat de la main quand il s'est enfui. La porte ne s'ouvrait pas vers l'extérieur et elle a résisté à la poussée. Comme vous le savez, cette empreinte est celle d'un certain Denis Bellache, déjà arrêté il y a quelques années pour le cambriolage d'une villa.

Sanchez ouvrit une chemise cartonnée et en tira une photo qu'il tendit à son supérieur.

— C'est Bellache. Ses parents n'ont plus de nouvelles de lui depuis des lustres et ils ignorent ce qu'il est devenu. On a fait une enquête de voisinage qui n'a rien donné. Un mandat a été lancé.

Chambier lui rendit la photo après y avoir jeté un rapide coup d'œil.

— Rien d'autre ?

— Il y a quatre ans, ce Bellache traînait avec quelques copains du côté des Halles, mais ils ont tous disparu... Côté balistique, rien non plus. L'assassin s'est servi d'un 7,65 à munitions anciennes. Nous n'avons rien en fichier, ce pétard est inconnu chez nous.

— Et pour la voiture, où en êtes-vous ?

— Un passant a certifié qu'il s'agissait d'un Renault Express blanc, immatriculé dans le 78. Il a été catégorique car il connaît bien ce modèle. Nous avons contacté presque tous les propriétaires de Renault Express blancs mis en circulation dans les Yvelines. Ça n'a pas été de la tarte. Des contrôles sont en cours pour vérifier les déclarations d'une dizaine d'entre eux, mais cela ne nous mènera nulle part. À part ça, on n'a que dalle. Personne n'a rien vu, et on n'a signalé aucun vol de Renault Express avant ou après les faits. Ou alors, les plaques avaient été maquillées. On est dans le caca, faut bien le reconnaître. Il nous reste à contrôler un dernier véhicule de ce modèle, qui appartient à une certaine... euh...

Geller sortit une fiche de sa poche et lut :

– ... professeur Juliette Deschamps, divorcée, sans enfant. Une botaniste. Après ça, on n'a plus personne.

Le commissaire Chambier eut un bruit de succion dubitatif et se gratta le cuir chevelu avec un crayon.

– Je vois mal une scientifique être la complice d'un braqueur. Ça ne colle pas.

– À moins que Bellache l'ait prise en otage, lâcha Geller. Il a très bien pu la forcer à le conduire quelque part.

– Hum... Mais bon... Quand y allez-vous ?

– Cet après-midi.

– Cette affaire traîne. Bon, si vous avez du nouveau, je veux le savoir. M. Fleurmont avait quelques responsabilités locales, et j'ai les habituels emmerdeurs sur le dos... Allez, au travail.

En quittant le bureau de leur supérieur, Sanchez regarda son équipier et dit :

– Je viens d'avoir une idée. Je vais téléphoner à la gendarmerie du coin. Je connais l'adjudant, il pourra peut-être nous renseigner sur cette femme... Comment s'appelle-t-elle, déjà ?

– Juliette Deschamps. Mais on va encore perdre notre temps. Nous n'y arriverons pas de cette façon. Le mec se fera serrer par les poulets lors d'un contrôle de routine, et on trouvera le flingue sur lui, je te dis. Ne rêvons pas !

– Ça ne mange pas de pain. J'appelle, et toi tu écoutes et tu prends des notes.

Sanchez enfonça la touche « haut-parleur » de son téléphone afin que son partenaire puisse suivre la discussion, composa un numéro sur le clavier et demanda à parler à l'adjudant de gendarmerie Loumel.

– Bonjour, adjudant !

Même à l'armée, Sanchez ne s'était jamais résigné à utiliser le pronom possessif « mon » devant les grades. Cela lui avait d'ailleurs valu pas mal d'ennuis... Les deux hommes échangèrent quelques remarques sur une ancienne enquête au cours de laquelle leurs chemins s'étaient croisés, puis Sanchez en vint à l'objet de son appel :

– Je suis sur un homicide. L'auteur se serait enfui avec l'aide d'un complice qui l'attendait au volant d'un véhicule utilitaire Renault Express de couleur blanche. On a presque tout vérifié, il ne nous reste qu'une seule personne à voir. Justement, elle habite dans votre coin. Je me demandais si vous la connaissiez...

– Dites toujours...

Sanchez claqua des doigts en direction de Geller ; ce dernier lui tendit la fiche.

– Une scientifique. Professeur Juliette Deschamps, née Dupré. Botaniste.

– Ah oui, je la connais. Assez réputée dans son domaine, paraît-il. Je l'ai rencontrée à plusieurs reprises lorsque des plis urgents destinés à son mari, officier supérieur de la Marine nationale, transitaient par la gendarmerie. Mais aujourd'hui ils sont divorcés.

– Vous croyez que cette dame pourrait être la complice d'un tueur ?

L'adjudant Loumel éclata de rire.

– Négatif !

– Rien de particulier la concernant ? insista Sanchez.

– On dit qu'elle est un peu originale. On m'a signalé qu'elle avait connu des moments difficiles avant ou après son divorce, je ne sais plus... Une forte personnalité en tout cas. C'est tout ce que je peux vous dire, désolé, lieutenant. Vous voulez son adresse ?

– Non, je l'ai. Je vous remercie. On va aller la voir. Fichu métier !

– Ne vous plaignez pas, lieutenant. Chez nous, ce sont les rixes d'après boire, les excès de vitesse, la disparition mystérieuse de l'épicier du village, des vols à la poix dans les troncs de l'église, des histoires de soucoupes volantes, des lettres anonymes expédiées par une vieille fille, et le sempiternel exhibitionniste simplet sans lequel la vie rurale ne serait pas ce qu'elle est !

Sanchez remercia son interlocuteur et raccrocha le combiné.

– Alors, qu'est-ce qu'on fait ? demanda Geller.

– Pas le choix, on va rendre visite à Mme Deschamps. En route.

À genoux dans la terre grasse, Julia était en train de s'occuper de son potager qu'elle avait un peu négligé ces derniers temps, quand la sonnette de la grille retentit et lui fit lever le nez. Elle se hâta vers la maison.

— Oui ? dit-elle dans l'interphone.

— Madame Deschamps ? Lieutenants Geller et Sanchez, de la police judiciaire. Pourrions-nous vous parler pendant quelques instants, je vous prie ?

Le cœur de Julia se mit à battre un peu plus vite, un peu plus fort. Pourtant, elle resta parfaitement maîtresse d'elle-même.

— Bien sûr. Mais je sors de la douche à l'instant et je ne suis pas habillée. Je vous demande cinq minutes pour me sécher et enfiler quelque chose, puis je vous ouvre la grille.

— D'accord.

— Attendez, ajouta-t-elle, comme prise d'une inspiration subite. Vous avez un véhicule, je suppose ?

— Oui.

— Alors soyez gentil de le laisser sur place et de marcher jusqu'à la maison. Je viens tout juste de stabiliser l'allée gravillonnée, et il ne faut pas qu'on passe dessus en voiture pendant quelques jours. D'accord ?

— Pas de problème.

Elle sprinta vers la serre et fonça vers Denis, écartant les feuilles à la volée. Elle s'arrêta à trois centimètres de son visage. Sa voix était sifflante :

— Écoute-moi bien, mon garçon : j'attends des visiteurs et je vais te brancher sur le boîtier. Tu ne risques rien, ils laisseront leur voiture à l'entrée du parc et il n'y aura donc pas de bruit de moteur à proximité. Mais ne t'avise pas d'appeler ou de faire du tintouin, car tu rôtirais sur ta chaise ! Je n'en ai pas pour longtemps... Compris, Denis ?

Le malheureux s'abstint de répondre. Julia brancha le câble sur le boîtier et s'éclipsa. Elle retourna dans la maison, escamota ses bottes boueuses et enfila des pantoufles. Puis elle se lava les mains, se brossa les ongles et passa un rapide coup de brosse dans ses cheveux. Enfin, elle appuya sur le bouton d'ouverture de la grille du parc.

Quand les deux hommes arrivèrent sur le perron, elle était fraîche comme une rose. Elle les salua.

— Entrez, messieurs. Suivez-moi au salon. Que puis-je faire pour vous ?

— Vous êtes bien la propriétaire d'un véhicule Renault Express blanc ?

— Oui. Vous avez dû le voir, il est garé à l'entrée du parc.

— En effet.

— Que se passe-t-il ? J'ai fait un excès de vitesse ? demanda-t-elle d'un air faussement inquiet.

— Non, rien de la sorte, répondit Sanchez. Nous effectuons une simple enquête de routine. Vous n'avez rien remarqué de particulier ces temps-ci ?

— Que voulez-vous dire ?

— Je ne sais pas... Une chose qui aurait attiré votre attention. Quelqu'un qui vous aurait... hum... emprunté votre véhicule ? Un rôdeur ou...

Elle sursauta et porta les mains à sa bouche.

— Un rôdeur ? Mon Dieu !

— Ne vous inquiétez pas, madame... Vous arrive-t-il d'aller en ville ?

— Oui, bien sûr. Au bourg et en ville.

— Et je suppose que vous ne vous souvenez pas de toutes les dates exactes où vous y êtes allée ces dernières semaines ?

— Ces dernières semaines ? Bien sûr que non ! Comment le pourrais-je, j'y vais tous les trois ou quatre jours !

— Vous vivez seule ?

— Oui. Mais dites-moi, pour ce rôdeur...

— Rien à craindre, je vous assure... Bon. Merci pour vos réponses, madame.

Elle prit un air déçu.

— C'est tout ?

— Pourrions-nous jeter un rapide coup d'œil dans la maison ?

— Euh, si vous voulez. Suivez-moi.

Les deux policiers se contentèrent d'ouvrir les portes et de passer la tête dans l'embrasure. Ils s'attardèrent quelques minutes dans le laboratoire, se penchèrent sur les mini-serres et sur les fioles, et ignorèrent le musée des Horreurs, au grand soulagement de Julia.

— Vous êtes botaniste, c'est cela ? demanda Sanchez.

— Oui. J'étudie les plantes.

Geller et Sanchez se dirigèrent vers la sortie. Elle les raccompagna sur le perron. Arrivé au pied des marches, l'inspecteur Geller se ravisa. Pointant le doigt, il demanda :

— Pourrions-nous jeter un coup d'œil aussi à l'intérieur de ces trucs ?

Julia eut une bouffée de chaleur. Mais elle se reprit très vite.

— Volontiers. Ce sont mes serres. Suivez-moi.

Elle leur ouvrit la voie. Mais arrivée à quinze mètres de la grande serre, elle s'arrêta net. Surpris, les deux inspecteurs s'immobilisèrent et la regardèrent. Julia leur sourit et se tapota le front.

— Quelle distraite je fais ! Excusez-moi, il faut que je retourne dans la maison pour arrêter les brumisateurs, expliqua-t-elle.

— Les brumisateurs ?

— Oui. Il y a des brumisateurs dans ces serres. Ils envoient des nuages de vapeur d'eau chaude dans l'atmosphère, et si je ne les coupais pas, vous seriez trempés comme une soupe en moins de dix secondes ! Attendez-moi, je reviens tout de suite.

De retour dans la maison, Julia se dirigea vers le panneau de contrôle et coupa l'alimentation électrique générale des serres. Heureusement qu'elle y avait pensé, car un banal échange de mots aurait été fatal à Denis. Elle espérait que le garçon, se croyant toujours connecté sur le courant, saurait se taire... De toute façon, elle n'avait pas le choix. Si elle refusait de laisser entrer les policiers, cela leur mettrait la puce à l'oreille. Elle pesta contre ces deux crétins. Pourvu que Denis reste tranquille. Mais elle se persuada que s'il était débile, il ne l'était pas au point de mettre sa vie en danger.

— Voilà, je suis à vous.

Ils pénétrèrent dans la serre.

Denis, raidi sur sa chaise, gardait les yeux fermés, essayant de respirer le plus lentement possible malgré les battements désordonnés de son cœur. Puis, brusquement, il se figea. Quelqu'un *parlait* dans la serre. Il rentra la tête dans les épaules.

— Quelle chaleur ! C'est une véritable jungle ! entendit-il distinctement. C'était une voix masculine.

221

– Une jungle, en effet. Il y a là des essences rares, qu'on ne trouve qu'en Amazonie.

C'était la voix de la poufiasse.

– Il ne manque plus que les perroquets, les serpents et les singes ! commenta l'homme.

– Vous récoltez des fruits ? demanda quelqu'un d'autre.

– Non, j'étudie ici la façon dont certaines plantes s'y prennent pour éliminer leurs voisins. Comme dans la forêt vierge.

– Aïe ! Ah, bon sang !

Sur sa chaise, Denis banda tous ses muscles, dans l'attente de la décharge.

– Eh oui, lieutenant : c'est plein d'insectes ici. Ils ont leur rôle à jouer. Et accessoirement ils piquent !

« Lieutenant » ! Elle avait appelé l'un des visiteurs « lieutenant » ! Des flics ! S'ils le trouvaient, il serait sauvé. Quelques années de prison pour avoir dégommé le bijoutier et l'épicier, et il serait dehors. Ça valait mieux que de crever dans cette serre !... Oui, mais s'ils le trouvaient, ILS SERAIENT JUSTE À CÔTÉ DU BOÎTIER ET SE METTRAIENT À POSER DES QUESTIONS À LA POUFIASSE ! Au premier mot, c'en serait fait de lui. Ce serait un cadavre cramé qu'ils décolleraient de cette chaise !

– Ouch ! Je crois qu'ils m'en veulent ! Aïe !

Les voix s'étaient encore approchées.

– Ah, la vache ! C'est vraiment démentiel, je suis en train d'être bouffé tout cru ! Sortons d'ici, vite !

Le silence revint dans la serre. Denis prit une profonde inspiration et tenta de calmer la sarabande dans sa poitrine.

Sanchez et Geller prirent congé, se grattant le dessus des mains et le visage. Dans l'allée, hors de portée de leur hôtesse, le premier lâcha :

– Quelle chaleur là-dedans ! Et ces moustiques, quelle merde ! J'ai été piqué une bonne vingtaine de fois, et même à travers mon pantalon. Tiens, ça me donne une idée : c'est là qu'on devrait amener les récalcitrants. On les ficelle sur une chaise et on les laisse seuls pendant une demi-heure. Je suis sûr que ces saloperies volantes arriveraient à faire parler les malfrats bien plus vite que nous ! On devrait en parler au patron et passer un contrat avec la botaniste !

— Dis donc, tu n'as rien remarqué de bizarre ? demanda Geller.

— Non. Quoi donc ?

— Tu te souviens de ce qu'elle nous a dit par l'interphone ? Elle nous a demandé de patienter quelques minutes parce qu'elle sortait de la douche. Le temps de s'habiller...

Sanchez regarda son équipier d'un air interrogatif.

— Oui, et alors ?

— Elle avait les cheveux secs.

— Tu n'as jamais entendu parler de ces trucs en plastique que les femmes se mettent sur la tête pour ne pas se mouiller les cheveux sous la douche ?

— Peut-être. Mais tu as vu son pantalon ?

— Je n'ai pas fait attention. Qu'avait-il de spécial ?

— Il était plein de terre fraîche aux genoux.

— Et vous en déduisez quoi, lieutenant Geller ? répondit Sanchez avec ironie.

Il ignora le ton sarcastique et répondit :

— J'imagine mal qu'une bonne femme sortant de la douche enfile un pantalon tout crotté. Il y avait des auréoles, et cette humidité sale a certainement traversé le tissu, entrant en contact avec la peau. Ça prouve qu'elle le portait juste avant notre arrivée.

— Bon, d'accord. Elle a peut-être jardiné avant de prendre sa douche. Et elle a remis son pantalon souillé de terre parce qu'elle l'avait sous la main, pour gagner du temps... Qu'est-ce que cela a à voir avec le meurtre du bijoutier ? Tu penses que cette Juliette Deschamps est la complice de Bellache ? En tout cas, elle n'est pas son otage, tu as bien vu qu'elle était parfaitement libre de ses mouvements !

— Oui, tu as peut-être raison...

— Comme elle vit seule, poursuivit Sanchez, on ne peut même pas fantasmer en se disant qu'un psychopathe tenait ses enfants au bout d'un flingue en attendant qu'on s'en aille ! Et si tu crois qu'un être humain se cache dans les serres, tu devrais regarder ta tête dans une glace. Personne ne tiendrait là-dedans plus de cinq minutes... Tu parles d'un détective !

— Autre chose : elle ne voulait pas qu'on rapplique en

bagnole parce que, disait-elle, l'allée « venait d'être stabilisée »...

– Pige pas.

– Regarde devant toi. L'allée porte des traces de pneus qui mènent à sa propre tire. Donc elle utilise sa voiture entre la maison et le portail du parc... Et qu'est-ce que ça veut dire « stabiliser une allée » ? Son allée, elle n'est pas en bitume chaud ! J'ai comme l'impression qu'elle se foutait de nous et qu'elle voulait gagner du temps.

– Gagner du temps ? Pour quoi faire ? lança Sanchez. Pour dissimuler son ravisseur, qui est bien sûr son amant ? Je ne vais certainement pas me prendre la tête pour ça. Tu te fais un méchant cinéma, là !

Geller se gratta furieusement. Il avait trois belles piqûres sur le front.

– Quelle saloperie, ces moustiques. C'est l'enfer dans ces serres. Jamais vu un truc pareil !

Puis il sortit la liste de sa poche et, au lieu de biffer le nom Juliette Deschamps comme il l'avait fait pour les autres, il l'entoura de parenthèses qu'il fit suivre d'un immense point d'interrogation.

25

Huit jours passèrent, durant lesquels Denis chercha désespérément le moyen de s'échapper. Il passa par différentes phases de peur, de rage et d'abattement.

À heures fixes, Julia Deschamps lui administrait sa douche au jet, ainsi que son insecticide et son gargarisme, puis elle lui apportait ses repas. Il rêvait de steak haché... Mais elle, au gré de son humeur, lui servait des tranches de jambon accompagnées de spaghettis à la sauce tomate (il en fit un véritable gâchis), du bœuf bourguignon filandreux, au centre d'un cratère de petits pois presque crus (qu'il expédia un à un dans une fourmilière), une pizza pour six personnes, non découpée et ramollie au micro-ondes (impossible à saisir sans l'aide du pouce) ou du poisson bouilli (qui se fragmentait entre ses doigts) ; et, pour dessert, de l'ananas frais (qui fit saigner ses gencives) ou des barres chocolatées Mars dans lesquelles Denis renonça une fois pour toutes à mordre.

Elle le forçait à boire de grands verres d'une émulsion ressemblant à un milk-shake au cacao – « Avale ça, c'est bourré de vitamines et de sels minéraux. Cela va te remplumer ! » – mais qui avait un goût de soupe aux choux. Une demi-heure après avoir ingurgité cette mixture, Denis se mettait à flotter. Un peu plus tard, il avait la sensation que son corps se dédoublait. Ce n'était pas désagréable, juste un peu inquiétant. Puis les symptômes disparaissaient...

À plusieurs reprises, il avait observé la femme qui traversait la serre, l'air soucieux, vaquant silencieusement à ses occupations horticoles, une pelle et un râteau posés en croix sur une brouettée de terreau. Elle semblait ne lui porter aucune attention, comme si elle avait été absorbée par un rêve intérieur... Elle attendait quelque chose. Mais quoi ?

Denis Bellache souffrait de sa position assise. De temps en temps, il se redressait légèrement pour désengourdir ses fesses et son dos. Avec ses « visites » à la fosse, c'était le seul exercice que ses liens lui permettaient. Ses pouces étaient traversés de fulgurances qui se mêlaient à une douleur lancinante, omniprésente, qui l'empêchait de dormir. Tous les deux jours, Julia changeait les pansements qui les emmaillotaient. Elle en profitait pour renouveler le poison qui imprégnait la bande de gaze à l'aide d'un petit pinceau. Elle le faisait avec d'infinies précautions, après avoir enfilé des gants qui remontaient jusqu'aux coudes. Durant cette opération, Denis n'était pas vraiment rassuré.

Il se plaignit de démangeaisons entre les orteils et sous l'aisselle gauche. « C'est l'humidité de la serre, mon garçon, et les moisissures qui prolifèrent ici... » Julia enduisit les endroits sensibles avec une pâte fongicide, et les démangeaisons disparurent. Elles furent remplacées par des cloques grises, soignées à leur tour avec une nouvelle préparation végétale. Julia Deschamps semblait disposer d'une pharmacopée inépuisable, mais Denis eut l'impression – presque la certitude – qu'elle se servait de lui pour en mesurer les effets curatifs.

En présence de son prisonnier, elle était capable de passer sans transition d'un comportement jovial (que Denis trouvait plus inquiétant que tout) à une attitude glacée et hostile. Ainsi, lorsqu'il manifestait trop vivement sa mauvaise humeur, les yeux de Julia prenaient un éclat métallique, et elle le menaçait du badigeon – « Ça t'apprendra les bonnes manières ». Peu à peu, Denis apprit à dissimuler son désarroi, ou du moins ne l'exprima-t-il plus aussi crûment.

Ligoté sur son fauteuil et incapable d'échafauder autre chose que de vagues projets où la puérilité le disputait à l'absurde – « J'l'aurai quand elle s'y attendra pas, et alors ma vengeance sera terrible » –, Denis s'était résigné à tuer le temps en observant le monde clos, en perpétuelle mutation, qui l'entourait. Ses observations ne le conduisirent certes pas à éprouver un intérêt réel pour les végétaux, mais elles lui permirent de mesurer l'étonnante ampleur des transformations qui les affectaient. Se découpant sur fond de pénombre ouatée, le vert acide des jeunes pousses semblait cohabiter harmonieusement avec l'émeraude des vieilles tiges. En réalité, il n'en était rien. Cet univers était barbare, et il était en guerre. En quelques jours, de minuscules bourgeons ourlés de blanc se changeaient en monstrueuses feuilles tropicales qui se dressaient vers la lumière, écrasant de leur masse tout ce qui était moins entreprenant ou moins résistant qu'elles. La vie et la mort se succédaient en un ballet sans fin, un ballet où le plus fort terrassait le plus faible. Les cellules des feuilles se multipliaient en s'appropriant les éléments nutritifs qui auraient permis à d'autres plantes de survivre ; les végétaux dominants puisaient leurs forces en plongeant leurs racines fouaillantes dans les cadavres de leurs victimes. Les taches colorées de quelques rares fleurs exotiques brisaient la monotonie de l'océan vert, exposant leurs pétales dans le seul dessein de leurrer l'observateur. Ce monde végétal ne connaissait pas la pitié. Il était le théâtre parfait pour la lutte que se livraient, en son sein, un psychopathe débile et une schizophrène aux instincts morbides.

Denis se trouvait dans la serre depuis vingt et un jours.

Ce matin-là, Julia apparut soudain comme un diable jaillissant d'une boîte. Elle avait l'air surexcitée, et Denis eut peur.

– Ça y est ! J'ai une grande nouvelle à t'annoncer ! Les tests que j'ai effectués sur les tissus prélevés sur ton intéressante petite personne sont positifs !

Elle rayonnait.

– Nous allons donc pouvoir passer sans attendre à la phase deux, celle qui justifie ta présence ici : RELIER *PHYSIQUEMENT* UN VÉGÉTAL À UN ÊTRE HUMAIN !

Il fallut quelques secondes pour que cette dernière phrase atteigne le cerveau de l'infortuné garçon et s'y imprime. Denis sursauta. Ses traits exprimèrent une profonde, une monstrueuse répulsion. Julia posa une main apaisante sur son avant-bras.

– Ne t'inquiète donc pas ! Tu ne sentiras rien.

– J'comprends pas c'que vous...

« Pfffffft ! » Les brumisateurs crachèrent leur vapeur étouffante. Julia s'approcha du fauteuil.

— Réfléchis, voyons ! C'est une expérience fantastique ! Historique ! Vois-tu, je sais que les plantes communiquent entre elles, et aussi avec le monde extérieur. Seulement, *je ne comprends pas ce qu'elles essaient de me dire...*

Elle devenait véhémente, et sa main, sur le bras de Denis, se crispait au rythme des mots qu'elle martelait.

— C'est un peu comme si... euh... tu te trouvais face à un Chinois : il te parle, mais tu ne le comprends pas puisque tu ne connais pas sa langue. Maintenant, imagine que l'on puisse relier ton cerveau au sien par une sorte de câble spécial : immédiatement, tu parlerais chinois, et lui... euh... beur !

Elle eut un sourire, satisfaite de sa plaisanterie.

— Vous voulez m'foutre un câble dans la tête ? demanda Denis anxieusement.

— Mais non, voyons, c'était une image pour que tu comprennes ce que j'essaie de te dire ! Tout ce que je veux, c'est que ton cerveau *décode les pensées d'une plante* !

— Une plante, elle pense pas ! Qu'est-ce qu'vous racontez ?

Elle balaya l'air d'un geste vif de la main.

— Bien sûr qu'elle pense, petit idiot ! Elle pense et elle parle ! Seulement, elle parle *plante* ! Et nous allons nous servir de ton cerveau pour transformer ses paroles en français, et nous allons utiliser ta voix pour les entendre !

Denis secouait la tête d'un air incrédule.

— J'pige rien, j'pige rien, bordel !... Si une plante, elle parlait, ça s'saurait, on l'aurait déjà vu ! Si on l'voit pas, ça existe pas ! ajouta-t-il d'un air buté.

— Tu dis des bêtises, Denis ! Il y a des choses qu'on ne voit pas et qu'on n'entend pas, mais qui existent. Les ondes hertziennes, par exemple, qui apportent les images sur les écrans des téléviseurs, on ne les voit pas, et pourtant elles existent ! Et les ondes radar. Et le vent. Tiens, les bébés pigeons... Tu en as déjà vu, toi, des bébés pigeons ? Personne n'en a jamais vu, mais tout le monde sait qu'ils existent !

— Qu'est-ce qu'vous allez m'faire ? demanda-t-il encore.

— Pas grand-chose. Mais tout d'abord, tu vas prendre ton

repas. Ensuite nous passerons à la phase... euh... de mise en place.

Denis ne toucha pas à son assiette (poule au riz). Lorsqu'elle débarrassa le plateau, elle fronça les sourcils mais ne fit aucun commentaire.

Denis se remémorait les paroles de la folle. Elle voulait le faire parler *plante* ? Elle était encore plus cinglée qu'il l'avait cru ! Il fallait être complètement barjot pour croire qu'un légume, ça pense et ça parle ! Un être humain, ça parle. Un chien, ça aboie. Un légume, ça se bouffe, point final ! Qu'est-ce qu'elle lui préparait encore comme nouvelle torture ? Elle avait parlé de relier *physiquement* une plante et un humain, puis elle avait assuré qu'il ne s'agissait pas d'un câble. Comment pouvait-on être *connecté* autrement que par un câble ?

Il eut un haut-le-cœur, mélange d'épouvante et de dégoût.

Merde, elle va lui faire un trou dans la tête avec une perceuse, et y enfoncer un câble électrique ! Et lui faire des PIQÛRES pour le faire parler !!! Il restera affalé sur sa chaise, avec un trou dans la tête, et il passera le restant de ses jours à baver, comme ces crétins de l'hosto. « Faut qu'j'trouve un truc pour foutre le camp avant qu'elle rapplique... J'vais pas rester ici, et m'faire charcuter par cette putain de cinglée ! »

Lorsque Julia Deschamps revint, elle tenait sa tablette métallique dans une main, et tirait une chaise de camping de l'autre. La tablette vacillait sous le poids des ustensiles et des flacons. Julia tendit à Denis un grand verre de la mixture brune au goût de chou.

— Bois ça, c'est bon pour vous deux !

— Pour *nous deux* ? s'étonna-t-il.

— Pour toi et pour la plante, cette question !

Les méninges de Denis tournaient à cent à l'heure, mais elles ne lui fournirent aucune explication rationnelle. Il renonça à comprendre et saisit le verre. Lorsqu'il l'eut vidé, Julia tira sa chaise jusqu'à lui.

— Maintenant écoute-moi, Denis. Tu ne sentiras rien...

Il eut un nouveau frisson.

— ... tu n'as donc pas besoin d'avoir peur. En revanche, si tu fais l'idiot...

Elle laissa sa phrase en suspens et désigna d'un geste de la main le flacon et le bâton coiffé d'une boule de coton que Denis ne connaissait que trop bien. Puis elle enfila une paire de gants chirurgicaux et entreprit de desserrer légèrement les liens qui lui immobilisaient le bras droit.

— Lorsque je te le dirai, retourne ta main, paume vers le haut. Prêt ?... Vas-y !

Il fit comme elle le lui avait dit. Elle resserra le filin, puis elle appliqua une lotion sur son avant-bras. Denis sentit sur son épiderme un froid violent, qui s'estompa au bout de quelques secondes. À l'aide d'un morceau de coton imbibé d'alcool, elle désinfecta dix centimètres carrés de peau. Ensuite, elle chaussa une paire de lunettes grossissantes et prit son scalpel sur la tablette métallique. Sans quitter le garçon des yeux, elle stérilisa l'instrument en le plongeant dans un flacon d'alcool.

— Tu es quand même un type bizarre, Denis : tu tombes dans les pommes à la vue d'une simple seringue, mais le bistouri ne te gêne pas ! C'est une réaction anormale, tu ne trouves pas ?

Sans attendre sa réponse, elle enchaîna :

— Bon, je vais te faire une petite incision. Ce sera indolore, mais tu ferais mieux de regarder ailleurs... D'accord ?

Il détourna la tête et crispa les poings. Les muscles de ses avant-bras se durcirent.

— Excellent ! Très bonne idée ! approuva-t-elle. Ainsi, ça entrera comme dans du beurre !

Il crut défaillir.

Elle escamota prestement le scalpel et attrapa la seringue qu'elle avait préparée et cachée sous une bande de gaze. Elle injecta l'anesthésique en un tournemain. Tout aussi prestement, elle fit disparaître la seringue et reprit le scalpel. Elle attendit quelques instants pour laisser le produit agir.

— Bon, cette fois, on y va.

Sa voix avait une raucité inhabituelle.

Denis détournait toujours son regard. Elle se pencha sur lui. Lentement, par petites pressions successives, elle enfonça la lame pointue dans les chairs de l'avant-bras, entre l'artère radiale et l'artère cubitale ; puis elle tira le scalpel vers elle. D'abord les tissus résistèrent en formant un petit pli en *v*. Puis ils cédèrent brusquement. Le sang gicla. L'entaille mesurait deux centimètres de long.

Julia ouvrit une boîte rectangulaire, de la taille d'une tabatière. À l'intérieur, sur un coussin d'ouate humide, reposait une minuscule fève grisâtre. Elle la saisit avec ses pincettes et l'examina une dernière fois à travers ses lunettes grossissantes. Puis elle l'introduisit dans la plaie.

Elle essuya le sang qui refluait, versa un peu de désinfectant sur l'entaille et en rabattit les lèvres en les maintenant avec deux bandes de sparadrap. L'apex de la fève dépassait légèrement.

Elle se recula et observa son travail d'un air satisfait.

– Il n'y a plus qu'à attendre... Tu vas avoir la chance de *communier avec une plante*, Denis !

Son visage était extatique.

26

Denis tourna la tête et considéra l'indécent appendice qui dépassait de ses chairs. Du fond de la plaie remontaient quelques bulles sanglantes.

— Qu'est-ce c'est ?

Comme si elle présentait un pianiste virtuose aux invités d'une soirée mondaine, Julia se rengorgea et eut un mouvement ample du bras qui s'acheva au-dessus de la fève.

— Je te présente ton nouveau compagnon !

— Mais, merde, ça saigne !

La femme approcha un aérosol de la plaie.

— Avec ça, le saignement s'arrêtera au bout de quelques minutes...

— Qu'est-ce j'ai dans l'bras ! Qu'est-ce qui dépasse, là ?

— Je viens de te le dire. Ton nouveau compagnon !

— C'est quoi ?

— Juste une graine de plante. J'aurais pu essayer un greffon...

Le malheureux roulait des yeux incrédules. Il secoua la tête.

— J'comprends pas.

— J'aurais pu te greffer une petite branche dans le bras. Mais j'ai préféré jouer la sécurité et planter une graine.

— Mais... qu'est-ce ça va m'faire ?

— Tu le verras bien ! Si tout se passe comme je l'espère... Mais je ne veux pas te donner de faux espoirs.

Les brumisateurs se déclenchèrent, et la température repartit à l'assaut du thermomètre. Julia rassembla son matériel, vérifia une dernière fois l'état de la plaie et, avant de tourner les talons, lui lança :

— Pendant une ou deux heures, tu ne sentiras rien. Il se peut, après, que cela chatouille un peu. Je m'en occuperai.

Denis resta seul. La boisson brune le faisait planer et lui brouillait la vue. Il cligna fortement des yeux et examina l'horrible chose qui habitait son avant-bras. « Une graine ? » Elle lui avait enfoncé une graine dans le muscle, cette chienne ! Et ça pissait le sang !

Alors il comprit.

« Ce truc va se mettre à grandir ! UNE TIGE VA POUSSER ! PEUT-ÊTRE MÊME UN TRONC ! ET CE... CETTE CHOSE VA FAIRE DES RACINES DANS MON BRAS ! Voilà pourquoi elle me garde ici, pour me faire dévorer vivant par une saloperie de plante ! »

Une panique amère lui tordit les entrailles. Il eut envie de vomir, mais son estomac vide refusa de coopérer.

Comme promis, la femme revint une heure plus tard.

— Alors, comment ça va ? s'enquit-elle anxieusement.

— J'ai soif.

— Ce n'est pas ce que je te demande, Denis ! As-tu mal ?

— Non.

— À la bonne heure !... Et notre petit protégé ?

Elle se pencha au-dessus de la fève comme sur le berceau d'un nouveau-né, en inclinant la tête sur le côté.

— J'ai soif ! répéta-t-il.

— Oh, ça va, ça va ! Je vais te donner à boire ! répondit-elle avec humeur, agacée d'avoir été dérangée dans sa contemplation.

Elle ramassa le tuyau et le tint au-dessus de sa bouche. Lorsqu'il fut désaltéré, Denis demanda :

— Ce truc, il va pousser, non ?

— Évidemment !

— Et il va m'bouffer ?

Elle haussa les épaules.

— Mais non ! Pour l'instant, il est comme un fœtus. Trop petit pour *parler*. Il faut lui laisser le temps de grandir. Et il grandira, fais-moi confiance ! Il a été préparé pour cela, grâce à un traitement spécial. *Je le sais : c'est moi, la cinglée, qui l'ai mis au point !*

234

Denis ne put s'empêcher de lever les yeux au ciel, comme s'il s'y trouvait une entité capable de prendre la mesure de la démence de son interlocutrice et d'en témoigner.

– C'est pas vrai, je rêve ! fit-il. C'est un trip de dingue !

– Fais très attention à ce que tu dis, Denis ! le prévint-elle, soudain menaçante.

– Mais ce truc ne peut pas « parler » ? Il ne pourra *jamais* parler ! Pourquoi qu'vous faites ça, hein, pourquoi ?

– C'est infernal, explosa-t-elle. Tu n'as toujours rien compris ! Bien sûr qu'il ne parlera pas, petit crétin ! Il n'a pas de *cordes vocales* ! C'est par *ta bouche* qu'il s'exprimera !

Ses yeux lançaient des éclairs. Denis jugea plus prudent de se taire. Julia se pencha sur la blessure et brandit son scalpel.

– Il faut que je sorte les caillots de sang, dit-elle d'un ton rogue. Tourne la tête.

Il s'exécuta. Elle saisit une seringue dans la poche de son survêtement, enleva le fourreau de plastique qui la protégeait et planta l'aiguille dans l'avant-bras de son prisonnier. Denis ne s'aperçut de rien et ne broncha pas.

– Voilà qui est fait. Je t'apporterai ton dîner, puis je reviendrai jeter un dernier coup d'œil vers minuit. Pendant ce temps, réfléchis à la chance que tu as d'avoir été choisi pour participer à une telle expérience !

Elle pointa son index vers le ciel et devint lyrique :

– Pour la première fois, nous allons pouvoir dialoguer avec les végétaux, connaître leur histoire, les faire témoigner de faits depuis longtemps effacés de la mémoire des hommes. Faire parler les grands séquoias de Californie, interroger les nobles chênes de Vincennes sur la vie de Saint Louis, questionner ceux de la forêt de Brocéliande ! Nous retrouverons les descendants des arbres qui peuplaient le jardin de Bilqïs, des pins qui ombrageaient les promenades de Platon ou d'Eschyle, de ceux qui furent les témoins des bivouacs des légionnaires de César et des grognards de Napoléon ! Nous discuterons avec les vénérables bois de Hever Castle, qui virent passer Henri VIII lorsqu'il se rendait chez Anne Boleyn ! Nous retrouverons les enfants du pommier de Newton ! Grâce aux mousses, nous saurons enfin avec certitude pourquoi les dinosaures ont disparu, et les palmiers dattiers nous parleront de Moïse ! Nous ferons témoigner les cyprès de l'Acropole et – pourquoi pas ? – les oliviers de Jérusalem !... Nous ouvrirons les vannes d'une connaissance vieille de plusieurs milliers d'années ! Que dis-je ? De plusieurs dizaines de millions d'années ! Te rends-tu bien compte de ce que cela signifie, Denis ?

Pendant trois jours, elle usa du même stratagème pour lui administrer l'anesthésique. Le garçon ne souffrait pas. Seule une légère démangeaison naissait parfois à l'intérieur de la blessure, mais elle disparaissait comme par enchantement dès que Julia le « débarrassait de ses caillots ». Le quatrième jour, elle entoura son bras d'un sac-poubelle et lui administra une douche au jet.

Le lendemain, pour la première fois, il eut mal. C'était supportable mais la douleur l'irritait d'autant plus que ses pouces étaient maintenant presque rétablis. Ce même jour, elle lui annonça, sur un ton primesautier, son intention d'aller faire des courses.

– Tu comprends, Denis, il va falloir brancher le boîtier... Mais aujourd'hui, aucun risque d'orage ! Le ciel est clair. J'espère simplement qu'en mon absence il ne prendra pas la fantaisie à un avion de venir faire du rase-mottes par ici...

Avant de brancher l'appareil et de disparaître derrière le rideau végétal, elle ajouta, le plus sérieusement du monde :

– ... compte tenu de ce que nous avons entrepris ensemble, ce serait vraiment stupide que tu meures *maintenant*.

Il serra les dents et se contraignit à l'immobilité totale. Dehors, un pic-vert s'attaqua à l'écorce d'un tronc ; les petits chocs saccadés parvenaient jusqu'aux oreilles de Denis, malgré la touffeur de l'atmosphère et l'épaisseur de la végétation. Lorsque Julia revint, deux heures plus tard, l'infortuné garçon était exténué... et heureux de la revoir.

Le lendemain, le nez chaussé de ses lunettes grossissantes, elle examina longuement la plaie. Son visage reflétait une contrariété qu'elle ne chercha pas à dissimuler.

– Hum-hum... Toujours pas d'évolution positive. C'est embêtant, mon garçon. Très embêtant... surtout pour toi. Mais ne désespère pas.

Quarante-huit heures passèrent encore sans que la fève ne germât. Mais, au matin du neuvième jour après l'implantation, lorsque Denis ouvrit les yeux, il crut voir une minuscule tache claire au sommet de la graine. Il se pencha. Ce n'était pas une tache ; l'enveloppe extérieure de la fève avait bel et bien cédé, et il en émergeait une microscopique pointe blanche déjà teintée de vert.

Julia Deschamps en fut tout émoustillée, et Denis ressentit quelque chose qui ressemblait vaguement à de la fierté. Ils étaient comme un couple le jour de la naissance de leur premier enfant, intrigués et décontenancés. Il y avait toujours une différence. Dans l'invraisemblable situation qui était la leur, les rôles étaient inversés : Denis tenait celui de la mère, et Julia celui du géniteur... Quant au bébé, objet de toute cette sollicitude perverse, ce n'était qu'un akène biomanipulé qui tirait d'une crevasse immonde, bourrée de lymphe et de leucocytes corrompus, la force de lancer sa tige vers le soleil. Une croissance bête, mécanique, inexorable, programmée depuis l'origine des temps, à la fois vulnérable et irrésistible.

Denis le comprit enfin, lorsque la réalité cauchemardesque de cette « naissance » parvint à se frayer un chemin jusqu'à son cerveau embrumé. L'hébétude ravie qui l'avait gagné céda la place à la révolte, et il tenta de se rebiffer. Inquiète pour le déroulement harmonieux de la pousse, Julia Deschamps le menaça de sévices (badigeon et privation d'eau), à la fois pour le calmer et pour s'assurer d'une passivité qui – elle en était persuadée – serait pour ce petit crétin la première étape vers la collaboration. « Lui n'en pâtira pas, imbécile ; il se nourrit de ton sang... Mais toi, tu souffriras comme un damné ! » Il y avait quelque chose d'effrayant à la voir, penchée sur la plaie qui ressemblait à un cloaque sanglant, tendue comme si elle voulait transmettre à son hôte une parcelle d'énergie supplémentaire. Oui, quelque chose d'effrayant et de dérisoire... Car lorsqu'elle parlait du végétal, c'était en des termes qui ne laissaient subsister aucun doute sur sa conviction profonde, absolue, dérisoire : c'était un être vivant et *pensant* ! Julia Deschamps était folle à lier ; et sur ce point, Denis avait sans doute raison.

Trois autres jours passèrent. La tige mesurait maintenant plus d'un millimètre. Julia augmenta les doses de son cocktail cacaoté, et Denis flottait en permanence dans un état d'ivresse légère.

Puis les choses s'emballèrent : la pousse accéléra sa croissance, gagnant un demi-centimètre par jour. La plante jaillissait d'un lit de sang durci, autour duquel les chairs tuméfiées formaient un bourrelet qui ressemblait fort à une boutonnière et qui moulait la base de sa tige comme un fourreau. C'était à la fois fascinant et répugnant.

À la fin de la semaine, une minuscule feuille tripartite surmonta la tige, et deux nouveaux bourgeons recouverts d'écailles protectrices apparurent juste au-dessous.

Ce matin-là, Julia se présenta avec, entre les mains, le lecteur de cassettes. Denis fut envahi par une rage sauvage, animale.

– Si vous recommencez avec ce truc-là, j'm'démerderai pour secouer mon bras jusqu'à c' que la plante elle tombe ! J'apprendrai rien du tout. Vous pouvez m'foutre votre produit sur tout le corps si vous voulez, j'apprendrai rien du tout. J'écouterai même pas !

Julia secoua la tête.

– Tss, tss, tu n'y es pas du tout, mon garçon ! Tu vas écouter ça, mais il n'y aura pas d'interrogation après... Tu écoutes, c'est tout.

Elle brancha l'appareil et coiffa le garçon avec les écouteurs.

– *Symphonie n° 40 en sol majeur* de Mozart ! annonça-t-elle. Vous allez vivre un grand moment, *tous les deux* ! Cela va *vous* faire le plus grand bien... Et après, *La Flûte enchantée* !

La musique envahit les oreilles de Denis qui fit la grimace.

Les jours suivants, il eut droit à l'intégrale discographique des œuvres du maître de Salzbourg. Jusqu'à l'abrutissement. La musique, alliée aux effets de la boisson au goût de choux ingurgitée à doses massives, provoquait chez lui un délire virevoltant qui se synchronisait sur les envolées des cordes, explosait avec les cymbales, ondulait avec les cuivres. Lorsque Denis tournait les yeux vers la plante grandissant dans son bras et qu'il voyait d'infectes bestioles butiner les sucs de ses feuilles, il ne pouvait s'empêcher de penser qu'ils se repaissaient un peu de sa propre chair. Cette idée ignoble lui retournait l'estomac.

La tige perdit sa couleur vert tendre et se couvrit d'une écorce fine. Quelques jours plus tard, celle-ci se fissura, se craquela, prit une teinte grise et se transforma en une sorte de rhytidome. La plante mesurait maintenant une quinzaine de centimètres. La ramification ainsi que la foliation avaient suivi le même rythme affolant et, compte tenu de sa taille, elle évoquait irrésistiblement un bonsaï d'âge vénérable. La plante ancrait fermement son appareil radiculaire dans les muscles de Denis, y puisant les éléments nutritifs nécessaires à sa croissance. Le cheminement des racines traçantes était parfaitement visible sous la peau, qu'elles boursouflaient en longs tentacules effilés.

Denis imagina des radicelles longues et invisibles, flottant librement dans ses veines jusqu'à son thorax, et dont les extrémités, fines comme des cheveux, faseyaient sans doute au rythme du flux sanguin dans l'obscurité caverneuse de son cœur. Il baissa les paupières pour se concentrer sur cette idée et ressentit d'horribles chatouillis à l'intérieur du bras et au milieu de la poitrine. C'était intolérable, cette saloperie envahissait son corps... Lorsqu'il rouvrit les yeux, la sensation disparut.

Le végétal continuait de se développer. Bientôt, il mesura vingt centimètres.

Denis se sentait de plus en plus fatigué. Il était au bout du rouleau, vidé. Julia augmentait les doses de cocktail maison et lui préparait des repas pantagruéliques. Mais rien n'y faisait. Le malheureux n'était plus que l'ombre de lui-même. Ses yeux étaient profondément enfoncés dans les orbites, ses traits émaciés et rongés par la fièvre. Julia décida de l'ausculter. Sous le bras droit et sur le côté du cou, elle découvrit immédiatement une chaîne de boules dures, de la taille d'une noisette.

– Tes ganglions sont enflés, Denis. Je vais être obligée de te faire des piqûres.

Le cobaye était trop épuisé pour protester. Il détourna simplement la tête lorsque l'aiguille s'enfonça dans son bras. Il dormit pendant vingt-quatre heures. La plante profita de son sommeil pour déployer trois feuilles supplémentaires.

27

Le traitement fut efficace. Deux jours et quatre injections plus tard, Denis se sentit mieux et reprit des couleurs.

Constatant avec effarement que l'ignoble chose qui dépassait de son avant-bras avait encore grandi, il en conclut que si la folle l'avait soigné, c'était seulement pour qu'il lui servît de pot de fleurs *jusqu'au bout*. Les racines se faufileraient dans tout son corps et l'étoufferaient peu à peu. Quand il serait mort, elle n'aurait plus qu'à le recouvrir de terreau, les racines voraces crèveraient sa peau et poursuivraient leur cheminement aveugle dans les profondeurs du sol. Denis imagina sa carcasse transformée en une sorte de putréfaction phagocytée, hérissée de milliers de tortillons ligneux qui s'en échapperaient comme des vers. Cette histoire de *plante qui parle* n'était qu'une vaste fumisterie, un artifice inventé par la folle pour qu'il accepte, jusqu'à son aboutissement inéluctable, le sort qu'elle lui avait réservé : la mort. « J'vais êt'clapé par un putain d'légume ! »

Un matin, une légère vibration sur son avant-bras le tira de sa torpeur. Il tourna la tête et vit qu'une chenille était tombée sur l'arbrisseau. Elle était minuscule mais grignotait l'une des feuilles à toute vitesse, y laissant un sillon où perlaient quelques gouttelettes de sève. Alors qu'il ne supportait pas de voir les insectes butiner les sucs exsudant des feuilles, la présence de cette chenille, paradoxalement, le plongea dans un état proche du ravissement.

– Super, elle va tout bouffer ! se dit-il.

Comme si elle avait lu dans ses pensées, Julia Deschamps

surgit de nulle part. Elle se pencha et, d'une chiquenaude, débarrassa le végétal de l'insecte. C'était à croire qu'elle le surveillait
vingt-quatre heures sur vingt-quatre. Intérieurement, il pesta.
Raté !

La semaine suivante, Denis remarqua que le végétal ne gran-
dissait plus. Mais il s'étoffait en largeur, ses branches se rami-
fiant et formant sans cesse de nouveaux bourgeons. Il mesurait
maintenant trente centimètres et paraissait en pleine forme. Le
spectacle cauchemardesque des racines brunâtres qui rampaient
sous sa peau et grouillaient comme un nid d'anguilles inspirait
au garçon un dégoût sans nom. Il restait des journées entières
les yeux tournés du côté opposé, occupant son esprit à compter
les papillons pour ne pas devenir fou. Son horizon limité sécré-
tait un ennui pesant. Comme jamais encore auparavant, il se
sentait oppressé par l'univers végétal dans lequel il se trouvait
confiné, et auquel il vouait presque autant de haine qu'à sa
geôlière.

Un certain matin, Julia avait commencé à lui poser d'étranges
questions :

– Que peux-tu me dire au sujet de la transformation de
l'azote atmosphérique ? Et à propos des nitrates ?

Denis n'avait pas su quoi répondre. Julia avait fait demi-tour
en ronchonnant.

Elle était revenue à la charge le lendemain. Cette fois, elle
s'était munie de son magnétophone et d'un micro. Elle s'installa
sur sa chaise de camping.

– On va jouer au reporter, Denis. Je vais te poser quelques
questions, et tu me répondras du mieux que tu pourras. D'accord ?... Alors je commence. La terre, je veux dire la matière
qui se trouve sous tes pieds, et dans laquelle on cultive les
fleurs, est-ce pour toi quelque chose de propre ou de sale ?

– Euh... sale. Vachement sale, surtout quand y pleut.

– Hum-hum. Justement, parlons de la pluie. Quand il pleut,
comment te sens-tu ? Aurais-tu envie, en ce moment, d'exposer
ton visage à l'eau de pluie ?

– Ah ben, ouais alors ! Ça vaudrait dire qu'j'ai foutu l'camp
d'cette serre !

Elle eut un geste d'humeur.

– Tu parles trop vite, Denis, et sans réfléchir. Concentre-toi et dis-moi ce que le mot « eau » évoque pour toi. Je veux dire *au fond de toi...*

– Ben... Ça nous est indispensable. On peut pas vivre sans.

Un large sourire éclaira le visage de la femme.

– Quand tu dis « nous », de qui parles-tu ?

– Ben... de moi, de vous. Des gens, quoi !

Le sourire s'effaça.

– Pas des plantes ?

– Ben si. Et les animaux.

Julia prit une profonde inspiration pour masquer l'agacement qu'elle sentait monter en elle. Elle brandit son micro sous le nez de son infortuné prisonnier :

– Et que penses-tu de la pollution ? Tu sais, les poisons rejetés par les usines, les gaz d'échappement qui sortent des moteurs de voiture, tout ça...

Denis fronça les sourcils et réfléchit pendant quelques secondes. Puis sa face s'éclaira :

– C'est pas bon. On respire, et après on est malade. Faudrait qu'on arrête d'saloper l'environnement, et tout.

Il avait dit « environnement » ! Un mot de cinq syllabes ! Un concept ! Julia se redressa sur sa chaise et demanda très vite :

– L'environnement doit-il être protégé ?

– Et comment ! Y a trop d'béton. Trop d'immeubles, trop d'autoroutes, trop d'parkings et trop d'hypermarchés.

Le sourire était revenu sur le visage de Julia. Denis ajouta :

– ... et pas assez d'terrains de foot, d'basket et d'piscines ! Et puis, les entrées sont trop chères. Et puis, y a toujours des emmerdeurs pour vous empêcher d'faire c'qu'on a envie !

Elle parvint à se dominer.

– Denis, quelle différence y a-t-il entre *environnement* et *nature* ?

Une fois de plus, une barre apparut sur son front obtus.

– Euh... J'en sais rien. L'environnement, c'est les trucs qu'on construit bien et qui sont jolis ; la nature... ben... c'est tout c'qu'est naturel et souvent moche, quoi !

Julia appuya sur la touche *off* et quitta la serre, excédée.

Les racines de la plante continuaient d'étendre leur réseau. Sous sa peau translucide, Denis pouvait les voir qui gagnaient son poignet et investissaient déjà le dos de sa main. Partie en éclaireuse, une radicelle terminale avait même foncé vers le pouce, aux tissus encore fragiles, et s'était fixée dans les muscles de l'éminence thénar. Denis remua la main et fléchit ses doigts, faisant naître une légère douleur, comme un pincement. Sans cesse, la même pensée obsédante tournait en rond dans sa tête : cette plante était en train de le dévorer.

Armée de papier Sopalin et de lustrant KB, Julia nettoya amoureusement chaque feuille. Puis elle les vaporisa d'eau déminéralisée. Denis faisait semblant de dormir. Lorsqu'elle fut partie, il jeta un regard oblique sur la chose plantée dans son avant-bras. Les feuilles tripartites ressemblaient à de petites pattes de poulet brillantes, d'un vert veiné de sombre comme du marbre funéraire. Il remua son bras, et l'arbuste valsa avec un crépitement de broussaille peignée par le vent.

Le lendemain, sa tortionnaire se présenta à nouveau avec son magnétophone et sa chaise de camping.

— Denis, tu aimes la forêt ?

— Ouais, comme tout l'monde.

— Si je te relâchais maintenant...

— Vous allez m'relâcher ?

Sa voix vibrait d'un espoir puéril.

— Si je te relâchais maintenant, le coupa-t-elle, où irais-tu te réfugier : en ville ou dans une forêt ?

— Dans une forêt, j'crois bien...

Julia retouva son sourire.

— Pourquoi ?

— Ben, vous l'savez bien : les flics m'cherchent !

Le sourire s'évapora.

— Tu sais ce qu'est un bûcheron, Denis ?

— Bien sûr, hé ! Vous m'prenez pour un con, ou quoi ? C'est un type qui coupe des arbres !

— Quel effet ça te fait quand on coupe un arbre ?

— Euh... rien du tout. Ça m'fait rien du tout.

— Tu ne trouves pas ça cruel ?

— Ben, faut bien qu'on coupe les arbres pour faire des meubles, pas vrai ?

– Tu ne crois pas que les arbres souffrent ? Qu'ils souffrent comme toi tu souffrirais si je te coupais un bras ou une jambe ? Qu'en penses-tu ?

Denis se méfia.

– Ben, p'têt... J'sais pas. J'ai jamais entendu dire qu'un arbre, il a mal quand on l'scie... Vous pensez qu'une planche, elle a mal quand on la cloue ? demanda-t-il, davantage pour faire plaisir à son interlocutrice que parce que la réponse présentait pour lui un quelconque intérêt.

– Mon garçon, tu es absolument, intégralement, irrévocablement stupide ! s'énerva-t-elle.

Il se rembrunit.

– Réponds encore à cette question, ajouta-t-elle d'un ton presque désabusé : la plante qui pousse dans ton bras...

Denis tourna la tête vers la droite, et ses yeux se posèrent sur le végétal abject planté dans ses muscles.

– ... quels sentiments éprouves-tu pour elle ? Est-ce que tu *l'aimes* ?

Il cligna des paupières, à plusieurs reprises. Que voulait-elle dire ? *Aimer* cette merde ? Ce truc qui le bouffait ? *Aimer* cette putasserie absolue, cette chiasse qui lui suçait le sang comme un vampire ? Mais elle était complètement louf, la salope ! Sonnée comme une cloche ! Et elle l'était encore plus si elle s'imaginait qu'il allait répondre « oui » !

– J'peux dire c'que j'veux ?

– Oui, oui, Denis, tu peux parler franchement, répondit-elle d'une voix lasse.

Elle connaissait la réponse d'avance. Elle était gravée sur sa face cauteleuse de fouine.

– Eh bien non, j'l'aime pas ! grinça-t-il. Et si j'pouvais, je l'arracherais et j'vous la foutrais sur la gueule !

Les brumisateurs s'enclenchèrent, et la température monta.

De chaque côté du visage de Julia, les masséters se gonflaient et se dégonflaient au rythme de la crispation de ses mâchoires. Sa respiration se fit saccadée et sifflante. Denis soutint son regard pendant quelques instants, puis baissa les yeux, maté.

Elle revint dix minutes plus tard, tenant une ficelle à l'extrémité de laquelle pendait une grosse médaille. Elle leva la médaille à hauteur du visage du garçon, puis lui imprima un léger balancement.

– Suis bien cette médaille des yeux. Ne pense plus à rien. Mets ta langue contre les dents du bas et respire par la bouche, doucement... Laisse-toi aller, Denis. Quand je te le dirai, tu fermeras les yeux et tu n'écouteras que ma voix. Plus rien ne comptera pour toi que ma voix, et tu te sentiras très bien...

Quand Denis fut plongé dans le sommeil hypnotique, elle se pencha vers lui et l'interrogea d'une voix monocorde :

– Denis, tu vas essayer de voir à l'intérieur de toi-même s'il ne s'y cache pas quelqu'un d'autre ; quelqu'un qui a envie de parler mais qui ne le peut pas. Il va te dire des choses et tu me les répéteras, d'accord ?

Le garçon acquiesça d'un grognement et d'un imperceptible mouvement de tête.

– Bon, reprit-elle, je suis sûre qu'il y a une voix au fond de toi qui essaie de parler... Écoute bien... Tu l'entends ?

– Euh, j'crois bien...

– Boooon ! Alors voilà, je m'adresse à cet autre qui est en toi. Te souviens-tu de ce que tu étais avant d'être ce que tu es aujourd'hui ?

– Ben...

– Je vais t'aider. Peux-tu me dire d'où tu viens ? D'un endroit chaud avec beaucoup de soleil ou d'un endroit froid sans soleil ?

Denis hésita une fraction de seconde avant de répondre.

– J'vois un endroit très chaud... avec du soleil. Beaucoup de soleil.

– Très bien. Tu es une graine qui vient du Sichuan. C'est en Chine, de l'autre côté de la Terre.

Elle savait qu'elle n'aurait pas dû dire ça. Il ne fallait pas influencer le cours des choses. Mais elle n'avait pas pu s'en empêcher, persuadée que ce commentaire établirait définitivement ce qu'elle considérait comme une réalité indubitable. Après tout, elle connaissait son origine, et la révéler à l'arbrisseau ne changerait rien à l'affaire. Elle s'adressa directement au végétal, comme si elle s'attendait à ce qu'il lui réponde :

– Tu sais ce que c'est, la Terre ?

– Ouais, c'est dans la terre qu'poussent les plantes, lâcha Denis d'une voix pâteuse.

Un éclair de jubilation passa dans les yeux de Julia. Essayant de maîtriser son excitation, elle se pencha encore davantage sur l'arbuste et demanda :

– Peux-tu me dire ce qu'il y avait autour de toi, dans cet endroit chaud d'où tu viens ?

– Oui, il fait chaud... Y a des cultures, et plein de rigoles avec de l'eau pour faire boire les plantes. Mais pas moi. J'ai soif et chaud. Moi, j'ai rien à boire...

– Excellent ! Que vois-tu d'autre ?

– Plus loin, y a un trou avec de l'eau d'dans...

– Oui ?

– Y a un type qui s'approche...

– Un type ? Tu veux dire un humain ?

– Ouais, c'est ça. Un humain.

– Que fait-il ?

– Y m'veut du mal.

– Il a une scie, une hache, quelque chose pour couper l'arbre sur lequel tu es accroché ?

– Non, il a un couteau. Je l'aime pas, ce type.

– Dis-moi ce qui se passe.

– Je bousille sa mob, j'attrape le type et j'le fous dans le trou !

Julia ouvrit la bouche, mais aucun son n'en sortit. Elle se ressaisit enfin et se redressa brusquement.

– Mais de quoi parles-tu, bon sang de bonsoir ? Tu es devenu fou ?

Dans son sommeil, le garçon fronça les sourcils et répéta, têtu :

– Le type, je lui casse sa meule avec une pierre, je lui fous une branlée et je le jette dans le trou plein d'eau ! Puis je planque c'qui reste de sa chiotte derrière un rocher. Rien d'autre.

Elle claqua des doigts.

– Réveille-toi !

Les yeux de Julia avaient changé de couleur, et une veine battait sur son front. Denis ouvrit les paupières et regarda autour de lui d'un air hébété. L'air mauvais, Julia aboya :

– Te rappelles-tu ce que tu viens de me dire ?

– J'ai pioncé. Je m'rappelle rien !

– Qu'est-ce que c'est que cette histoire de mobylette et de type jeté au fond d'un trou ?

– J'sais même pas, moi ! J'ai pioncé, qu'j'vous dis.

Elle le regarda en silence, essayant de deviner s'il feignait ou non. Puis elle se leva subitement, remballa son matériel et disparut une fois de plus sans un mot.

Le lendemain après-midi, vêtue de son sempiternel jogging couleur sang de bœuf, elle revint en poussant une brouette. Outre le magnétophone, elle y avait empilé un appareillage compliqué d'où émergeait une jungle de câbles. Julia avait sa tête des mauvais jours. Denis sentit une boule d'angoisse se former dans son œsophage.

– Vous allez m'électrocuter ? C'est ça, hein ? Vous pouvez l'dire, allez, j'le savais !

– Tais-toi.

Il lui fallut une demi-heure pour installer son matériel. Un écran s'alluma et jeta une lueur blafarde. Julia effectua quelques réglages. Ensuite, elle souleva la peau de l'avant-bras de Denis et y fixa une pince-crocodile. Il fit une grimace. Puis elle accrocha une deuxième pince sur l'une des feuilles de la plante.

Elle s'installa face à l'écran et ouvrit un flacon muni d'une pipette. Après avoir aspiré quelques gouttes de liquide, elle l'approcha d'une feuille. Un peu de fumée monta, puis un trou apparut, qui s'élargit jusqu'à atteindre la taille d'une pièce de dix centimes. Denis pouvait voir l'écran gris et inerte.

Une ombre passa sur le front de la femme. Elle renouvela l'expérience. Sans plus de succès. Elle vérifia son installation et affina ses réglages. Rien n'y fit. Elle reprit la pipette et l'avança au-dessus du genou droit de Denis.

– Serre les dents. Ça va te brûler un peu, mais pas longtemps. Je mettrai immédiatement du produit anesthésiant sur la plaie... Mais je te préviens, Denis, si tu bouges, je t'endormirai en te faisant une piqûre.

Ça continuait ! Elle avait inventé une nouvelle méthode pour le torturer. Cela ne finirait jamais.

Une goutte d'acide tomba. Julia se pencha anxieusement sur le moniteur. Au travers de ses yeux embués, Denis constata que l'écran n'affichait qu'un brouillard gris et uniforme. Au bout d'une dizaine de secondes, la femme essuya son genou où une tache rouge bouillonnait et fumait. Elle y appliqua son produit miracle, et l'atroce brûlure disparut comme si elle avait été soufflée par un bon génie... Julia avait l'air de plus en plus perplexe. Quelque chose clochait. Elle intervertit les deux pinces-crocodile et renouvela la série d'expériences. Denis eut droit à une nouvelle goutte d'acide et à une seconde tache rouge sur la cuisse. Peine perdue : l'écran restait désespérément vide.

La femme s'énerva. Elle refit sa série de contrôles, vérifia que toutes les prises étaient bien enfoncées, tourna quelques boutons, actionna quelques manettes et s'apprêta à recommencer l'expérience pour la troisième fois.

Quand la pipette s'approcha de son épiderme, le cerveau du malheureux se rebella enfin. Ce fut comme une vague de fond. L'immense sentiment de révolte animale qui montait en lui, porté par le bouillonnement des cellules de son corps martyrisé, trouva son épilogue dans un refus total, définitif, de toute souffrance supplémentaire. Son organisme ne pouvait simplement plus admettre que sa survie dépendît de sa passivité. Ce que cette femme lui faisait subir n'était plus dicté par la vengeance, mais par un protocole expiatoire, une liturgie démoniaque où la souffrance qu'elle lui infligeait ne servait qu'à purifier son propre esprit des chimères qui l'habitaient. Julia Deschamps le torturait pour ne plus avoir à se torturer elle-même ; Denis était un matériau idéal pour cela. Le garçon était bien incapable de comprendre. Il se borna à traduire et à éjecter son refus de la souffrance par une bordée graveleuse qui fusa de sa bouche comme des boulets ramés :

– Chierie d'bonne femme à la con ! J'en ai marre d'toutes tes conneries, vieille pétasse ! Marre d'tes expériences, marre d'avoir mal, marre d'crever de soif dans cette merde d'serre ! J'EN AI MARRE ! MARRE, TU M'ENTENDS, SALOPE ? MARRE !

La main qui tenait la pipette recula et revissa posément le capuchon sur le flacon. Les jointures des articulations étaient blanches.

Julia Deschamps releva la tête et ses yeux plongèrent dans ceux de Denis. Cette fois, le garçon ne cilla pas. Il savait qu'il était allé trop loin et qu'il n'était plus question de revenir en arrière. N'ayant plus rien à perdre, il se libéra dans un maelström d'injures :

— T'ES QU'UNE CHIENNE POURRIE ! UNE PUTE VÉROLÉE ! T'ES UNE CINGLÉE, UNE SALOPE D'SADIQUE, ET ON DEVRAIT T'ENFERMER ! UNE SADIQUE ! UNE SALOPE D'SADIQUE CINGLÉE, VOILÀ CE QU'T'ES ! UNE FOLLE !!!

La rage décuplait ses forces. La plante vacilla furieusement dans son avant-bras. Mais ses racines ne cédèrent pas, pas plus que les liens qui immobilisaient le membre sur l'accoudoir.

Julia se redressa avec une lenteur de somnambule et mit son matériel à l'abri. Puis elle saisit le tuyau d'arrosage, en tira environ un mètre et demi, et l'affermit entre ses deux mains.

Le premier coup de molette frappa Denis en plein visage, lui arrachant la moitié de la lèvre inférieure. Un carnage.

— AH, JE SUIS FOLLE ? AH, ON DEVRAIT M'ENFERMER ?

— OUI, ON DEVRAIT T'ENFERMER ! TU ES CINGLÉE !

Elle essayait de couvrir les injures de son prisonnier en hurlant plus fort que lui.

— ALORS PRENDS ÇA, MINABLE PETIT TRUAND ! ASSASSIN !

Le deuxième coup lui ouvrit l'épaule gauche jusqu'à l'os. Le troisième l'atteignit au bas-ventre. Denis eut le souffle coupé. Elle en profita pour lui en assener un quatrième et un cinquième, en visant les yeux. La molette le frappa sur le côté de la tête, découpant un quartier de cuir chevelu qui glissa mollement et se rabattit sur son oreille comme une peau de banane. L'infortuné garçon parvint à éviter l'assaut suivant ; la molette vrilla l'air et alla décapiter la plante. Un hachis de feuilles tournoya et retomba sur ses genoux.

Malgré sa souffrance, Denis éclata de rire, projetant des postillons de sang.

— Ha, ha ! T'as vu ta putain d'plante ? *Elle parlera plus !* Elle est cannée, et c'est tant mieux ! Ha, ha ! Ça parle, les cadavres d'légumes, dis, vieille poufiasse ?

Seule la tige chauve dépassait encore de son avant-bras.

Julia était comme tétanisée, ses yeux démesurément agrandis fixés sur l'avorton végétal. Elle resta ainsi pendant une minute, bouche bée, blanche comme une morte, cherchant à réaliser l'ampleur du désastre.

Puis elle se ressaisit. Elle laissa tomber le tuyau d'arrosage et bondit sur Denis, toutes griffes dehors. Dans sa fureur homicide, son premier geste fut d'empoigner le fragment épais et poisseux qui pendait sur l'oreille du garçon. Sa main glissa lorsqu'elle tira dessus pour l'arracher. Elle remit ça et y planta les ongles. Denis hurla lorsque son cuir chevelu céda, emportant un tiers du pavillon de l'oreille avec un bruit de drap que l'on déchire. Julia lui enfonça le lambeau blanchâtre et rose dans la bouche. Il sentit contre sa langue le picotement de ses propres cheveux lorsqu'il tenta de le recracher.

Elle se jeta en avant pour lui lacérer la poitrine. Sous la violence du choc, le fauteuil bascula, et Denis se retrouva sur le dos, au milieu d'instruments de mesure éparpillés. L'attache de son bras droit céda avec un craquement sec. L'accoudoir se détacha. Il voulut ramener son bras à lui, mais ses muscles trop atrophiés et le lacis de racines qui les étouffait ne lui permirent pas de le plier. Le membre retomba, inerte, comme vidé de sa substance.

Julia Deschamps, couverte de sang et les yeux fous, était en train de contourner le fauteuil renversé, une seringue à la main. Elle ne la tenait pas entre le pouce, l'index et le majeur, elle la brandissait au-dessus de sa tête, comme un poignard... Dans un dernier sursaut, Denis referma ses doigts sur l'accoudoir. Il y eut comme des craquements d'allumettes à l'intérieur de sa main. Puis il le balança derrière lui, à l'aveuglette, et s'évanouit.

La planchette métallique heurta la femme au genou. Julia poussa un cri perçant lorsque sa jambe se déroba sous elle. Elle battit l'air, essayant de recouvrer son équilibre, mais tomba tête la première sur la brouette. L'arête métallique lui fendit le visage de la pommette au front, lui éclatant les chairs et y gravant un profond sillon sanglant. Elle glissa sur le côté, pantelante, et ne bougea plus.

Après le fracas de la bataille, un silence pesant s'abattit sur la serre. Le flic-flac des gouttes d'eau qui dévalaient de la voûte et s'écrasaient sur le tapis de feuillage y ajoutait une note sinistre, évoquant un ruissellement dans une crypte...

Julia Deschamps émergea la première. Après plusieurs tentatives infructueuses pour se redresser, elle se traîna dehors sur les genoux, les tempes battantes, le cerveau ébloui par une myriade d'étincelles fusantes.

Denis reprit conscience bien plus tard. Il était moite de sang. Une colonie de mouches s'envola lorsqu'il remua la tête. Il essaya de se défaire de ses liens, mais la corde qui retenait sa main gauche était toujours aussi tendue, prise dans les pieds du fauteuil.

Le souffle court, il se laissa aller en arrière et ferma les yeux.

28

Le lieutenant Geller se pencha sur le bureau de Sanchez.

– Éric, j'ai à te parler. Allons prendre un verre. Dehors, nous serons plus au calme.

L'autre leva les yeux de sa machine.

– Je suis en train de taper un rapport. Ça urge ?

– Plutôt. Rapplique.

Sanchez connaissait assez son partenaire pour savoir qu'il était incroyablement têtu et ne lâcherait pas prise. Il se leva en maugréant et enfila son blouson. Quelques instants plus tard, les deux hommes s'attablèrent dans un petit café où ils avaient leurs habitudes. Ils passèrent leur commande. Sanchez leva un sourcil interrogatif et regarda sa montre :

– Bon, tu as cinq minutes. Je suis à la bourre. Alors accouche.

– Voilà. Ces derniers jours, je n'ai fait que repenser à notre visite chez cette botaniste, Juliette Deschamps. Je ne sais pas pourquoi, mais quelque chose me travaillait. C'est peut-être ce qu'on appelle *l'instinct du flic*...

– Fais gaffe à tes chevilles ! rigola Sanchez.

– Non, si je te dis ça, c'est que, contrairement à ce qu'on lit dans les polars, cette impression n'était pas étayée par du concret. C'était juste un vague sentiment au fond de moi, quelque chose d'irrationnel, d'inexplicable. Je ne peux d'ailleurs toujours pas le traduire par des mots.

– Où veux-tu en venir ?

– À ceci : je me suis livré à une petite enquête... euh... personnelle sur cette botaniste, pour voir s'il y avait ou non un rapport avec l'affaire du bijoutier.

Sanchez se redressa.

– Quoi ? Sans m'en parler ? Mais tu n'es pas bien, Geller ? Je te signale que cette enquête nous a été confiée *à tous les deux* !

Il avait l'air vraiment furieux. L'autre tenta de le calmer :

– Je sais. Mais ma méthode n'était pas très académique, et tu ne m'aurais même pas écouté. Aussi, j'ai fait ça à mes heures perdues.

Sanchez secoua la tête et commenta d'un ton mi-choqué, mi-ironique :

– Ah ? Parce que tu as des heures perdues, toi ? Eh bien merde, je t'envie !

– Écoute, tu sais que cette bonne femme, je la sentais pas. Du reste, je te l'ai dit tout de suite. D'abord, il y a ce pantalon crasseux qu'elle portait.

– Encore ! l'interrompit Sanchez.

– Attends ! Elle passe son temps entre son laboratoire et des plates-bandes boueuses, d'accord. Mais si elle n'était pas une fana de la propreté, il y aurait eu des sillons de terre dans toute la maison. Or ce n'était pas le cas. Cela signifie qu'elle est une obsédée de la propreté, ce qui est la moindre des choses dans son métier.

– OK, elle est propre sur elle. Tu en déduis quoi ?

– Non, justement, ce jour-là, elle n'était pas propre sur elle. Je pense qu'elle ne sortait pas de la douche, mais qu'elle voulait gagner du temps avant de nous ouvrir la grille du parc.

– C'est un peu maigre. Tu as autre chose ?

– Précisément, j'y arrive !... Tu auras remarqué que lorsque nous sommes entrés dans la serre, toi et moi avons été bouffés par des moustiques, mais pas elle. Cela prouve qu'elle portait sur sa peau un produit répulsif. Or, elle ne pouvait pas savoir que nous allions lui demander de visiter les serres. Donc, elle ne sortait pas de la douche, car ce répulsif aurait été emporté par le savon et l'eau, CQFD.

– Mouais... Mais je ne vois toujours pas où ça nous mène.

Geller prit le temps de vider son verre.

– J'ai essayé de joindre son ex-mari, mais il est en route

pour venir la voir. En revanche, j'ai réussi à obtenir quelques informations par son meilleur ami, le médecin du bord. Rien de précis, car il m'a bassiné avec son secret professionnel. J'ai dû le bousculer un peu sur le plan de l'éthique, en lui expliquant que la botaniste n'avait jamais été sa patiente, et qu'il n'y avait donc pas de secret médical qui tienne. Il a lâché deux ou trois infos, c'est-à-dire des confidences que Deschamps lui a faites.

Sanchez tiqua :

– Tu l'as appelé sur son bateau ?

– Non, ils sont tous à terre en ce moment. À cause du décalage horaire, j'appelais de chez moi, la nuit. J'espère que si ce truc aboutit, on me remboursera mes appels !

– Aux faits !!!

– J'y viens. La mère Deschamps aurait été atteinte de graves troubles psychiatriques, et c'est pour ça que son mari aurait demandé le divorce.

– Et alors ?

– Rien. Ça prouve simplement qu'elle n'est pas aussi équilibrée qu'elle en a l'air.

– *Était*, répliqua Sanchez, un rien courroucé.

– Quoi ?

– Elle *n'était* pas aussi équilibrée. Aujourd'hui, elle est peut-être guérie. Tu en arrives trop vite aux conclusions qui t'arrangent.

– Non, elle a des goûts morbides. D'après le toubib, elle posséderait un cadavre enfermé dans un tronc d'arbre, planqué quelque part dans sa maison ! Et si elle parvient à planquer des troncs d'arbres, elle peut aussi bien planquer *autre chose*...

Sanchez lissa sa moustache du bout de ses doigts et soupira. Puis il releva la tête et demanda d'un ton las :

– Un cadavre dans un tronc d'arbre ? Comment un cadavre pourrait-il se trouver dans un tronc d'arbre ? Réfléchis, c'est ridicule ! Pourquoi pas une vache normande dans son lustre ?... Écoute, vieux, je suis peut-être obtus, mais je ne comprends toujours pas ce que tu attends de moi.

– J'ai aussi appelé ton pote, l'adjudant Loumel, pour lui parler de la santé mentale de la mère Deschamps, mais il ne savait rien de particulier à ce sujet. Cependant, j'ai eu un coup de bol : en discutant de la disparition de notre suspect, la conversation a dévié sur celle de l'épicier, qu'il avait évoquée au téléphone.

— En effet, je m'en souviens vaguement... Quel rapport avec ce qui nous occupe ?

— Les gendarmes n'avaient toujours aucune trace de lui, mais on avait retrouvé sa fourgonnette de livraison planquée dans un bois des environs. Ce qui a frappé les pandores, c'est cette fourgonnette. Elle a été tellement briquée extérieurement et surtout intérieurement, qu'ils pensent qu'elle a carrément été passée au désinfectant ! Il n'y avait pas la moindre marque graisseuse sur les instruments ni sur les poignées des portières, aucune empreinte, pas même un soupçon de trace de doigts. Rien ! De plus, l'habitacle sentait les produits d'entretien alors qu'habituellement il dégageait des remugles de légumes avariés. Le commis de l'épicier me l'a confirmé. Il a ajouté qu'il n'avait jamais vu le véhicule aussi nickel.

— Bon. Et ça veut dire quoi, tout ça ?

— D'abord, l'hypothèse de la fugue tombe d'elle-même. Si l'épicier avait voulu disparaître, il n'aurait pas perdu son temps à laver sa fourgonnette et à effacer ses empreintes digitales, puisque chacun dans le pays savait qu'elle était à lui. D'ailleurs, pourquoi aurait-il fait une fugue ? C'était un adulte responsable, et ses affaires ne marchaient pas trop mal. Il ne jouait pas et n'avait pas de dettes. Côté femmes, on ne lui connaissait aucune liaison fixe et il était plutôt cavaleur... Bref, pas de raison objective de disparaître en abandonnant sa fourgonnette.

— Un mari jaloux, peut-être ?

— D'après ce que j'ai appris de lui, il n'était pas du genre à se laisser impressionner. Et quand bien même, pourquoi aurait-il abandonné son véhicule dans un bois, et non pas devant son épicerie ? Et tu crois qu'en pareilles circonstances on prend la peine de laver sa voiture ?

— Et tu en déduis ?

— J'ai découvert que Juliette Deschamps était l'une de ses clientes fidèles et qu'elle se faisait livrer régulièrement son épicerie par ce type...

Sanchez eut un nouveau mouvement d'humeur. Il détestait les devinettes ainsi que la fâcheuse habitude qu'avait son coéquipier d'émailler ses hypothèses d'incessantes digressions. Il tapa du plat de la main sur la table et lâcha son impatience :

— Bon. Tout ça est bien joli. Mais si tu en venais à ce qui nous occupe, Geller ? Tu sais, le meurtre du bijoutier ?... Je n'ai pas que ça à foutre, bon sang !

Le lieutenant Geller comprit qu'il était temps de tout déballer. Son débit se fit plus rapide :

— Je me suis débrouillé pour faire vérifier les appels téléphoniques de la botaniste. Eh bien, j'ai eu le nez creux, figure-toi. Elle a téléphoné à l'épicier le samedi suivant l'agression du bijoutier, à 20 h 36, sans doute pour lui passer une commande qu'il aura livrée le lendemain. Or, c'est à partir de ce dimanche matin que plus personne n'a revu cet homme. Ce jour-là, il pleuvait des cordes. Mais lorsque sa camionnette a été retrouvée, elle avait été briquée à mort. La conclusion s'impose : la bagnole a été abandonnée et nettoyée après ce fameux dimanche.

— Comment peux-tu être sûr qu'il a fait une livraison ? Un dimanche, en plus...

— Il fait fréquemment des livraisons le dimanche, car son jour de fermeture est le lundi. Il est parti avec le carnet de factures qu'il remplissait toujours en présence de ses clients. Donc, il est bel et bien parti livrer une commande. Son commis est formel sur ce point. C'était son habitude et il n'y a jamais dérogé.

— Les gendarmes sont au courant de cet appel de la botaniste à l'épicier ?

— Tu rigoles ?

Sanchez réfléchit quelques secondes. Puis il eut une moue dubitative et croisa ses mains derrière sa nuque.

— C'est quand même un peu léger pour penser que les deux affaires s'enchaînent. D'ailleurs, s'il y a quelque chose à enchaîner, je crois que c'est toi, Geller. Ce que tu me racontes est décousu, fondé sur des impressions, ça ne tient pas la route ! Bon sang de bonsoir, franchement, où veux-tu en venir, à la fin ?

— J'ai eu un flash, et j'ai consulté à nouveau le rapport établi sur les lieux, le jour où le bijoutier a été abattu. Dans ce rapport, il y a la liste de toutes les personnes interrogées, parmi lesquelles les commerçants du voisinage immédiat. Éric, tu l'as lu, toi aussi. Tu n'as rien remarqué ?

– Si, qu'il était truffé de fautes d'orthographe ! Mais...

– À ton avis, où était garée la Renault blanche dans laquelle ce Denis Bellache a pris la fuite ? Je te le donne en mille !

– Vas-y, ce suspense me tue !

Geller se rengorgea.

– Devant un magasin de jardinage, figure-toi ! Le reste a été enfantin à découvrir : *oui,* Juliette Deschamps est une cliente assidue de ce magasin ; *oui,* elle y a acheté des graines, une lame pour sa tondeuse et un râteau le jour où le bijoutier a été buté ; *oui,* c'était à peu près à la même heure !

Sanchez s'était redressé.

– Ah, là, ça devient intéressant !

– Tu sais que je suis maniaque, Éric. Si la mère Deschamps a eu affaire à un assassin en cavale, je me suis dit qu'il y avait peut-être eu castagne et qu'elle avait dû se faire soigner par la suite. Bien sûr, quand nous l'avons vue, elle ne portait pas la moindre ecchymose, mais ça ne veut rien dire, elle avait largement eu le temps de se rétablir... La Sécu est une mine inépuisable de renseignements, et je commence toujours par là. J'ai une copine dans la place, ça évite... euh... les procédures inutilement longues.

– Hum...

– Eh bien, j'avais encore raison : Juliette Deschamps a envoyé récemment une demande de remboursement à la Sécurité sociale, pour soins dentaires ! Je suis allé voir le praticien. Il a été coopératif. Verdict : elle avait une incisive cassée et portait des hématomes en voie de résorption sur le visage et les bras. Salement amochée, paraît-il. De plus, les dates peuvent coller... Elle a prétendu être tombée dans l'escalier, évidemment.

– Quel est ton scénario ?

– Il y a encore des pièces de puzzle que je n'arrive pas à mettre en place, mais en gros, voilà. Bellache dégauchit le bijoutier. Il pique un cent mètres et saute dans la première bagnole qu'il croise. C'est celle de la mère Deschamps, laquelle vient justement de faire des emplettes chez le grainetier et s'apprête à rentrer chez elle. Bellache la force à l'emmener en la menaçant de son arme. En route, ça se passe mal, le type la tabasse et lui casse une dent. Elle se défend et le blesse, mais il a le dessus et ils arrivent à la propriété. Là, Bellache se planque et se débrouille pour la neutraliser. Le samedi suivant, il s'aperçoit qu'il n'y a plus rien à bouffer, et il la force à passer une commande de victuailles par téléphone. Le lendemain dimanche, l'épicier se pointe. La botaniste lui fait comprendre qu'elle est en danger, et l'épicier saute sur Bellache, mais il se fait descendre. Fin du premier acte... Dans les heures ou les jours qui suivent, la femme parvient à dégommer son ravisseur d'un coup de pelle. Elle enterre le cadavre de Bellache et celui de l'épicier quelque part dans la propriété. Puis elle va planquer la camionnette de livraison dans une forêt des environs et efface les empreintes sur le tableau de bord. Obsédée par le risque de laisser la moindre trace derrière elle, elle décide de passer toute la bagnole au dégraissant, à l'intérieur d'abord, puis à l'extérieur. Elle s'acharne comme seule une femme peut le faire. Puis elle rentre à pied chez elle, serrant sous son bras sa panoplie de produits ménagers. Fin du deuxième acte... Enfin, elle prend rendez-vous avec son dentiste et se fait placer une prothèse à la place de sa dent cassée.

— Après avoir abattu son ravisseur, elle aurait pu prévenir les flics, non ? Si ton hypothèse est exacte, ça aurait été de la légitime défense, et pas un tribunal ne l'aurait condamnée. Pourquoi aurait-elle gardé le silence et caché les corps ? Pourquoi toute cette mise en scène macabre ?

— Il y a sûrement une explication. N'oublie pas que cette femme est sans doute perverse et morbide... Mais je suis sûr que lors de notre visite elle a cherché à gagner du temps pour planquer quelque chose.

— Hormis le détail du magasin de jardinage, reconnais que c'est toujours aussi léger. Pures spéculations ! Par exemple, comment sais-tu que la botaniste et Bellache se sont battus dans la voiture et que ce dernier a été blessé ?

Geller eut un sourire satisfait.

— Hé, hé !... Pendant mon jour de congé, mardi, j'ai fait le trajet à vélo entre le grainetier et la propriété de Juliette Deschamps. Une sacrée trotte, crois-moi ! Ça m'a pris la journée, je manque d'entraînement. Bref, dans les fossés, j'ai ramassé trois Kleenex qui, malgré la pluie récente, portaient encore des traces de sang et, à trois cents mètres de la propriété, une bouteille d'Évian vide, couverte de magnifiques empreintes de doigts ensanglantés ! Une veine, elle avait roulé à l'abri et la pluie ne les avait pas effacées.

Sanchez secoua la tête.

— Là, tu charries, vieux ! C'est vraiment n'importe quoi ! Cette bouteille appartenait sans doute à un automobiliste qui s'est foutu son cric sur les doigts en voulant changer une roue !

Geller ignora l'interruption :

— J'ai envoyé le tout au labo, et le résultat vient de tomber : le sang sur les Kleenex est le même que celui sur la bouteille... et les empreintes sur la bouteille sont les mêmes que celles qui ont été relevées sur la porte du bijoutier : *elles appartiennent à Denis Bellache* !

— Quoi ???

Sanchez avait hurlé.

— Et c'est maintenant que tu me le dis, espèce de crétin, après m'avoir raconté toutes ces salades ? Et tu m'annonces ça, calmement, au troquet ! Tu ne pouvais pas commencer par là ?

— Je voulais que tu connaisses toute l'histoire en détail.

— Pour que je te couvre, hein ? Merde, Geller, tu n'es qu'un connard de franc-tireur et un flic de merde... mais un foutu bon limier !

— Merci. Je propose qu'on aille rendre une nouvelle visite à Mme Juliette Deschamps, née Dupré. Il faudra prévenir les collègues pour qu'ils viennent relever les empreintes dans sa bagnole. On aurait peut-être dû commencer par là lors de notre première visite. À moins qu'elle l'ait briquée comme la fourgonnette de l'épicier, il doit y avoir celles de son ravisseur... Comme ça, la boucle sera bouclée !

Sanchez regarda son coéquipier avec incrédulité.

— Tu n'avais aucune amorce de piste pour étayer tes hypothèses... J'le crois pas ! Du début à la fin, tu as fonctionné sur des intuitions, sans la moindre logique. Tu sais que tu me fais peur, parfois ?

Geller eut une grimace comique.

— Sans la moindre logique ? Tu te fiches de moi ? Tout ce que j'ai fait était d'une logique implacable, au contraire. Mais si je t'en avais parlé, tu m'aurais envoyé aux pelotes ! Et puis, tu sais que je suis un fana de Conan Doyle !

— Allez, Sherlock, on va chez le vieux. Tout de suite ! dit Sanchez en se levant de table. Puis, avant de retourner chez la botaniste, on s'arrêtera pour jouer au Loto : c'est toi qui choisis les numéros !... Et tu paies les consommations ! ajouta-t-il en se ruant vers la porte.

29

À vingt et une heures précises, le taxi déposa Georges Deschamps devant la grille du parc. Il était en uniforme de la Marine nationale.

Dès que le véhicule se fut éloigné, il se pencha et jeta un coup d'œil par l'interstice entre les deux battants occultés de plaques métalliques. La petite Renault de Julia, habituellement garée devant le perron, était visible juste derrière le portail, éclairée par la lumière frisante du crépuscule. Georges écrasa sa joue contre les barreaux, coulant son regard de part et d'autre. Il ne vit pas Julia, mais déduisit que si la voiture était là, sa propriétaire n'était pas loin. « Je vais lui faire la surprise », décida-t-il, renonçant à sonner à la grille.

Il attrapa sa valise d'une main, son bouquet de l'autre, et longea le mur mangé par le lierre. Il s'immobilisa devant une poterne étroite. La rouille rongeait le métal qui n'avait pas été repeint depuis le jour où il avait quitté la propriété. La serrure, c'est lui qui l'avait posée pendant l'été 1983. Il s'en souvenait très bien. Il s'était astreint à ce travail ennuyeux pour échapper aux jérémiades de Julia. À cette triste époque, une heure passée hors de l'ambiance étouffante de la maison signifiait une heure de paix ; et, pour une heure de paix, il aurait volontiers bêché le parc avec une petite cuillère. Il soupira.

Georges Deschamps coinça la gerbe sous son bras et tira de sa poche la clé qu'il avait gardée en souvenir. La porte s'ouvrit en grinçant. Il remonta l'allée, faisant crisser les fins gravillons sous ses semelles.

Au détour d'un bosquet de bouleaux apparut le profil bombé des deux premières serres. Il les contourna et longea la grande serre, découvrant progressivement l'angle gauche de la maison. Cette demeure, au moins, il allait la retrouver telle qu'elle avait toujours été : massive et confortable, imposante et laide.

Soudain, il se figea.

Il avait cru entendre un râle. Presque inaudible. Une voix d'homme... Il tendit l'oreille, mais le bruit ne se reproduisit pas. Il fronça les sourcils et reprit sa marche avec, au ventre, comme un sentiment de malaise. Puis il s'arrêta à nouveau. Cette fois, aucun doute : quelqu'un gémissait dans la serre. Une plainte longue et rageuse. Un cri où se mêlaient douleur et frustration.

Georges Deschamps eut l'impression qu'un torrent glacé s'engouffrait dans ses veines. Mû par un noir pressentiment, il laissa tomber sa valise et la gerbe de fleurs, et se précipita dans la serre, guidé par les appels maintenant de plus en plus proches. Dans l'obscurité, il zigzagua entre les troncs, écartant les feuilles à la volée. Après quelques dizaines de mètres, il était déjà en nage.

Puis il le vit.

Un homme gisait sur le sol, entre une brouette renversée et les débris d'un fauteuil métallique fracassé, au milieu d'un invraisemblable désordre d'appareillages et de câbles. Un écran allumé crevait la pénombre et éclairait la scène d'une lueur blafarde.

Georges jeta sa casquette sur le sol et s'accroupit. L'homme était squelettique, presque nu et maculé de sang. Il avait été défiguré par un coup reçu en pleine bouche ; sur le côté de sa tête, il y avait une horrible blessure d'où sortait un vrombissement d'essaim, et qu'on devinait grouillante de mouches.

– S'il vous plaît, aidez-moi...

La voix était implorante. Georges se pencha sur l'être sans âge, dont seuls les yeux semblaient encore vivants.

– Mon Dieu, que s'est-il passé ici ? Qui êtes-vous ?

– Détachez-moi. S'il vous plaît.

Sans se soucier des moustiques qui le prenaient pour cible, Georges défit la corde qui liait le poignet gauche de Denis, puis voulut s'attaquer à la chaînette, mais elle était trop résistante pour qu'il en vienne à bout par sa seule force physique. Il regarda autour de lui, à la recherche d'un outil. Il arracha la fourche qui maintenait les câbles électriques, fit entrer de force l'une de ses dents dans un maillon et fit levier. Puis il fit sauter pareillement les chaînes que le malheureux portait aux chevilles.

Denis, les jambes flageolantes, tenait à peine debout. Surmontant sa répulsion, Georges le soutint et le conduisit jusqu'à la brouette qu'il redressa du bout du pied.

— Tenez, asseyez-vous là.

Le voyou s'y laissa tomber.

— Qui êtes-vous ? demanda à nouveau Georges.

— D'abord à boire... vite... le tuyau, là.

Georges se baissa et le lui tendit. Sur l'embout de cuivre adhérait un morceau de peau sanguinolente. Denis tenta d'actionner la molette, mais la raideur de son bras et de sa main droite l'en empêcha.

— J'y arrive pas...

Georges régla le jet et lui rendit le tuyau. Denis étancha le feu de sa gorge, puis, pendant de longues minutes, laissa couler l'eau fraîche sur sa tête et sur sa nuque. Une flaque rosâtre s'accumula au fond de la brouette.

— Alors ? questionna Georges lorsque Denis se fut débarrassé du tuyau d'arrosage. Qui êtes-vous, et que vous est-il arrivé ?

— J'm'appelle Denis Bellache.

— Pourquoi êtes-vous ici ?

— C'est cette bonne femme qui m'a kidnappé ! Puis elle m'a torturé...

— Une bonne femme ? Quelle bonne femme ? interrogea-t-il d'une voix blanche.

— Celle qu'habite ici. Elle s'appelle... euh... Deschamps.

Georges se sentit mal et dut prendre appui contre un tronc d'arbre. Il déboutonna la veste de son uniforme et tira sur son col.

— De... de... depuis combien de temps êtes-vous ici ?

— J'en sais rien. Des semaines. P'têt' des mois...

Georges Deschamps eut un autre vertige. Il était d'une blancheur cadavérique. Le champ de bataille tournoya un instant devant ses yeux.

— Mais pourquoi, bon sang ? Pourquoi ?

La question ne traduisait que l'incompréhension, l'horreur

265

totale, le refus d'accepter l'épouvantable conclusion qui se faisait jour dans son esprit : Julia était perdue !

Denis geignit :

— Elle voulait m'faire pousser un arbre dans l'bras.

— Un arbre ?

D'une voix plus assurée, il répéta :

— Ouais, un arbre ! Elle m'a planté un arbre dans l'bras, cette conne ! Même qu'elle voulait l'faire parler !

Bellache souleva le membre pour que son interlocuteur puisse le voir.

— Là, regardez c'qu'elle m'a fait !... Et vous, qui qu'vous êtes ?

Georges ne parvenait pas à quitter des yeux l'immonde chose qui sortait de l'avant-bras de Denis.

— Je... je suis son *ex*-mari... Je vais appeler une ambulance, décida-t-il brusquement.

Quelque chose traversa les prunelles brûlantes du garçon. Ce fut comme un éclair de folie brute. Il empoigna la tige de sa main gauche et tira de toutes ses forces pour la déraciner. La plante commença à s'extraire lentement hors de son logement avec un horrible bruit de succion.

— Non, arrêtez ! Ne faites pas ça ! Stop !...

Mais Denis ne l'écoutait plus. Tremblant de tout son corps, il poursuivait son effort. Le tronc frêle se souleva, et une jupe de racines s'arracha peu à peu de ses muscles. Les boursouflures ondulèrent quand les ultimes radicelles, gluantes d'un sang épais et noir, se coulèrent hors de sa chair. Un geyser rouge jaillit. Denis arracha entièrement la plante et la jeta au loin.

Puis il releva lentement la tête et fixa l'homme qui lui faisait face.

Le visage de Georges Deschamps était décomposé d'épouvante et de dégoût. C'était la pire chose qu'il ait jamais vue ! Et ce bruit ! Ah, ce gargouillement, quand les racines avaient quitté les muscles de ce pauvre type ! Comme si quelqu'un aspirait, à l'aide d'une paille, les dernières gouttes de liquide au fond d'un verre... Sa vie d'officier lui avait réservé sa part d'horreurs ; mais rien, absolument rien, ne l'avait préparé à la vision de ce mort vivant titubant, mal campé sur ses jambes, extirpant lentement un morceau de bois de son bras.

Ce qui advint alors ne prit que quelques secondes.

Denis se pencha. Il ramassa la fourche et l'assura sous son aisselle droite. Puis il bondit en avant et enfonça l'outil dans l'abdomen du capitaine Deschamps.

Avec une énergie dont on ne l'aurait pas cru capable, il secoua le corps de Georges de gauche à droite, sans que ce dernier opposât la moindre résistance. Sur ses traits se dessinait une espèce de stupeur incrédule.

Puis il y eut comme un choc sourd, suivi d'un long sifflement quand les gaz s'échappèrent de son ventre. Le péritoine se déchira, et un amas d'entrailles grises gonfla et glissa hors du pantalon. Denis imprima une ultime secousse. Deschamps bascula sur le dos. Les yeux rouges et hallucinés, le garçon arracha la fourche.

Sur le visage de Georges, la convulsion de terreur et de souffrance se mua en résignation lorsque Denis l'enjamba et posa les pieds de part et d'autre de sa tête. Il avait compris ce qui l'attendait.

Bellache brandit l'instrument à deux mains, et resta dans cette position pendant deux secondes. Puis, de toutes ses forces, il abattit la fourche sur le visage de l'officier. Les dents de métal entrèrent sous les pommettes et traversèrent le crâne avec un bruit de carcasse de poulet que l'on brise.

Georges Deschamps ne reverrait plus Julia. Il souffrit et mourut sans un cri.

Denis posa un pied sur la gorge de l'homme et, avec un « han » de bûcheron, extirpa la fourche. Il l'affermit entre ses mains et tourna lentement ses yeux injectés vers la maison.

30

Julia avait avalé trois comprimés d'analgésique. Elle avait ramassé une serviette et l'avait passée sous le robinet. Puis elle s'était traînée dans le salon et s'était affalée sur le canapé. Le décor familier était devenu flou et rouge.

Elle avait appliqué le linge humide sur ses yeux, dans l'espoir de dominer les élancements qui lui foraient la tête. Tout son visage cuisait comme s'il avait été marqué au fer ; une méchante balafre courait de sa pommette à la racine de ses cheveux. *J'en garderai une horrible cicatrice.* L'idée la traversa qu'elle s'était peut-être fracturé le crâne, mais elle n'osa pas palper les os de son front.

Allongée dans la pénombre, elle se força à une immobilité complète, essayant de faire abstraction du monde qui l'entourait. Mais malgré ses efforts, elle n'y parvint pas. Elle était hantée par la vision de la plante explosant en une gerbe verte lorsque l'embout du tuyau l'avait massacrée. L'expérience était-elle fichue ? La tige avait été effeuillée, mais peut-être était-elle encore vivante ? Avec un peu de chance, elle reprendrait sa croissance ; ce ne serait qu'une affaire de temps et de soins. Oui, mais si elle s'était brisée lorsque le voyou avait basculé ? Et si le fragile réseau de racines avait été endommagé ? « J'aurais dû m'en assurer avant de quitter la serre... » L'analgésique commença à faire son effet. La douleur refluait, ne lâchant prise qu'après avoir bataillé, et Julia se sentit envahie par une pesanteur fourmillante. C'était désagréable et d'une lenteur désespérante. Pour éradiquer la souffrance, elle fut tentée de s'administrer une drogue végétale de son invention, mais y renonça en se souvenant qu'elle n'avait jamais été testée sur un être humain. Elle l'essaierait sur l'Ordure. Oui, elle attacherait Denis dans un autre fauteuil et le droguerait pour le maintenir dans un état permanent de stupeur. Ainsi, il ne se rebellerait plus. Denis... Mon Dieu ! Et si Denis était parvenu à se libérer ? « Comment ai-je pu être aussi bête, et ne pas vérifier l'état de ses liens ? » Elle tenta de se remémorer la scène et d'en visualiser chaque détail. L'accoudoir s'était détaché. C'était une certitude, il s'en était servi pour se défendre. Et son bras gauche ? Était-il toujours retenu par la corde ? Elle n'en était plus tellement sûre. « Ma femme, c'est un ordinateur, mon cher ; un ordinateur maçonné dans du roc ! » Hélas, ce n'était plus vrai.

Et s'il était *vraiment* parvenu à se libérer ?

Julia s'assit sur le canapé. Elle se tordit les bras et imprima à son corps un lent mouvement de basculement d'avant en arrière pour enrayer la crise de nerfs dont elle croyait deviner les prémices (mais ce qui bouillonnait en elle comme un chaudron prêt à exploser n'était *pas* une crise de nerfs). Elle se pinça la cuisse et se mordit la lèvre inférieure jusqu'au sang, espérant que la douleur serait assez forte pour faire barrage.

Un craquement la fit sursauter, et l'air s'emplit d'une odeur de boucherie, un effluve douceâtre et un peu écœurant de viande fraîche. En un éclair, Julia arracha la serviette de son visage.

Près de la porte, deux yeux brillaient dans le noir et la regardaient fixement. Elle y lut quelque chose qu'elle reconnut. Comme si elle se mirait dans une glace. Ce quelque chose, c'était un mélange de haine, d'abjection et de folie meurtrière.

Elle poussa un hurlement de rage et tenta de se mettre sur ses pieds. Aussitôt une fourche avança vers elle, tenue par une forme sombre qui marchait d'un pas vacillant. Denis fondit sur elle. Julia roula sur le côté et sentit une brûlure à la hanche droite.

Elle eut le temps de remarquer le vide béant dans l'avant-bras de son adversaire et la colère lui convulsa le cœur. *Iap, le jury, à l'unanimité, a rendu son verdict : la mort !*

La fourche avait embroché les coussins et s'était fichée dans le châssis du canapé. Denis fit levier sur le manche pour la libérer, tandis que Julia se ruait vers la porte. Elle avait parcouru cinq mètres lorsque, dans son dos, retentit un cri de dépit suivi d'un sifflement. Instinctivement, elle rentra la tête dans les épaules.

Le jet manquait de force. Dans une gerbe d'étincelles, la fourche rebondit sur le carrelage du vestibule et fusa vers ses jambes. Sans se retourner, Julia tenta de l'éviter en faisant un saut de côté. Trop tard : l'une des dents pénétra son mollet droit et le traversa. Julia poussa un gémissement, son pied retomba et se tordit, le fer s'arracha brutalement du muscle. Julia atteignit l'escalier et se mit à grimper. Son soulier s'emplissait de sang et émettait un bruit de ventouse lorsque le talon décollait de la semelle.

Elle parvint sur le palier, grimaçante, lorsqu'elle entendit le voyou gravir la première marche. Malgré les brumes qui obscurcissaient son cerveau et la souffrance qui l'empêchait d'aligner deux pensées de suite, elle comprit que si elle s'évanouissait maintenant, c'en serait fait d'elle : Denis la clouerait sur le plancher du corridor. Vite. Vite. Une idée...

Je vais t'avoir, ordure !

Julia entra dans sa chambre et, de là, passa dans la salle de bains. Elle attrapa une serviette-éponge et refit le chemin inverse, laissant sur le sol une traînée sanglante bien visible. Parvenue à la porte de sa chambre, elle enroula la serviette autour de son mollet, sortit la clé de la serrure, claqua violemment la porte et, d'un bond, se cacha derrière le rideau de la penderie du couloir.

Denis était à bout de résistance ; ça s'entendait. Pendant leur lutte dans la serre, sans doute était-il entré en contact avec la gaze qui lui liait le poignet droit, et le poison avait commencé son œuvre. Le garçon ahanait, escaladant l'escalier marche par marche en s'aidant de sa fourche. Il marqua plusieurs temps d'arrêt pour retrouver son souffle. Clac... clac... clac... Le martèlement lourd se rapprochait.

Julia retint sa respiration. Une ombre massive se découpa en transparence sur le rideau, puis hésita en se balançant d'un pied sur l'autre. Il suivait sûrement des yeux le cheminement sanglant qu'elle avait laissé, et se demandait s'il devait passer ou non le seuil...

Soudain l'ombre sur le rideau devint plus grande, plus noire, et ses contours prirent une netteté qui prouvait que Denis s'était rapproché. Une odeur infecte envahit l'espace du débarras. Julia porta la main à sa poitrine, dans l'attente du coup qui l'embrocherait. Mais rien ne vint.

Bellache se décida enfin. Il revint sur ses pas, ouvrit la porte de la chambre, pointa sa fourche et se traîna en direction de la salle de bains éclairée où, croyait-il, l'attendait sa victime.

Julia en profita. Sortant de sa cachette, elle traversa la largeur du corridor en un éclair et referma la porte de la chambre. Elle tremblait en essayant d'insérer la clé dans la serrure. Pendant une éternité, elle s'acharna, pestant contre sa maladresse.

De l'autre côté, Bellache avait compris. Il poussa un cri de rage et fit demi-tour. Il y eut un martèlement de pas précipités. Au moment précis où la poignée bougea, Julia parvint enfin à tourner la clé. Denis était prisonnier, et son cri de colère se transforma en cri d'impuissance. D'une voix sépulcrale, elle lui lança :

— Tu viens d'être condamné à mort, Denis Bellache, et tu ne quitteras pas cette maison vivant !!!

Pour toute réponse, il émit une sorte de borborygme, un grognement sourd de bête prise au piège. Il s'acharna contre le battant. Julia ricana. Elle savait que la porte de sa chambre, en bois massif, était solide ; il faudrait au voyou beaucoup de patience pour en venir à bout. Même à coups de fourche.

— Iap, maintenant, je vais préparer les *bois de justice*...

Les prunelles de la femme brillaient d'un éclat terrible. Il n'y avait plus rien d'humain dans ces yeux-là. Si Denis avait pu les voir, il n'aurait pas songé une seconde à quitter cette chambre.

31

Julia Deschamps ouvrit la cuve de l'adoucisseur d'eau et purgea les deux tiers du liquide qu'il contenait. En faisant un effort surhumain, elle y hissa deux lourds jerrycans d'essence qu'elle vida dans l'appareil, puis elle remit le couvercle en place. *Les plantes de la grande serre n'y résisteront pas... Mais tant pis. L'Ordure doit disparaître.*

Elle cala un escabeau contre l'appentis qui contenait le compresseur, y grimpa et cassa un coin du carreau de la salle de bains attenante au laboratoire. Elle tira l'un des tuyaux des brumisateurs, introduisit l'extrémité munie de son embout diffuseur par le trou dans la vitre et le fixa aux barreaux de la fenêtre avec du fil de fer. Ainsi, il serait impossible de le repousser vers l'extérieur.

Des coups sourds ébranlaient sans interruption la maison. Le voyou s'épuisait à essayer de défoncer la porte de la chambre. Ses efforts n'étaient pas vains car, de temps en temps, un craquement sinistre apprenait à Julia qu'il était en train d'en venir à bout. Il fallait faire vite. Elle retourna à l'intérieur de la maison et reprogramma son ordinateur. Un ordre électronique parvint à la centrale domotique Mercury, et toutes les lumières du rez-de-chaussée s'éteignirent instantanément, à l'exception des lampes à ultraviolets qui éclairaient la salle d'expérimentation et les mini-serres, ainsi que celle du plafonnier de la salle de bains.

Julia se rendit dans cette dernière pièce et s'allongea sur le carrelage. Insensible à la douleur qui montait de son mollet et de sa hanche, comme aux élancements qui martelaient son visage fendu, elle brancha sur la prise murale un câble électrique équipé d'une douille, y vissa le culot d'une ampoule de cent watts qu'elle venait de briser, et dissimula le tout derrière le siphon du lavabo. Dès que le courant passerait, le filament de l'ampoule, resté intact, brûlerait. Ce serait l'étincelle qui déclencherait le feu purificateur... *Iap.*

Un craquement plus fort que les autres lui apprit que Denis avait fait éclater le panneau de la porte.

Julia était prête. Juste à temps.

Maintenant, il fallait attirer la bête dans sa cage. Mais se laisserait-il prendre deux fois de suite par le même stratagème ? Julia décida que oui, *il était bien assez stupide pour cela.*

Elle attrapa une éprouvette vide et se dissimula derrière la porte de la salle de bains, grande ouverte vers l'extérieur. L'interstice entre le chambranle et le battant lui offrait une vue dégagée sur le laboratoire et lui permettait de guetter l'arrivée de sa proie.

Dans le silence de la nuit, elle l'entendit souffler pendant qu'il descendait l'escalier. Il pénétra dans le vestibule et marqua un temps d'arrêt. À plusieurs reprises, il actionna l'interrupteur, sans résultat.

Un silence menaçant retomba, enveloppant Julia comme un suaire glacé...

Les nerfs tendus à se rompre, elle scrutait la pénombre, s'attendant à chaque instant à le voir jaillir tel un démon et foncer sur elle en hurlant. Le silence s'éternisa, parfois rompu par un frôlement tout proche. Elle bloquait alors sa respiration, puis réalisait que le bruissement n'existait que dans son cerveau tourmenté.

L'attente devenait insupportable. La sueur lui brûlait les yeux. Julia s'essuya du revers de la main et tapota doucement l'entaille à son front. Puis elle recolla son œil contre la fente entre la porte et le mur. Quelque part dans la maison, un robinet gouttait...

C'était à celui des deux qui céderait le premier. « Il faut que ce soit lui... Mon Dieu, faites que ce soit lui qui craque d'abord ! » Peut-être Denis avait-il pris une forme spectrale et allait-il surgir au travers du mur, derrière elle ? Pendant un instant, Julia crut sentir deux mains décharnées et glacées qui se refermaient sur sa gorge. Elle rentra la tête dans les épaules et fut secouée par un frisson d'épouvante. Mais dans le vestibule, rien ne bougeait. La bête était sûrement tapie dans l'obscurité, les pupilles dilatées, guettant le moindre de ses gestes... Ça ne pouvait plus durer, il fallait prendre l'initiative. *C'est maintenant ou jamais.* Julia allongea le bras et jeta l'éprouvette dans la salle de bains.

Il y eut un bruit de verre brisé, immédiatement suivi d'un raclement de pieds lorsque Denis s'ébranla en direction du laboratoire. Sa silhouette voûtée émergea enfin de l'obscurité, appuyée sur le manche de sa fourche comme sur une béquille.

Méfiant, il s'arrêta à l'entrée de la pièce.

Julia se mordit les lèvres. L'apparition, éclairée par en dessous par la lueur glauque des mini-serres, offrait un effroyable spectacle de dévastation physique. Denis ressemblait à une répugnante gargouille ensanglantée. Les dents de sa mâchoire inférieure dépassaient de sa bouche et lui faisaient un mufle de bouledogue venant d'égorger un mouton. Le côté gauche de sa tête était raboté et aplati ; ce qui restait de son oreille mutilée dépassait de manière grotesque, comme un moignon. Seuls ses globes oculaires trouaient la pénombre, roulant de gauche et de droite. De sa cachette, Julia distinguait son halètement de bête médiévale.

Enfin, d'une démarche saccadée de zombie, Denis s'avança vers la salle de bains, la fourche pointée devant lui.

Collée contre la fente, Julia observait sa lente progression. Plus que deux mètres. Un mètre... Pendant une fraction de seconde, elle eut l'impression glaçante qu'il la regardait droit dans les yeux. Puis le voyou disparut de son champ de vision et s'immobilisa de l'autre côté du battant. À nouveau, elle perçut son odeur. Des relents nauséabonds de viande hachée mêlés à des miasmes aigres d'équarrissage, d'excréments et de sueur...

Ils n'étaient plus séparés l'un de l'autre que par l'épaisseur de la porte.

Alors Julia comprit que l'impression qu'elle avait eue quelques instants auparavant n'avait pas été le fruit d'une illusion : le monstre l'avait vue. « Les rayons ultraviolets des lampes du laboratoire ont fait briller le blanc de mes yeux comme en plein jour. Une erreur qui va me coûter cher... » Elle retint son souffle.

Denis allongea le bras et décolla violemment le battant du mur. Julia se retrouva face à lui, désarmée.

La fourche s'abaissa lentement vers sa poitrine.

— Y a trop longtemps... qu'tu m'prends... pour un con, salope !

Des bulles de sang venaient éclater au bord de ses lèvres. Sa voix était celle d'un mourant.

Julia agrippa la fourche et repoussa l'horrible spectre. Elle contourna la porte, poussant de toutes ses forces Denis dans la salle de bains. Là, elle lui fit décrire un arc de cercle, et le mort vivant percuta la baignoire.

Elle était déjà dehors, verrouillant la porte à double tour.

— Ohhhhh !

Le cri qu'il poussa fut déchirant. C'était le cri d'un être désespéré qui se savait perdu, vaincu ; une longue plainte d'animal forcé, dans l'attente de la curée finale.

Julia alla chercher une torche électrique, sortit de la maison et traversa le parc en claudiquant. Elle grimpa dans sa voiture, décrocha le téléphone et composa le numéro de la centrale Mercury. Puis elle pianota trois chiffres supplémentaires.

Dans trente secondes, exactement, la centrale enverrait un signal à l'ordinateur. Celui-ci, à son tour, actionnerait les brumisateurs. Au bout de deux minutes, la salle de bains serait saturée d'un mélange de vapeur d'eau et d'essence. Puis viendrait le deuxième signal, celui qui rétablirait le courant dans toute la maison, y compris dans la prise murale où était fiché le câble... Le filament de l'ampoule brûlerait avec une jolie flamme claire. Et alors, iap, l'Ordure serait changée en chaleur et en lumière.

Les yeux rivés sur la masse noire des arbres qui lui dissimulait la maison, Julia comptait les secondes.

Elle compta mentalement jusqu'à cent cinquante. Rien ne se passa. Elle compta encore jusqu'à trente, lentement, et à haute voix cette fois. Toujours rien.

— Vas-y ! Mais vas-y donc ! Qu'est-ce que tu attends ?

Les poings serrés, Julia trépignait. Mais au-delà des arbres, rien ne bougeait, tout était silencieux.

Elle descendit du véhicule et refit le chemin inverse. Pas plus qu'à l'aller, elle ne remarqua la valise et la gerbe de fleurs abandonnées sur le gravier.

Lorsqu'elle déboucha à l'angle de la grande serre, elle vit que les lampes de la maison étaient allumées. L'ordre avait bien été transmis par Mercury, et l'ordinateur avait obéi... Mais alors, pourquoi la salle de bains n'avait-elle pas sauté ? Une panne des brumisateurs, peut-être ? Il y avait un moyen de s'en assurer : entrer dans la grande serre.

S'éclairant de sa torche, Julia s'avança dans la moiteur végétale. Les brumisateurs se trouvaient juste au-dessus du fauteuil de l'Ordure. Elle eut un pincement au cœur en pensant à son expérience ratée par la faute de cette vermine de Denis.

Au fur et à mesure de sa progression, l'odeur de l'essence la prit à la gorge. Les brumisateurs avaient bel et bien fonctionné. Dans la serre, plus rien ne serait comme avant. Certaines plantes survivraient, mais beaucoup crèveraient. Tout comme les papillons...

Elle s'apprêtait à ressortir lorsque le faisceau de sa torche accrocha quelque chose. Elle s'avança.

C'était une forme humaine, en uniforme de la Marine, couchée sur le dos.

32

Pendant que Julia titubait vers la maison, toutes les portes se fermèrent une à une dans son esprit, occultant ses pensées. Pourtant, son cerveau réussissait à maintenir ouverte une petite brèche. Et, par cette brèche, une idée fixe jaillissait avec l'impétuosité d'un torrent de lave : *Denis doit brûler ! Iap, Denis doit fondre ! Denis doit se liquéfier !* Au-delà de sa souffrance, au-delà du tumulte de ses artères, Julia Deschamps exigeait sa vengeance.

Elle gravit les marches du perron et s'affala à plat ventre dans le vestibule. Elle vacilla jusqu'à la cuisine et s'empara d'un couteau de boucher. Elle chuta une deuxième fois dans le laboratoire. Autour d'elle, tout avait pris une teinte mastic. Mais elle ne voyait plus que cette porte, là-bas, au bout du tunnel. La porte de la salle de bains. La porte derrière laquelle, de ses propres mains, elle égorgerait bientôt l'Ordure.

Elle avança comme une somnambule... Enfin, elle posa ses doigts sur la clé et déverrouilla. La porte s'ouvrit, libérant des volutes de brume brûlante et saturée d'essence qui tournoyèrent un instant devant ses yeux.

Puis elle entra et s'empala sur la fourche. Les dents recourbées plongèrent juste sous l'estomac ; son squelette émit un abominable crissement lorsque l'acier heurta sa colonne vertébrale. Elle bascula en avant et tomba sur Denis.

L'Ordure ressemblait à un écorché. La peau de son corps, cuite par la vapeur, partait en lambeaux. Mais ce qui lui restait de lèvres esquissait un sourire. Ce sourire s'accentua encore lorsqu'il tendit le bras vers le boîtier mural et y enfonça la prise de courant qu'il serrait dans sa main. Au moment même où il murmurait « J'ai bossé... chez un... électricien, conne ! », il y eut un bref éclair aveuglant.

La salle de bains explosa, éventrant les deux bonbonnes d'oxygène posées sur le diable contre le mur du laboratoire. L'aile droite de la maison se volatilisa une fraction de seconde plus tard, dans un fracas d'apocalypse.

Quelque part dans ce qui subsistait de la bâtisse, une voix résonna :

– *Intrusion detected. Please identify yourself. You've got ten seconds...*

La Peugeot 205 bleue n'était plus qu'à cent cinquante mètres de la villa lorsque le lieutenant Geller, qui était au volant, comprit qu'il était trop tard. Devant la grille du parc stationnaient des voitures de pompiers, des ambulances. Des ombres s'affairaient, enjambant les tuyaux qui serpentaient vers la maison. Par intermittence, les gyrophares rouges et bleus éclairaient la muraille qui ceinturait la propriété.

Geller rétrograda et stoppa la Peugeot dans un crissement de pneus. Les deux policiers en descendirent. De dépit, Sanchez écrasa son poing fermé sur le toit du véhicule, y imprimant une marque en creux.

– Merde, c'est foutu !

Le cadavre d'un homme méconnaissable, en uniforme de la Marine, au visage et au ventre éclatés, reposait sur une bâche étendue dans l'herbe, en compagnie des restes déchiquetés et fumants de deux autres corps.

– Je me demande si nous saurons jamais ce qui s'est passé ici, et qui est responsable de ce carnage... Quelle immonde boucherie ! lâcha Sanchez.

Pendant ce temps, au fond du parc, dans le faisceau de sa lampe, l'adjudant de gendarmerie Loumel remarqua un objet clair aux coins calcinés. C'était un livre aux enluminures rouges et vertes. Lorsqu'il se baissa pour le ramasser, son képi tomba dans l'herbe.

Il retourna le livre, c'était une traduction française du Coran. Il lut :

« Si Allah tenait compte de ce que font les hommes, il ne laisserait pas subsister un seul être vivant... »

Drame mystérieux dans une maison isolée

(De notre correspondant régional)
Dans notre édition de samedi, nous relations la double découverte macabre faite par les gendarmes dans une villa isolée qui venait d'être soufflée par une violente explosion. Les deux victimes, une femme et un homme, n'ont toujours pas été identifiées. On pense que la femme serait la propriétaire des lieux, Mme Julia Duchamp. Dans un premier temps, on s'en souviendra, les enquêteurs avaient privilégié l'hypothèse de la fuite de gaz accidentelle, mais ils auraient écarté cette piste en découvrant deux autres corps à l'extérieur de la villa. Aidés de leurs chiens, ils ont mis au jour la dépouille d'un homme de 43 ans, M. Maurice Berthold, bien connu dans la région, propriétaire d'un commerce d'alimentation, et qui aurait été tué par balle avant d'être enseveli. M. Berthold avait disparu de son domicile depuis plusieurs semaines. L'autre victime serait un officier supérieur de la Marine nationale, mais les enquêteurs se sont refusés à fournir de plus amples détails.
L'enquête a été confiée au SRPJ de Versailles.

TRIPLE MEURTRE DANS LA VILLA D'UNE SCIENTIFIQUE
L'assassin présumé est mort

Les enquêteurs fouillant les décombres de la villa.

(De notre envoyé spécial)
Les enquêteurs se perdent en conjectures sur ce qui s'est réellement passé dans cette villa appartenant à une scientifique de renom, Mme Juliette Deschamps. Rappelons les faits : une grande partie de la maison a été soufflée par une explosion d'origine inconnue, et des décombres on devait retirer deux corps déchiquetés : celui de Mme Deschamps, et celui d'un homme recherché pour meurtre, Denis Belhache, 20 ans. Deux autres cadavres ont été découverts dans une serre attenante à la villa.
L'une des victimes avait été tuée par balle avant d'être ensevelie. L'autre corps était celui de M. Georges Deschamps, le mari de Mme Deschamps, capitaine dans la Marine nationale.
D'après les premiers résultats de l'enquête, Belhache aurait kidnappé Mme Deschamps et l'aurait retenue prisonnière. Le capitaine Deschamps aurait été assassiné alors qu'il tentait de la délivrer. On attend les résultats des autopsies pour en savoir plus long.

Racine tueuse :
VIVE INQUIÉTUDE AU MINISTÈRE DE L'AGRICULTURE

Paris.
L'étrange fléau continue à faire des ravages. Depuis le printemps dernier, ce sont des dizaines de milliers d'hectares de cultures maraîchères qui ont été dévastés par ce qu'il faut bien appeler « la racine tueuse ».
Un porte-parole du ministère de l'Agriculture déclarait hier que « les pouvoirs publics étaient évidemment fort préoccupés par la situation, mais que tout serait mis en œuvre pour trouver au plus vite une parade appropriée », précisant que « les chercheurs de l'Inra avaient d'ores et déjà mobilisé toutes leurs ressources pour endiguer la prolifération de ce parasite rhizophage ».
Suite à l'intervention d'un membre de l'opposition qui s'interrogeait sur la nature des expériences menées par certains laboratoires indépendants, le porte-parole du ministère a déclaré que la racine tueuse était bien une espèce mutante, mais qu'en aucun cas elle ne pouvait être le résultat d'une quelconque « bavure scientifique ».

IMPORTATION DE LÉGUMES DÉCIDÉE EN CONSEIL DES MINISTRES

Mercredi 10, Paris.
On a appris que la majeure partie du Conseil des ministres de ce matin avait été consacrée à l'examen de la situation créée par la racine tueuse. Si un produit capable de lutter efficacement contre ce fléau semble aujourd'hui avoir été mis au point, le déficit global en légumes a toutefois amené le gouvernement à décider l'importation immédiate de produits en provenance de la CEE. Le tonnage et la nature exacte de ces importations n'ont pas été rendus publics, les experts devant déposer leurs conclusions dans les tout prochains jours. Mais on pense qu'il s'agira de navets, radis, choux de Bruxelles, carottes et épinards (peut-être même de pommes de terre) qui, depuis quelques semaines, font cruellement défaut sur les marchés.
Les manifestations agricoles de ces derniers jours ont fait un mort et plusieurs dizaines de blessés dans le Centre et en Bretagne. Rappelons qu'une autre manifestation est prévue samedi prochain devant le ministère de l'Agriculture et de la Forêt.
S.P.

Composition P.C.A.
Bouguenais 44340

Impression réalisée sur CAMERON par
BRODARD ET TAUPIN
La Flèche
pour le compte des Éditions Ramsay
en février 1998

Imprimé en France
Dépôt légal : février 1998
N° d'impression : 6569T-5
ISBN : 2-84114-365-1
50-0326-4
RAR 875

PT